속죄의 소나타

SHOKUZAI NO SONATA

by Shichiri Nakayama

© Shichiri Nakayama, 2011
All rights reserved.
Original Japanese edition published by KODANSHA LTD.
Korean publishing rights arranged with KODANSHA LTD.
through EntersKorea Co., Ltd.

속죄의 소나타

나카야마 시치리 장편소설 ㅣ 권영주 옮김

속죄의 소나타

초판 1쇄 발행 2017년 11월 22일
초판 2쇄 발행 2018년 11월 15일

지은이   나카야마 시치리
옮긴이   권영주

발행인   송호준

발행처   블루홀식스
출판등록 2016년 4월 5일(제 2016-000100호)
주소   경기도 파주시 회동길 483-1(본사)
            서울시 마포구 동교로 27길 53 지남빌딩 201호(서울사무소)
전화   031-955-9777(본사) 02-3142-5777(서울사무소)
팩스   031-955-9779(본사) 02-3142-5778(서울사무소)
전자우편 blueholesix@naver.com

ISBN 979-11-961234-2-0 03830

죄의 신선도

1

시체를 만지는 것은 이번이 두 번째였다.

그렇다고 감촉이 손에 익은 것은 아니었다. 이미 사후 경직이 시작돼 체온과 더불어 탄력을 잃은 육체는 바야흐로 생명체가 아니었지만, 물체라 하기에는 아직 생명의 느낌이 남아 있었다. 그 어중간한 감촉이 마음이 어수선해지는 불쾌감을 주었다. 피부를 눌러도 굳어가는 찰흙 조각처럼 도로 팅겨내는 힘이 없이 손가락을 쑤욱 삼켰다.

혀는 땅바닥에 닿을 것처럼 한껏 늘어나서 흡사 다른 생물의 사체처럼 보이는 게 징그럽기 그지없다. 다행히 장과 방광에 든 게 많지 않았던 듯 탈분도 실금도 하지 않았지만,

지금 이 순간에도 자연 분비된 위액이 위벽을 녹여 안에서부터 부패가 진행되고 있다. 이윽고 체내에 가스가 차면 그 압력으로 체액이 몸의 구멍이란 구멍에서 뿜어져 나올 것이다. 그렇게 되면 모발과 지문 처리 외에 주변을 깨끗이 닦아 내는 작업까지 해야 한다. 이곳이 범행 현장이라는 게 알려져서는 안 된다. 그래, 아직 당분간은.

미코시바 레이지는 시체의 상의와 바지, 신발을 벗겼다. 신발이 이상하게 무겁기에 뒤집어보니 미끄러지지 말라고 밑창에 스파이크를 박았다. 고무 밑창으로는 불안해서 그랬겠지만, 이렇게 조심성 있는 사람이 의외로 싱겁게 죽음을 맞이한다는 것도 얄궂은 일이다. 그런 생각을 하며 근처에 있던 파란 비닐 시트로 온몸을 꼼꼼히 싸서는 번쩍 쳐들어 어깨에 멨다.

너무 무거워서 세 발짝 비틀거렸다.

체력에는 자신이 있는 데다, 시체도 몸집이 작고 살집이 있어 보이지는 않았던 터라 뜻밖이었다. 죽은 이의 원한이 중량으로 변환된 게 아닐까 착각이 들었다. 영혼을 잃었을 텐데, 사람은 죽으면 무거워지는 걸까. 그렇게 생각했을 때 의식 밑바닥에 가라앉아 있던 기억이 불현듯 되살아났다. 먼 옛날 자신의 손으로 죽인 어린 여자애. 겉으로 봐서는 가벼울 것 같던 그 작은 몸뚱이도 어깨에 멨더니 역시 묵직했다.

건물 밖은 여전히 비가 억수같이 쏟아지고 있었다. 밤눈에도 하늘에서 퍼붓는 은빛 창이 보였다. 간토 지방에 장마가 시작됐다고 한 지 열하루째, 지금까지 단비 정도로만 비가 오더니 가득 찬 물을 단번에 토해 내듯 저녁부터 마구 내리쏟기 시작했다. 뉴스에 따르면 천천히 북상하던 장마 전선과 대륙에서 유입된 열대성 고기압이 만나 시간당 50밀리에 달하는 게릴라성 집중호우가 내릴 것이라고 했다. 어쨌거나 미코시바에게는 은혜로운 비였다. 하늘은 자신의 편인 것 같다. 아스팔트에 남은 바큇자국을 씻어 내고 모래땅에 남은 발자국을 없애 줄 것이다. 그리고 대지를 때리는 빗소리가 모든 소리를 차단해 주고 있다. 이 남자가 내지른 단말마의 비명도 지워 줬을 게 틀림없다. 값비싼 양복이 흠뻑 젖었지만 세탁소에 보내면 그만이다. 다만 신발은 뭐가 묻었을지 알 수 없으니 아예 처분해야 할 것이다.

차 트렁크를 열고 시체를 밀어 넣었다. 이때 주의해야 할 점은 방향이다. 조금 전까지 엎어져 있던 시체는 몸 앞부분에 울혈이 생겼다. 그러니 되도록 그 자세를 유지해야 한다. 이동 중에 장시간 구부린 자세로 있다가 시반의 위치가 달라지면 그것만으로 의문을 주게 될 것이다. 물론 시체를 어

11

디에 유기하든 경찰은 차로 운반했을 가능성부터 의심하겠지만, 구태여 쓸데없는 증거를 남겨 놓을 필요는 없다. 다행히 벤츠 SL550의 트렁크는 남자의 작은 몸뚱이를 너끈히 삼켜 주었다. 이 벤츠는 변호사라는 직업에, 그리고 자신을 훌륭한 사람으로 보이게 하는 데 지금까지 상당히 도움이 됐지만 이번에 시체를 운반하는 것으로 가장 큰 공헌을 했다고 하면 다임러 사에서 화낼까.

트렁크를 소리 나지 않게 조용히 닫고 나서 주위를 둘러보았다. 보는 사람은 없는 듯했다. 자정이 얼마 남지 않은 시각인 데다 장대비 탓에 외출한 사람도 많지 않았다. 여기서도 하늘이 그의 편을 들어주고 있다. 하지만 꾸물댈 겨를은 없었다.

미코시바는 운전석에 올라타 바로 시동을 걸었다. 그 순간 송풍구에서 건조한 바람이 불어나와 젖은 피부를 어루만졌다. 그러나 불쾌감은 가시지 않았다. 빗물을 머금어 무거워진 양복 상의를 벗었지만, 미지근한 물이 와이셔츠에 들러붙어 있었다. 아니, 들러붙은 것은 물만이 아니다. 시체의 냄새와 익어 문드러진 과일 같은 감촉이 피부에 끈끈하게 달라붙어 있었다. 그리고 그 또한 과거의 재현이었다.

벤츠 한 대가 가까스로 지나는 좁은 골목을 서행해 큰길로 나와서 천천히 속도를 높였다. 다니는 사람이 띄엄띄엄 있었지만 우산으로 어깨까지 가린 데다 이쪽에 관심을 보이는 이는 아무도 없었다. 도로는 이미 수심 10센티미터쯤 되는 개울이나 다름없는 상태였다. 앞유리에 빗물이 폭포처럼 쏟아져 와이퍼를 가장 빠르게 작동시켜도 별 도움이 되지 않았다. 하지만 어차피 속도를 낼 수 있는 도로 상황도 아니기 때문에 초조함은 없었다.

시체를 버릴 곳은 이미 점찍어 놓았다. 잡목림, 변두리 공터, 쓰레기 하치장. 모두 논외다. 남 눈에 띄지 않아서 시체가 다소 늦게 발견될지는 모르지만, 그 지역에 익숙해야 알 수 있는 곳이기 때문에 스스로 용의자의 범위를 좁히는 결과를 낳는다. 외부 사람의 눈에도 띌 만한 장소. 더 구체적으로 말하자면 어느 정도 왕래가 있어서, 외부 사람이 손쉽게 빈 캔을 버릴 만한 장소가 이상적이다.

하지만 도내는 피하는 게 좋을 것이다. 경시청 관할 내에 시체를 유기하는 것은 경거망동이라는 비난을 면할 수 없다. 이유는 검거율에 있다. 작년만 해도 사이타마 현경의 중요 범죄 검거율은 50퍼센트에 못 미쳤다. 반면 경시청은 70퍼센트. 똑같이 시체를 유기한다면 사이타마 현내 쪽이 더 안전하다는 것은 자명한 이치다. 어째 산업 폐기물 업자의 불법

투기 같은 논리인데, 실제로 도내에서 살인을 저지른 사람이 그런 이유로 일부러 사이타마 현까지 시체를 운반하는 사례는 많다. 미코시바에게 의뢰인이 그렇게 털어놓은 적도 있었다. 흉악 범죄 사건은 점점 늘어나는데 수사 인력은 한정되어 있으니, 혹사당하는 수사원들은 피로에 찌들고 현경의 검거율은 더 낮아지는 반면 경시청의 검거율은 올라가는 것이다. 거기까지 생각했다가 미코시바는 다소 놀랐다. 이 객관적인 태도는 뭔가. 보통은 더 절박한 심리 상태로 자신의 범행이 발각되는 광경을 상상할 만도 한데. 어쩌면 자신은 범죄자 소질이 있는지도 모르겠다.

조금 전까지 하늘에 구멍이 뚫린 양 퍼붓던 비는 다소 잦아들었지만, 와이퍼는 여전히 바쁘 움직이고 있었다. 빗소리에 섞여 타이어가 물보라를 일으키는 소리도 들렸다.

교차로에서 우회전해 16번 도로로 진입해서 북상했다.

미코시바는 이루마 강 근방을 잘 알지는 못했다. 다만 이전 사야마 서(署)에 피의자를 면담하러 간 적이 한 번 있어서 대략적인 지리는 파악하고 있었다. 어쨌거나 그가 가는 곳은 관공서 청사를 비롯한 공공시설이 늘어선 사야마 시가지다. 내비게이션이 표준 장비가 된 지금은 사이타마 현 밖에서 온 사람도 콧노래를 흥얼거리며 갈 수 있다. 따라서 유기 장소로 용의자를 가려내는 것은 사실상 불가능하다고 할 수 있다.

제방을 따라 차를 달리자 차창 너머로 강변을 깎아 내는 탁류의 굉음이 들렸다. 가로등 불빛이 닿지 않는 갓길에 벤츠를 세우고 내렸다. 이루마 강변 시민 운동장 부근. 여기서 남쪽으로 더 가면 사야마 서 건물이 보일 것이다. 안에서 근무하는 경찰들도 자기들 코앞에서 이런 일이 벌어지고 있을 줄은 꿈에도 모르리라.

비릿한 비 냄새가 코를 자극했다. 세게 때리는 빗방울에 눈을 깜박이며 주위를 둘러봐도 사람은커녕 지나가는 차의 전조등 불빛조차 보이지 않았다. 그래도 경사면을 깎아 낼 것처럼 요동치는 개천 물은 어스름 속에서도 선명하게 보였다. 흡사 산 제물을 기다리며 몸을 비트는 적갈색 용이다. 유목도, 바위도, 아니 가옥조차도 저 물결에 휩쓸리면 속수무책으로 떠내려갈 것이다. 맨몸뚱이 인간이라면 더 말할 것도 없다.

트렁크를 열어 시체를 지고 강변으로 다가갔다. 밑을 내려다보니 미쳐 날뛰는 급류가 발 바로 앞까지 혀를 뻗고 있었다.

망설임은 털끝만큼도 없었다. 미코시바는 짐을 내려놓고 비닐 시트 끝자락을 잡은 다음 시트로 쌌던 것을 강물에 던졌다.

15

시체는 비탈을 굴러 곧바로 물에 빠질 것이라고 생각했다.
그런데 물가에 다다라 딱 멈추었다.

미코시바는 문득 불안에 휩싸였다. 뭔가에 걸렸나? 얼른
가서 확인해야 한다. 하지만 이렇게 경사가 가파르면 내려
가다가 미끄러질 염려가 있다. 그렇다고 시체를 저대로 둘
수는⋯⋯.

가슴속에서 초조감이 치밀기 시작했을 때, 강가에 멈춰 있
던 시체가 밀려든 물결에 맥없이 휩쓸렸다. 그러고는 아니나
다를까 뒤통수와 등을 내보인 채 눈 깜짝할 새에 떠내려갔
다. 순식간에 벌어진 일에 미코시바는 김이 빠졌다.

싱거운 결과보다 더 의외였던 것은 자신의 정신 상태였
다. 시체를 유기했건만 망설임도, 공포도, 흥분도 없이 대형
쓰레기를 무단으로 버린 정도의 느낌밖에 없었기 때문이다.
손이 떨리기는커녕 땀 한 방울 나지 않았다. 이 정도로 냉정
하고 침착한 것은 경험 덕인가, 아니면 타고난 것인가. 어느
쪽이든 썩 마음에 드는 이야기는 아니다.

시체가 시야에서 멀어져 이윽고 완전히 모습을 감춘 것을
확인한 뒤 미코시바는 다시 차에 올랐다. 이미 새벽 3시가
지났다. 지금부터 서둘러 집에 가도 잠잘 시간은 세 시간 정
도려나. 아니, 잠은 둘째 치고 최소한 옷은 갈아입어야 한다.

16

아무튼 평소와 다름없이 출근해서 평소와 다름없이 생활할 일이다. 사무원이나 일로 만나는 상대방에게 조금이라도 기이한 인상을 주면 안 된다.

아마 가능할 것이다. 미코시바는 그렇게 판단했다. 전에 체포됐을 때보다 자신은 훨씬 영리해졌다. 교묘한 거짓말도 할 수 있게 됐다. 그리고 무엇보다도 경찰관이나 재판에 대한 공포가 거의 사라졌다. 법의 파수꾼이 되고자 했던 게 결과적으로 법을 어기는 데 기여한다는 것도 얄궂은 일이라고 할 수밖에 없었다.

요쓰야에 있는 아파트로 돌아와 샤워를 하고, 세 시간 자고 일어나서 배달된 아침 신문을 훑어보았다. 사회면은 어젯밤 게릴라성 집중호우로 인한 피해에 지면을 할애했다. 도쿄 도내에서도 국지적으로 호우가 쏟아져 일반 도로가 한때 강 같았다고 한다. 잘됐다. 그렇다면 양복을 세탁 보내도 의심을 사지 않을 것이다.

평소와 같은 시각에 집을 나섰다. 이전부터 잠을 많이 안 자고 생활한 덕에 졸리지는 않았다. 단, 아침은 잊지 않고 먹었다. 늘 가는 커피숍에 들러서 빵 두 쪽과 설탕을 넣은 커피 한 잔. 아침부터 당분이 부족하면 뇌세포가 활발하게 움직이지 않는다. 아는 의사에게 들은 잡학 지식인데, 막연히 계속하다 보니 이제는 습관이 됐다. 이런 때일수록 습관을 무시하면 안 된다.

벤츠에 올라탔다. 트렁크에는 남자의 옷가지를 넣은 비닐봉투가 아직 있었지만, 처리 방법은 어젯밤 생각해 놓았다. 지금은 그냥 출근하면 된다.

오디오 재생 버튼을 눌렀다. 베토벤의 피아노 소나타 〈열정〉이 흘러나왔다. 미코시바의 아침은 이 곡으로 시작된다. 세 악장으로 구성된 곡은 리듬도, 선율도 이미 귀에 익었지만, 들으면 신경 안정제 같은 역할을 해 준다.

9시 반 조금 지나서 도라노몬에 있는 오피스 건물에 도착했다. 이것도 평소와 같다. '미코시바 법률사무소'. 세련됨이나 친근감과는 거리가 먼 이름이지만 미코시바 자신은 만족했다. 요새는 문턱이 높다는 인상을 주지 않으려고 식물 이름이나 외국어 단어를 쓰는 사무소도 늘었지만, 자신의 중대사를 맡기러 오는 고객이 사무소 이름이 세련됐는지 친근하게 느껴지는지 신경 쓸 리 없다고 생각하기 때문이다. 무엇보다도 이 부근은 도쿄 지방법원이 도보권에 있다는 지리적 이점도 작용해서 크고 작은 법률사무소가 모여 있다. 경쟁상대가 이렇게 우글거리는데 참신한 간판으로 살아남을 수 있다고 생각한다면 뭘 몰라도 한참 모르는 것이다.

엘리베이터를 타고 3층으로 올라가자, 사무원인 구사카베 요코가 등을 보이며 사무소 앞에 서 있었다.

"아, 선생님, 아, 안녕하세요."

조금 놀란 표정이 꼭 장난치다가 들킨 어린애 같았다. 그리고 얼굴은 그를 보는데 목 아래는 문을 가리듯 하고 있었다.

미코시바가 입을 다물고 있자 요코는 체념했는지 옆으로 비켜섰다.

문에 건 플라스틱 플레이트가 두 동강 나 있었다.

아래 유리는 파손되지 않았으니 플레이트와 유리 사이에 도구를 끼워 넣고 플레이트만 훼손하려 했다는 것을 알 수 있었다. 욱해서 충동적으로 저지른 행동이 아니다. 조잡하게 갈라진 금과는 어울리지 않는 냉정함에서 되레 더욱 악의가 느껴졌다.

그러나 범인은 대충 누군지 짐작이 갔다. 범인을 아는 이상 혐오감은 들어도 공포는 느껴지지 않는다.

"죄송합니다……."

"왜 사과하지? 자네가 한 일도 아닌데."

"신고할까요? 저번 주에도 돌출 간판에 페인트를 끼얹더니 이번이 두 번째라고요."

19

"건물 입구를 잠그는 것도 아니니까 밤늦은 시간이라면 누구든 여기까지 올 수 있지. 피해라고 해 봤자 플레이트 하나고. 경찰이 온다 해도 일에 방해만 될 뿐이야. 업자나 바로 불러서 교체하자고."

말이 끝나기 무섭게 요코는 서둘러 사무소 안 전화기로 다가갔다. 행동이 빨라 일을 척척 처리하는 것은 참 좋은데, 반면 사소한 일에 과하게 신경 쓰는 경향이 있다. 나이가 젊어서 그런 것도 있겠지만 좀 더 담대하면 좋겠다. 그렇지 않으면 적이 많은 법률사무소 사무원으로 오래 일하는 게 불가능하다.

사무소의 하루는 부재 중 메시지를 확인하는 것으로 시작된다. 고문 변호사로 있는 출판사의 법률 상담이 한 건. 텔레비전에 종종 출연하는 의회의원이 폭로 기사에 명예훼손으로 고소한 모양이다. 또 하나는 계약 불이행으로 고소된 방문 요양 보호 서비스 회사의 출정 의뢰. 회사 법무부에서 보낸 팩스를 요코가 클리어파일에 넣어 책상에 올려놨는데, 미코시바는 서류를 보고 콧방귀를 뀌었다. 요코가 눈치 있게 순서를 바로잡아 놓았지만, 오른쪽 상단에 표시된 쪽수를 보면 청구의 취지와 당사자 표시가 뒤바뀌어 있었음을 알 수 있다. 약자 구제가 회사의 기본 방침인 기업이 법무부를 둔다는 것부터가 수상쩍지만, 어쨌거나 명색이 법무부라면 좀 더 실무에 익숙해도 되지 않나. 하기야 그런 문외한 집단이 어울리지도 않는 위치에 눌러앉아 있기 때문에 자신을 부르는 것이지만.

요코가 오늘 예정표를 확인하고 오후 4시 이후라면 출판사 면담이 가능하다고 알려 주었다.

실질적으로 오늘 고객이 찾아올 일은 그 한 건뿐이다. 덕분에 미코시바에게 자유롭게 행동할 여유가 생겼다. 실태가 수상쩍든 뭐든 기업의 고문 변호사가 돼서 손해 볼 일은 없다. 다른 변호사들처럼 여기저기 뛰어다니면서 이 사람 저 사람 면담하지 않아도, 매달 입금되는 자문료로 사무소 운영비를 댈 수 있다.

"그렇지만 두 시간만이에요. 6시 지나면 변호사 회관에 가셔야 해요."

미코시바는 손을 내저었다.

"변호사회 말이지? 그쪽은 늦어도 상관없어. 아니, 아예 결석해도 되고. 의뢰인을 우선해야지. 회의에 얼굴 내민다고 일당이 나오는 것도 아닌데."

"하지만 회장 선거 사전 준비니까 다니자키 선생님께서 꼭 출석해 달라고……."

"그 소리를 들으니 갈 마음이 더 없어지는군. 다니자키 씨한테서 연락 오면 급한 의뢰가 들어왔다고 해 줘."

"오늘 안 나오시면 앞으로의 관계를 다시 생각해 보겠다고 하셨다고요."

요코의 눈에 한순간 비난의 빛이 어렸다. 실리만 따지는 생각을 책하는 눈빛. 정직하기도 하다. 분명 법조계 아닌 곳에서는 환영받을 성격일 것이다.

게다가 다니자키에게 적잖이 신세를 지기는 했다. 변호사회에서 자신에 대한 징계를 요구할 때마다 다니자키가 무마시켜 주었다. 변호사회에 대한 의리나 소속감은 눈곱만큼도 없지만 제적 처분을 받게 되면 다른 현 변호사회에서도 받아 주지 않을 것이다.

"그럼 늦을지도 모른다고 전해 주겠어?"

그리고 두세 가지 지시를 남긴 다음 미코시바는 서둘러 일어섰다.

"고스게에 갔다 올게. 2시까진 올 거야."

묵례하는 요코의 눈에 이번에는 다른 표정이 떠올랐다. 이렇게 빈번하게 오갈 거면 아예 사무소를 도라노몬이 아니라 고스게 근처에 차리지 그러셨어요, 하는 눈빛이었다.

수도 고속도로를 벗어나 아야세 강을 따라 나아가자 이윽고 콘크리트 담장으로 둘러싸인 12층 건물이 나타났다.

가쓰시카 구 고스게 1-35-1, 도쿄 구치소.

14년 전 착공한 개축 공사로 외관은 근대적으로 바뀌었다. 관공서 건물과 전혀 다를 바가 없는 게, 도무지 사형 집행 설비를 갖춘 시설 같지 않다.

그러나 주차장에 들어서면 인상이 확 달라진다. 벤츠, BMW, 캐딜락, 셀시오……. 즐비하게 늘어선 고급차들에서 대다수 방문객이 건실한 직업을 가진 사람이 아님을 알 수 있다. 십중팔구 수감된 야쿠자를 면회하러 왔을 텐데, 미코시바의 벤츠도 그 속에 아주 자연스럽게 어우러졌다.

그러고 보면 폭력단 대책법이 시행되기 이전 그들의 주된 일은 채권 회수와 채무 정리, 그리고 화해 협상이었다. 현재 변호사가 담당하는 업무가 바로 그것이다. 바꿔 말해서 그들과 자신의 차이는 자격이 있느냐 없느냐, 그저 그뿐이라는 뜻이다. 심지어 타는 차까지 똑같다.

면회자 출입구에 서자 이질감은 더 커졌다. 세련됐다고 해도 과언이 아닌 관리동에 비해 면회자를 맞는 문은 뻘겋게 녹슬고 삭은 철문이었다. 이런 차이에서 시설 운영자 측의 본심이 드러난다.

입구에서 변호사 면회 접수 용지를 쓰고 차례를 기다렸다. 대기실에서는 다른 면회 희망자들이 전광판에 흘끔흘끔 시선을 주며 번호를 확인하고 있었다. 그 장면만 보면 병원 대기실과 다를 바 없었다. 소독약 대신 화약 냄새가 나서 그렇지.

이윽고 미코시바 차례가 되어, 접수창구를 가로질러 검사실로 갔다. 그곳에서 간단한 소지품 검사를 받고 엘리베이터로 향했다. 면회 정리표를 보니 의뢰인은 8층에서 자신을 기다리고 있었다.

8층에 도착해 7호실로 안내되어 들어가자, 아크릴판 너머에 남자가 앉아 있었다.

"어서 오세요, 미코시바 선생님." 남자는 아크릴판만 없었으면 두 손을 불쑥 뻗었을 듯한 기세로 손님을 맞이했다.

"변호를 부탁드린 니시키오리 다쿠야입니다."

"이런, 내가 방을 잘못 찾았나."

"네?"

"날 부른 건 사기 용의로 구류된 스즈키 히로시라는 인물인데."

그렇게 말하자 남자는 잠시 눈살을 찌푸렸으나 이내 굳은 미소를 되찾았다.

24

"뭐, 체포장엔 그렇게 기재돼 있긴 하죠. 그 이름을 싫어해서 말입니다. 부모의 빈곤한 작명 센스가 드러나는 것 같아서."

니시키오리라고 이름을 밝힌 남자는 쓴웃음을 지었지만 얼굴을 보면 볼수록 불쾌감이 더했다.

신문에 보도된 바로는 서른 살일 텐데 외모는 그보다 훨씬 젊어 보인다. 그저께 체포, 구류됐으니 수염이 이틀치 자랐는데, 워낙 동안이다 보니 남자답기보다는 어린 인상이 더 부각되었다. 입은 양복은 한눈에 아르마니임을 알아볼 수 있었지만, 시치고산(일본에서 아이의 성장을 축하하는 날)에 어린애가 양복을 입은 것처럼 보였다.

"이름이야 아무려면 어떻습니까? 그보다 제 변호를 맡아 주실 겁니까, 아닙니까?"

"그 전에 내 질문에 답해 주겠나? 왜 나한테 변호를 의뢰했지? 내 고객들 인맥과 자네는 연이 없을 것 같은데."

"대외적인 인맥이야 그렇겠지만 선생님은 지하 쪽에서도 이름이 알려졌으니까요. 우리한테도 유명하시거든요. 무슨 죄목으로 기소되든 반드시 집행유예를 받아 내는 무적의 변호사라고."

이 녀석이 하는 말이면 유명한 게 아니라 악명 높은 거겠지. 이번에는 미코시바가 쓴웃음을 지을 차례였다.

25

"그래서 자기도 잘하면 집행유예를 받을 수 있겠다 생각했단 말이지. 그런 거라면 상황 인식에 심각하게 문제가 있다고 해야겠군. 수감된 뒤로 신문이나 잡지를 아직 못 봤겠네만, 보이스피싱 용의로 체포됐을 때 상황을 기억하나? 악의를 노골적으로 드러내는 기자와 리포터의 얼굴을 봤어? 고함과 야유를 들었어?"

"아무리 그래도 아직은 기억에 다소 남아 있지만 그러나 마나 금세 잊어버릴걸요. 어차피 녀석들이 하는 말, 쓰는 글은 죄 대중에 영합하는 것뿐이니까요. 새로운 사건이 생기면 제가 한 일 따위는 싹 잊어버릴걸요."

"참 낙관적인 시각이군. 잊어버리지 않을 사람들도 있어."

"피해자 말씀이라면 그건 괜찮습니다. 그 사람들도 속은 걸 금세 잊어버릴 테니까. 이거 보세요, 선생님. 우리 비즈니스나 카드 사기나 보증금 사기나, 걸려드는 녀석은 다 같은 인간입니다. 제 말 아시겠습니까? 똑같은 인간이 이런저런 사기에 걸려드는 거죠. 그건 말이죠, 녀석들이 속고 싶어 하기 때문입니다. 그런 인간이 있어요."

"그런 인간?"

"자식이 절망적인 위기에 처했을 때 구원의 손길을 내밀어 주는 영웅적인 자신. 일확천금의 기회를 얻은 특별한 자신. 바라던 것 이상의 배우자를 만나 장밋빛 미래를 누릴 자신. 녀석들은 말이죠, 그런 환상에 도취되고 싶어서 사기에 걸려들어요. 속았다는 걸 알아도 환상에서 벗어나질 못하죠. 그러니까 속고도 금방 잊어버립니다. 그리고 또 새로운 사기에 걸려드는 겁니다."

니시키오리가 그렇게 큰소리치는 것을 듣고 미코시바는 코웃음을 쳤다.

"수요와 공급이란 말이군."

"그렇죠. 속이는 쪽이 있고 속고 싶어 하는 쪽이 있어요. 우리는 속여 주고 그 대가로 보수를 받는 겁니다. 제가 보기에 이건 엄연한 비즈니스입니다."

비즈니스라는 말에 생각났다. 신문 보도에 따르면 이 남자는 사기 그룹을 회사, 배당을 임금, 그리고 자신은 사장, 간부는 부장으로 불렀던 모양이다. 심지어 사외 유출 금지라는 매뉴얼은 물론 사훈까지 있었다니 감탄할 일이다. 아지트로 쓰던 아파트에는 이달의 목표며 스케줄표까지 붙어 있었다.

니시키오리 다쿠야 또는 스즈키 히로시는 원래 IT 기업 직원이었다. 구조 조정으로 다니던 회사를 그만두고 재취업을 시도했지만 그를 받아 주는 곳은 아무 데도 없었다. 그래서 결국 생각해 낸 게 보이스피싱이었다고 한다.

회사 조직에서 쫓겨난 몸이니 조직이라는 것에 염증이 날 만도 한데, 그런데도 니시키오리는 자신의 사기 집단을 회사라고 우긴다.

미코시바는 문득 이전에 온 나라를 뒤흔들었던 신흥종교 교단의 테러 사건이 생각났다. 그 사건도 엘리트라는 소리를 듣다가 출세 코스에서 벗어난 사람들이 망상을 품고 일으킨 것이었는데, 그들은 교단 내에 정부 조직처럼 부와 처를 만들고 자신들은 신에게 선택된 자라고 주장했다.

결국 니시키오리도 그들과 다를 바 없다. 현실 사회에서 밀려난 사람이 그 사실을 인정하기 싫어서 자기 본위적인 논리로 만들어 낸 미니어처 정원에서 회사 놀이를 하는 것에 불과하다.

"피해자한테 책임을 전가하는 건 훌륭한 마음가짐이네만, 내가 말하는 건 당사자가 아니야. 재판원이 이 사건에 어떤 인상을 받느냐 하는 거지."

"재판원이라면……. 저 재판원 재판 말입니까? 설마요. 그건 살인이라든지 강도 치사 같은 중대 범죄 사건이 대상 아닙니까."

"여기 들어오기 전에 신문 안 봤나? 요샌 강도나 화폐 위조도 재판원 재판의 대상이야. 바로 얼마 전에 오사카 지법에서 각성제 밀수 사건이 재판원 재판을 받았지. 다시 말해서 중대 사건이면 뭐든 다 가능하다는 말이야. 피해 총액이 21억 7500만 엔에 달하는 보이스피싱은 충분히 중대 사건이라고 할 수 있지 않을까?"

니시키오리의 얼굴빛이 변했다.

"보이스피싱은 현재 피해 총액이 1500억에 이른다고 이야기되지만 적발된 건수는 20퍼센트에도 못 미쳐. 그러니까 자네의 체포는 더더욱 대중의 이목을 모을 거야. 게다가 언론도 이번 사건에 아주 관심이 많거든."

"왜죠?"

"피해자 수가 많고 또 비참한 사례들이 눈에 띄기 때문이야. 가령 미야기 현에 사는 일흔 살 부인은 암 치료 때문에 외국에서 값비싼 약을 구입했는데, 400만 엔을 잃는 바람에 그것도 못 하게 돼서 집에서 숨을 거두었어. 마지막 순간까지 자기를 속인 범인을 원망했다더군."

니시키오리는 흥 하며 얼굴을 돌렸다.

"이시카와 현에 사는 노부부의 경우는 더 비참했어. 갑작스레 큰돈을 구하느라 소비자 금융에서 돈을 빌렸는데 연금 생활자였으니 말이지. 순식간에 연체가 쌓여서 결국 둘이 같이 목을 맸어. 원한다면 더 열거해 줄 수도 있는데."

"제가 죽인 게 아니라고요. 그놈들이 멋대로……."

"그건 그렇지. 관자놀이에 총구를 갖다 대고 방아쇠를 당긴 건 그 사람들 자신이야. 하지만 그 사람들한테 실탄이 든 권총을 준 건 자네라고. 적어도 언론에선 그렇게 생각해. 대중도 마찬가지고. 그리고 사회적 관심이 높은 사건은 중대 사건으로 간주돼서 재판원 재판의 대상이 될 수 있어. 그 경우 당연히 재판의 행방은 재판원의 심증에 크게 좌우되지."

니시키오리의 얼굴에서는 이제 선웃음을 찾아볼 수 없었다. 대신 실제 나이에 걸맞은 미숙함과 초조감이 떠올라 있었다.

"형법 246조, 사기죄가 적용되면 10년 이하의 징역이지만 검찰이 10년을 구형해도 변호한 보람이 있어서 정상 참작이 되면 대개는 5년 정도야. 그렇지만 자네는 어떨까. 재판원이 정상 참작을 해 줄지 어떨지 대단히 불확실한 데다, 만약 검찰이 형법에 의해 허용되는 1.5배까지 구형하고 그 상태에서 감형이 고려되지 않으면 최고 15년. 그럼 출소하면 자네 몇 살이지? 마흔다섯 살?"

"하, 하지만 녀석들이라고 완전히 깨끗합니까? 교통사고에 상해 미수, 물품 손괴, 자기 자식의 불상사를 돈으로 해

30

결하려고 한 그런 자기 본위적인 사고는 어떻죠? 그것도 엄연한 반사회적 행위 아닌가요?"

"그런 주장은 세상사에 어두운 판사한테는 통할 수도 있겠지만, 피해자에 대한 보도를 접하고 의분에 사로잡힌 일반인한테는 역효과일 뿐이야. 이제 그만 상황을 인식하라고. 자네를 재판하는 건 과거 판례에 비춰서 형량을 결정하는 냉정한 재판관이 아니야. 텔레비전 뉴스쇼의 보도에 일희일비하고 정의의 수호자를 자처하면서 죄인을 처단하려는 일반사람의 감정이지. 논리로 어떻게 할 수 있는 상대가 아니야. 뭣보다 재판관이 양형하는 경우에도 요새는 여론을 참고한다고. 어쨌거나 여론을 적으로 돌린 시점에서 자네의 실형은 거의 확정된 거야."

"거의 확정이라니……. 그렇게 쉽게 말씀하지 마시라고요! 뭔가, 뭔가 기사회생할 방법은 없는 겁니까?"

"있지." 미코시바는 선뜻 말했다. "내가 변호인이면 수단이 없지 않아. 하지만 합법적인 수단이 아니니까 다른 변호사는 못할 거야."

니시키오리는 아크릴판에 얼굴을 밀착시키다시피 하며 미코시바를 응시했다. 필사적으로 뭔가를 읽어 내려는 표정에 미코시바는 입꼬리를 올렸다.

"직장에서 밀려난 엘리트들을 헤드헌팅했다지? 사람 보는 눈도 꽤나 단련됐겠지. 그럼 지금 눈앞에 서 있는 사람이 육법전서에만 통달한 인간이 아니라는 것도 알 만할 텐데. 뭐, 모처럼 새 삶을 살 기회를 얻었으니까 합법적인 변호사를 구해서 합법적인 재판을 받고 합법적으로 죗값을 치르는 것도 좋겠지."

그렇게 말하고 일어선 순간 니시키오리의 표정이 무너졌다. 여유도, 허세도 사라진 뒤 남은 것은 길 잃은 어린애 같은 두려움뿐이었다.

"선생님! 의뢰를 받아 주세요. 제 변호인이 돼 주세요. 비용은 얼마든지……."

"얼마든지? 흠. 하지만 내 소문을 들었으면 당연히 시세도 들어서 알 텐데. 과연 자네가 지불할 수 있을까?"

"그러니까 얼마라도……."

"3억."

"3억이라고요? 노, 농담이 너무 심하신데요, 선생님. 그 액수는 아무리 그래도 너무 터무니없어요. 0이 두 개는 더 붙었네."

"그럼 더 합법적인 변호사를 택해."

"감방에 갇힌 사람한테 그런 돈이 있을 것 같아요?"

"피해 총액 21억 7500만 엔 중에서 자네, 그리고 범행에 가담했던 자의 집에서 압수된 돈이 합해서 약 2억 2000만 엔. 가짜 명의의 은행 계좌에 남아 있던 잔고가 합해서 약 4억 7500만 엔. 그럼 14억 8000만 엔이 남는데."

"가게 임대료도 든다고요. 급료도 줘야 하고요. 지난 1년 동안은 돈을 펑펑 쓰고 살았으니까 이제 안 남았어요. 아껴 놨던 거 다 긁어모아도 기껏해야 500만 엔 정도⋯⋯."

"하와이? 아니면 델라웨어인가?"

"⋯⋯네?"

"아니면 한국인가. 아니면 홍콩. 미국이라면 그 두 주가 특히 회사법이 느슨해서 법인 설립, 해산이 쉽지. 그곳에 아무 법인이나 적당히 만들어서 계좌에 송금해 버리면 당국의 눈을 피할 수 있어. 게다가 금리도 일본 국내보다 훨씬 높으니까 오프쇼어(조세 회피지)로는 더할 나위 없지. 생각 있는 부자는 다들 쓰는 수단이야. 그리고 범죄에 사용된 가공 명의 계좌 동결을 골자로 한 보이스피싱 피해자 구제법을 빠져나갈 절호의 방법이기도 하고. 어쨌거나 사업가를 표방하는 자네가 그걸 모를 리 없지."

니시키오리가 신음했다.

"집 한 채 짓는 값과 맞먹는 외제 차, 200만 엔이 넘는 손목시계, 매일 밤 돈을 물 쓰듯 하면서 흥청망청 놀고. 일 시작해서 2년이니 수익이 연간 7억 4000만 엔인데, 그런 금액은 그렇게 쉽게 쓸 수 있는 게 아니야. 아무리 펑펑 써 봤자 서른 살 안팎인 남자가 쓰는 돈은 뻔해. 얼추잡아서 7억에서 8억을 세 개 해외 계좌에 보관했으려나? 그럼 3억 정도 푼돈이지."

"하지만! 3억은 너무한다고요!"

"정신 차려. 이 상황에서 널 구하려면 피해자들의 탄원서가 반드시 필요해. 수십 명, 경우에 따라선 수백 명의 피해자를 설득하는 데 현금이 얼마나 필요한지 암산해 보라고. 게다가 외국에 돈을 뒀다고 십 몇 년씩이나 무사할 것 같나? 여론이 들끓으면 경찰도 반드시 외국으로 눈을 돌릴 거다. 정권 교체 후의 정부는 약자의 편이란 슬로건을 내거니까, 제스처를 포함해서 피해자 구제 목적으로 법무성과 경찰청에 압력을 가할 건 불을 보듯 뻔하지. 네가 감방에서 썩는 사이에 3억 정도가 아니라 자금 대부분이 몰수될 거야."

니시키오리는 또 조용해졌다. 미코시바의 말과 3억이라는 액수를 저울질하는 것이다.

"하지만 단기 복역을 마치고 출소하면 남은 자금으로 다시 승부를 벌일 수 있어. 어차피 출소 후의 사업 계획도 세우고 있겠지? 큰 걸 얻으려면 그와 등가의 지출이 필요한 법이야. 그게 세상 이치야."

그러자 니시키오리는 천천히 눈을 들었다.

"……알았어. 3억 주지. 대신 약속해. 무슨 일이 있어도 반 년 내로 석방되게 한다고."

"그런 약속은 못 하겠군. 재판은 어차피 운에 좌우되니 말이지. 게다가 판결 뒤에 형기가 단축되느냐 마느냐는 네가 교도소에서 얼마나 착하게 구느냐에 달렸어. 나한테 명령할 수 있는 입장이라고 생각하지 마라. 하지만 수임하면 최선을 다한다. 그건 약속하지."

니시키오리는 불만스레 자리에 앉았다. 자신의 처지를 이해한 듯한 태도에 미코시바는 속으로 회심의 미소를 지었다. 그리고 그 자리에서 위임장에 서명 날인을 받고 해외 계좌의 명의와 계좌번호를 알아냈다. 이름은 위임장이지만 결국은 복종을 의미하는 증서다. 변호를 방패로 삼으면 이 남자는 자신의 노예다.

"그런데 부모님은 건재하시고?"

"아버지는 일찍 죽었어. 어머니는 재혼해서 시마네에 있는 친정에 살고…… 아마 아직."

"좋은 소식이군. 잘됐어."

"뭐가?"

"아버지는 사기를 당해 자살. 어머니는 생활고 끝에 널 집에서 내쫓고 애인과 재혼. 그렇게 해."

"그, 그게 무슨 소리야?"

"사기 사건의 주범은 원래 사기 사건의 피해자였다. 타인을 속이고도 반성하지 않는 성격은 지금까지 내내 속고 살아 온 인생의 불가피한 귀결이었다……. 이런 스토리라면 네 악랄함이 상쇄될 거야. 집에서 쫓겨나기 전까진 친구를 위하는 착실한 청년이었다는 것도 괜찮겠군. 뭐, 요는 여론과 재판원의 심증을 좋게 해서 정상 참작을 받아내면 그만이야. 문외한한테는 과거가 꽤 먹히거든."

"하지만 그런 이야기에 어떻게 신빙성을 줄 생각인데? 하나부터 열까지 죄 거짓말이잖아."

"어머니, 동급생, 그 외 선량한 시민의 뺨따귀를 돈다발로 후려갈겨야지. 그걸 위한 비용이다."

망연자실하는 니시키오리를 두고 미코시바는 면회실에서 나왔다. 수임료 3억 엔을 빠른 시일 내로 입금하게 할 수단을 생각하는 한편 간판이 훼손당할 이유가 또 하나 늘었다고 쓴웃음을 지었다.

2

간밤에 쏟아지던 폭우는 어디 가고, 올려다본 하늘은 구름 한 점 없이 산 너머까지 푸르게 펼쳐져 있었다.

'하여간 극단적이라니까.'

사이타마 현경 수사1과의 고테가와 가즈야는 목덜미의 땀을 훔치며 가미오쿠도미 운동 공원 끝에 친 규제선 밑을 지났다. 공기는 여전히 수분을 듬뿍 머금고 있어 벌써부터 한여름 같은 무더위가 온몸을 감쌌다. 요 근래는 날씨가 이렇게 화창하거나 큰비가 쏟아지거나 둘 중 하나다. 행락이라면 또 몰라도 부패되기 시작한 시체에 다가가기에는 최악의 날씨였다. 그새 익숙해진 시큼한 자극취가 어렴풋이 여기까지 났다. 날씨도 이 나라의 경제 상황 따라 양극화된 걸까.

파란 비닐 시트로 사방을 두른 풀숲 바로 곁을 체육복 차림의 중학생들이 뛰어 지나갔다. 방치된 죽음과 그 옆을 달려 지나가는 삶. 이 광경도 극단이라면 극단인가.

비닐 시트 안으로 들어가자 익숙한 뒷모습이 바로 눈에 들어왔다.

"왜 이렇게 늦냐, 이 굼벵이 녀석. 저 중학생 애들처럼 뛰어서 오는 정도의 의욕을 좀 보여 봐라."

와타세 반장은 돌아보지도 않고 그렇게 말했다.

아니, 댁이 너무 이른 거라고, 라는 말은 그냥 삼켰다. 서류 작업을 무엇보다 싫어하는 사람이니 시체가 발견됐다는 소식이 관할에서 들어오기 무섭게 득달같이 달려왔을 게 틀림없다.

안녕하세요, 하며 머리를 꾸벅 숙이고 다가간 곳에 시체가 있었다.

셔츠와 트렁크스, 손목시계만 몸에 걸친 남자의 시체. 나이는 30대 초반. 체구가 작고 허리에 군살도 없는데 이마선은 꽤 뒤로 후퇴했다. 속옷 밖으로 드러난 사지에 크고 작은 상처와 타박 흔적이 보였다. 안면도 예외가 아니었다. 뺨이고 이마고 여러 사람에게 맞은 것처럼 우그러져 있었다. 피부 전체가 푸르스름하게 변색된 탓에 검붉은 상처가 더욱 두드러져 보였다. 죽는 순간 어떤 표정을 짓고 있었는지 알 수 없지만 머리숱이 적은 탓도 있어 지금은 완전히 도깨비 같은 형상이었다.

그러고 보니 옛날이야기에 나오는 도깨비는 시체를 회화화한 것이라는 이야기를 법의학 교실의 노교수에게 들은 적이 있다. 핏기를 잃어 창백해진 피부 밑에서 부패 가스가 발생해 팽창하면서 몸 전체가 속에서부터 부푼다. 이게 파란 도깨비. 그리고 다음 단계에서는 위액이 자가 융해를 시작해 단백질을 변질시키면서 그 때문에 온몸이 붉어진다. 이게 빨간 도깨비.

다시 말해 죽인 녀석이 악귀면 죽은 녀석도 악귀라는 이야기다.

"노숙자가 집단 폭행을 당한 것처럼 보이는군요."

"그런데 저 많은 상처들이 하나같이 생활반응을 찾아볼 수 없단 말이지. 이건 표류물의 흔적이야."

"표류물이라고요?"

"물에서 건졌거든. 상류에서 떠내려오다가 교각과 교각 사이를 막고 있던 유목에 걸리고 그 뒤 밀려온 표류물 때문에 전신에 상처가 난 모양이지. 그래서 이 꼴이 된 거다. 나무에 걸린 걸 운이 좋았다고 할지, 아니면 그냥 바다로 흘러가는 편이 나았을지."

글쎄, 과연 그럴까. 고테가와는 생각했다. 여기 이루마 강은 블랙배스의 서식지다. 시체가 바다에 다다르기 전에 잡식성인 블랙배스가 뼈도 안 남기고 먹어 치울 가능성이 높다.

그나저나 물에서 건진 것치고는 팽창이 심하지 않다. 그렇다면 물에 빠진 다음 아직 그리 경과하지 않았다는 뜻이다. 그리고 시체가 속옷 차림이라는 데서 자살이나 사고가 아니라는 것을 알 수 있다.

"왜 옷을 벗겼을 것 같냐?"

"피해자의 신원을 감추기 위해서…… 아닐까요. 가령 경관이나 택배 기사처럼 유니폼을 입는 사람은 입은 옷으로 판별할 수 있으니까요."

"발상으로는 나쁘지 않군. 하지만 신원을 감출 거면 얼굴을 완전히 망가뜨리거나 하지 않으면 충분하지 않지. 사람이 살다 보면 아무래도 타인과의 관계를 피할 수 없으니까 누가 소식이 끊기면 주위에서 몇 사람은 소란을 피워. 시체의 얼굴 그림이 공표되면 당연히 나서겠지. 옷만 벗겨선 어중간해."

"하지만 얼굴, 망가졌잖습니까."

"그건 결과적으로 그렇게 됐을 뿐이야. 시체가 아무런 방해를 안 받고 떠내려왔다면 얼굴도 손상이 그렇게 심하지 않았겠지."

"그럼 어째서죠?"

"일단 생각할 수 있는 건 범인한테 피해자의 옷이 필요한 상황이다. 가령 살해 당시 범인은 알몸 또는 그에 가까운 차림새였어. 그래서 죽이고 나서 피해자의 옷을 빼앗아 그걸 입고 현장을 떠났어."

"'일단'이면 또 다른 것도 있는 겁니까?"

"또 하나는 옷 자체에 범인 또는 범행 현장에 대한 증거가 남아 있을 가능성이지. HIV 양성 혈액이 부착됐다, 특정 장소에만 있는 물질이 묻었다."

"……용케 그런 걸 연달아 생각해 내시는군요. 소위 경험의 산물입니까?"

"아니, 미스터리 소설에서 봤다."

이렇게 바쁜데 이 사람은 대체 언제 어디서 그런 걸 읽는 걸까.

"다만 사인이 익사인지 아닌지 아직 확실하지 않아. 아까 감식이 입속을 들여다봤는데 입 냄새가 꽤 심하게 남아 있었다더군. 죽기 직전에 흙탕물을 잔뜩 마셨으면 입 냄새가 없어졌을 텐데."

그 말을 듣고 고테가와는 시체를 다시 샅샅이 살펴보았다. 반라 상태이니 치명상이 될 법한 외상은 금세 알아볼 수 있을 것이다. 그런데 눈을 크게 뜨고 훑어봐도 찔린 상처나 삭흔 같은 것은 찾아볼 수 없었다. 그 모습을 보고 와타세가 턱짓하는 부분으로 시선을 옮기자, 왼쪽 손바닥 중앙에 작은 원형으로 팬 붉은 자국이 있었다.

손수건으로 코를 막고 얼굴을 가까이 대자 착색된 게 아님을 알 수 있었다.

"화상 자국⋯⋯입니까?"

"비슷해."

"그럼 뭐죠?"

"네 추측대로 열상熱傷의 일종이겠다만, 미쓰자키 교수의 사법해부를 기다려 보지 않으면 단언은 못 해. 그냥 물음표로 갖고 있어."

"목을 졸린 흔적도 없고 찔린 흔적도 없습니다. 치명적인 타박상도 안 보이고요. 그런데 익사까지 아니면 반장님은 뭐가 사인이라고 보시는 겁니까?"

"유보다."

"유보⋯⋯."

"불확실한 정보는 머릿속 서랍에 넣어 두라고. 필요할 때 꺼내면 되니까. 초동 수사는 확실한 것부터 확인해 나가는 거야. 그러니까 지금은 피해자의 신원을 밝혀내는 걸 우선해. 얼굴은 타박으로 손상을 입었지만 의도적으로 망가뜨린 건 아니야. 충분히 수복이 가능할 테고 소지품으로 밝혀내는 수도 있어."

"소지품은 뭐 나왔습니까?"

"아니. 지금까지는 손목시계뿐이군. 같이 강에 떠내려 보냈는지 다른 데 버렸는지 다른 건 아무것도 발견 안 됐어. 아까부터 강을 훑고 있는데 이런 탁류니 말이지. 잠수부들도 자기가 떠내려가지 않게 버티는 게 고작인 모양이야."

다시 말해 현재 이 남자의 소지품은 속옷과 손목시계뿐이라는 이야기다. 셔츠는 무늬 없는 단색, 트렁크스도 평범한 체크무늬. 주인의 몰개성을 욕하고 싶어지는 대량 생산품이 틀림없다. 손목시계는 어떤가 하고 보니 순금 아날로그식인데, 벨트 여기저기에 녹이 슬어 아주 볼품없다. 적어도 패션이나 장식품에 돈을 쓰는 남자는 아니었던 모양이다. 아니면 그저 생활에 여유가 없었나. 주인은 이제 꿈쩍도 하지 않는데 시계 초침은 아무 일 없었던 것처럼 째깍째깍 돌아갔다.

"시계는 수입품이긴 한데 엄청 낡았군요. 샀을 때 그럭저럭 돈 좀 줬겠지만 이래선 전당포에 갖다 주지도 못하겠는데요."

"흔한 거냐?"

"음, 고급 브랜드는 아닙니다. 저도 그렇게 잘 아는 건 아니지만."

고테가와의 아마추어 감정으로 알 수 있는 것은 그 정도고, 그 이상은 감식과 사법해부에 맡기는 수밖에 없다. 나머지는 피해자의 지문이 전과자로 등록돼 있다면 아주 좋겠다.

"그럼 탐문 조사군요. 범위를 어디까지 잡을까요?"

"넌 나서지 마라."

"네?"

"서장의 진두지휘 아래 관할서 인원이 총동원돼서 반경 1킬로미터를 샅샅이 뒤질 거다. 지금 본부 애송이가 어슬렁어슬렁 돌아다니다간 짓밟혀."

얼마 동안 생각한 끝에 상황을 파악했다.

시체가 발견된 사야마 대교는 사야마 경찰서 지척에 있다. 말하자면 제 집 마당에 시체가 버려진 모양새인데, 그런 불명예를 올해 갓 부임한 새 서장이 그냥 넘길 리 없다.

"체면을 구긴 건 새 서장만이 아니라 사야마 서 전체니 말이지. 녀석들, 눈빛이 달라져선 여기저기 냄새 맡고 다니고 있다. 그 기세로 봐선 오늘 안으로 신발 한 짝쯤은 물고 돌아올 것 같던데."

그 말은 늘 겪는 관할서와의 눈치 게임이 이번에는 한층 치열할 것이라는 뜻이다.

"그럼 저랑 조를 짤 관할서 형사는 누굽니까?"

"관할서 형사가 아니야. 넌 나한테 붙어 다녀."

"또요? 이제 그만 절 어엿한 형사로 인정해 주시라니까요."

"이게 아직 정신을 못 차렸군. 그래서 어엿한 형사랍시고 단독 행동을 하다가 범인 손에 죽을 뻔한 녀석이 누구냐?"

44

"아니, 그건……."

"게다가 이번 사건은 아까도 말했지만 사야마 서의 체면이 걸린 문제라 다들 눈빛이 심상치 않아. 너처럼 속을 못 감추는 인간하고 조를 짰다간 당장 불협화음이 생길 테지."

넌더리가 나서 비닐 시트 밖으로 나왔다가 고테가와는 규제선 뒤에서 지금 가장 보고 싶지 않은 얼굴을 발견하고 혀를 찼다.

사이타마 일보 사회부 기자 오노우에 겐지. 다른 기자가 붙여 준 '쥐새끼'라는 별명대로 짤막한 몸집으로 쫄쫄거리고 다니며 어디든 들어가서 먹잇감을 낚아챈다. 밀어붙이는 힘과 냄새 맡는 코는 천하일품인데, 선웃음 뒤에 빤히 비쳐 보이는 천박함과 비정함 탓에 그를 좋아하는 사람은 아무도 없다. 그렇게 말하는 고테가와 역시 그중 하나다.

이번에도 안에서는 와타세에게 끌려 다니고 밖에서는 오노우에 같은 남자를 상대해야 하는 것이다.

'이런 게 내우외환인가.'

탄식하는 고테가와 옆으로 시트에 싼 시체가 운반되어 지나갔다.

수사본부가 설치된 사야마 서로 가니 이미 기자 클럽 멤

버들이 회견을 기다리고 있었다. 피해자가 신원 불명의 남자 한 명인 탓도 있어 관심은 크지 않은 분위기였다. 하기야 아직 수사회의도 열리지 않은 단계에서 공표할 수 있는 사실이 어차피 많지 않으리라고 짐작했을 것이다.

회견석에 나란히 앉은 사람은 사야마 서의 나베시마 서장과 현경 본부의 구리스 과장, 그리고 와타세 경위, 이렇게 셋뿐이었지만, 초동 단계에서 현경 본부장이나 관리관이 얼굴을 내밀 필요가 없다는 것은 기자들도 이미 잘 알고 있다. 와타세와 한 조인 고테가와는 달리 할 일이 없어 회견장 맨 뒷줄에서 추이를 지켜봤다.

먼저 나베시마 서장이 시체 발견 당시의 상황과 초동 수사 결과를 보고했다. 물론 현 단계에서 말할 수 있는 것은 얼마 없다.

당장 기자석에서 질문이 날아왔다.

"신원 불명이라고 하셨는데 얼굴은 공개 안 합니까?"

"유목 등등에 부딪혀서 인상이 다소 변했습니다. 공개는 수정 뒤에 할 겁니다."

"그럼 유류품은?"

유류품인 속옷 사진이 앞쪽 모니터에 비쳤다. 대량 생산품에 진흙투성이 속옷은 아무런 감흥도 주지 못했지만, 다음 사진이 표시된 순간 실내 공기가 미묘하게 달라졌다.

녹슨 벨트에 순금 아날로그 시계.

"음?"

"어?"

반눈을 감고 있던 와타세가 즉각 눈을 부릅떴다.

"어이, 사이타마 일보."

자신이 불리자 '쥐새끼' 오노우에 젠지는 고개를 쏙 움츠렸다.

"방금 내 눈을 피했지? 피해자를 아는군? 이제 와서 잡아뗄 생각 말라고. 이쪽은 1년 365일 네 히죽거리는 면상을 봐야 하는 신세인데."

"이런이런, 경위님 관찰안은 여전히 광센서 급인데요. 맘 놓고 한눈도 못 팔겠습니다. 초짜 신문쟁이었으면 식은땀 줄줄 쏟고 있을걸요."

"넌 식은땀은커녕 콧노래 부르고 있잖아. 자, 이 피해자, 대체 어디의 누구야? 손목시계만 보고도 놀랐으면 그냥 좀 아는 사이가 아니겠군."

"저만 그런 게 아니라 여기 있는 신문쟁이 중에서도 몇 명은 짚이는 게 있을걸요……. 글자판 뒤에 뭔가 새겨져 있던가요?"

"펜 문장紋章."

그 대답에 또 기자 몇 명이 반응을 보였다.

"그럼 경위님, 수정 전이라도 괜찮으니까 피해자의 얼굴 사진을 볼 수 있을까요?"

와타세가 눈짓으로 신호하자 나베시마 서장이 씁쓸한 표정으로 고개를 끄덕였다. 그리고 현장 사진 한 장을 가져오게 해서 기자석 맨 앞줄부터 돌렸다.

"여기저기 손상을 입었군요. 그래도 생전의 모습, 특히 후퇴한 이마 선은 그대로 남아 있으니까……. 판박이처럼 닮은 타인이 아니면 아마 그 친구 맞을 겁니다."

"누군데?"

"이름은 가가야 류지. 동업자 비슷한 겁니다. 그래서 알죠. 뭐, 기자들 사이에선 어떤 의미에서 유명인이라서요."

"동업자? 소속은 어디?"

"지금은 프리랜서입니다. 처음엔 분명히 중견 잡지사 기자였는데 금세 프리가 됐죠. 요새는 어디랑 계약했는지 그건 못 들었지만 취재는 계속했던 모양이에요."

"어떻게 손목시계만 보고 알았지? 오래 안 사이야?"

"제가요? 이 녀석하고? 어이구, 그런 말씀 마세요."

쓴웃음과 함께 손사래를 치는 모습에 고테가와는 의아하

48

게 생각했다. 언제나 겉으로는 예의 바른 척하는 이 남자가 노골적으로 멸시를 드러냈기 때문이다.

"《주간 토픽》. 아세요?"

"몇 년 전에 휴간된 사진 주간지지? 외설하고 폭로 기사밖에 없는."

"그런 잡지도 잘 나가던 시절이 있어서요. 전성기엔 매출에 지대한 공헌을 한 기자한테 기념품 시계와 금일봉을 줬죠. 이 녀석이 찬 게 그 시계예요. 5년 전에 당시 야당 대표의 장남이 각성제로 걸렸던 거 기억나시죠? 체포의 발단이 된 약물 인도 현장을 폭로한 게 가가야였습니다. 그때 받은 시계를 맨날 차고 다니면서 기회만 있으면 이 시계가 어떤 시계고 자기가 어떻게 특종을 잡았는지 떠벌리는데 어찌나 시끄럽던지. 이 녀석하고 얼굴 마주치면 대개 그 이야기를 들어야 했죠. 뭐, 이 녀석한테는 하나뿐인 훈장이었으니까요."

"말투로 보면 동료들한테 퍽이나 사랑받던 녀석 같군."

"출판 불황이 주간지에까지 미치면서 있을 자리가 없어지니까, 가가야는 돈 받을 상대방을 바꿨거든요."

"돈 받을 상대?"

"고생해서 찍은 결정적인 사진, 악의를 위선과 조롱으로 호도한 기사. 가가야는 그런 걸 잡지사가 아니라 당사자 본

49

인한테 팔아넘기게 된 거죠."

다시 말해 협박이라는 소리다.

"저도 꽤나 미움받지만 이 녀석보단 낫다고 자부합니다. 전 썩어도 신문쟁이지만 이 녀석은 그냥 양아치니까요."

"상습 공갈범인가. 지금까지 이 녀석한테 몇 명이나 당했지?"

"글쎄요, 쉰 명일지 백 명일지. 아무튼 가가야의 수입원은 그게 다였던 것 같으니까요. 경위님한테는 죄송한 말씀이지만 가가야를 죽이고 싶은 선남선녀는 두 손 두 발을 다 써도 모자랄걸요."

와타세는 반눈을 뜬 채 재미없다는 듯 오노우에를 노려보았다.

"요새는 누굴 협박했지? 뭘 뒤쫓고 있었어?"

"제가 그걸 안다고요?"

"악사천리라고 하니까 말이지. 뭣보다 너 귀 밝잖아."

오노우에는 엄지를 거꾸로 들어 바닥을 가리키며 "여깁니다"라고 말했다.

"본인한테 직접 들은 건 아니니까 어디까지나 소문이지만요. 공갈 대상이 누구였는지까지는 몰라도, 가가야는 여기 사야마 시의 보험금 살인을 추적하고 있었나 봅니다. 그 왜,

50

지금 신문을 떠들썩하게 도배한 도조 미쓰코 피고의 사건
말이에요."

3

예정보다 40분 늦게 변호사 회관에 도착했는데도, 방으
로 들어온 미코시바를 비난하는 사람은 아무도 없었다.

변호사 회관에서도 가장 큰 회의실에 사람이 꽉 차 있었다.
대충 어림잡아도 백 명은 될 것 같다. 자리에 앉은 변호사들
은 다들 작은 그룹을 지어 낮은 목소리로 뭔가 열심히 말을
주고받고 있었다. 그 소리가 교차해서 지각한 사람의 기척을
지워 버렸다.

'생김새야 그렇다 치고 분위기만 보면 변호사회 회장 선
거도 초등학교 반장 선거하고 다를 게 없군.'

변호사회에 소속된 사람이라면 친한 변호사를 찾아 그 그
룹에 끼어야 하겠지만, 행인지 불행인지 미코시바에게는 친
근하게 이야기를 나눌 만한 동료 변호사가 없었다.

"어라, 미코시바 선생 아닙니까."

말을 건 남자를 보고, 최소한 다른 사람 눈에 띄고 싶었다
고 생각했지만 이미 늦었다.

호라이 가네토는 완벽하게 비굴한 웃음을 얼굴에 달고 다가왔다. 40대 초반, 변호사 경력도 20년 가까이 되니 원래라면 그에 걸맞은 관록이든 풍격을 갖췄어야 하는데, 이 남자에게서 느껴지는 것은 그저 천박함과 계산적인 성격뿐이다.

　"무슨 일 있으셨습니까? 선생을 계속 기다렸는데요."

　"의뢰인 면담이 길어져서요. 하지만 저 같은 걸 뭐 하러 기다리십니까. 보아하니 다른 분들은 이미 회의를 시작하신 것 같습니다만."

　"아니, 아직 토의를 하는 건 아니고 추천을 조정하는 단계라서요……. 그나저나 선생은 마음에 두신 분이 있습니까?"

　"딱히 없습니다만."

　"그럼 저한테 한 표 부탁드려도 되겠습니까?"

　너무나도 갑작스럽고 직접적인 발언에 순간 잘못 들었나 했다.

　"세대교체를 할 때가 됐죠. 변호사회는 앞으로 나나 선생 같은 중견이 중심이 돼서 사회적 약자를 위해……."

　호라이는 오른손을 내밀며 말을 이었다. 사회적 약자한테서 돈을 쥐어짜는 게 대체 어디의 누구더라? 하는 말이 목구멍까지 올라왔을 때 멀리서 "어이, 미코시바 선생" 하고 부르는 소리가 들렸다.

방 안쪽에서 다니자키가 손짓하고 있었다.

"죄송합니다. 회장님이 부르셔서."

오른손을 내밀고 있는 호라이를 두고 그 자리를 벗어났다. 뒤에 남은 호라이는 망신을 톡톡히 당했지만 그런 것은 알 바 아니다.

품위 있고 바느질이 잘된 양복, 단정하게 빗어 넘긴 은발과 예지가 느껴지는 눈. 숲속의 부엉이가 생각나는 풍모는 1년 전과 똑같았지만, 뺨이 다소 홀쭉해졌고 눈빛도 예전 같지 않았다.

"왜 그러지? 오랜만에 만났더니 곧 죽게 생겨서 놀라기라도 했나?"

"아닙니다. 그런 건……."

"감출 거 없네. 내년이면 벌써 여든이야. 그야 살도 빠졌고 검버섯도 눈에 띄겠지. 아니면 그건 괴물이지. 애초에 이번 회장 선거도 내 건강 문제가 원인이고 말이네."

"회장직은 격무니까요."

"격무? 흥, 파벌 투쟁과 야비한 인간관계를 너무 봐서 성가신 것뿐이야."

파벌이라는 말이 다소 우스꽝스럽게 느껴졌다. 변호사 세계에서 파벌이란 처음에 어느 변호사 사무실에 들어갔느냐를 가리킨다. 미코시바는 도쿄가 아닌 다른 곳에서 변호사 생활을 시작했기 때문에 도쿄 변호사회의 파벌과는 무관한 입장이었지만, 파벌의 의미는 야쿠자 보스와 부하 관계와 다를 게 전혀 없다.

다니자키는 미코시바를 옆에 앉히고 목소리를 낮추었다.

"뭐, 누가 내 후임으로 앉든 관심 없네만 저 호라이란 사내만은 싫군. 회장 선거에 입후보한 것만 해도 놀랐는데, 진심으로 당선을 노리는 것 같으니 참 대단한 일이야."

"사회적 약자를 위한 변호사회로 만들겠다고 포부를 이야기하던데요."

"허! 채무 정리만 맡는 인간이 어디서 잘난 척인지. 저자한테 그런 고상한 목적은 없어. 있는 건 명예욕뿐이지. 어쨌거나 돈은 꽤 많이 벌었을 테니 말이야. 의식이 풍족해야 예절을 차리게 된다는 말이 있네만, 예절에만 관심을 갖게 되는 게 아니거든. 배부른 속물은 다음 순서로 명예의 매력을 알게 되지. 뭐, 지방 변호사회 회장은 자동적으로 일변련(일본 변호사 연합회) 부회장이 되니까 인지도가 높아져서 의뢰가 늘어날 거란 광고 효과도 노리는 거겠네만."

다니자키가 지적하지 않아도 호라이의 수단을 가리지 않는 돈벌이는 업계에서 이미 유명했다. 의뢰 안건을 채무 정리로 특화하자마자 업적이 급속도로 증가해서, 그 뒤로 근무 변호사를 쉰 명으로 증원한다느니, 사무소를 법인화해서 지점을 낸다느니 소문이 무성했다. 텔레비전 광고와 차내 광고는 말할 것도 없고 요새는 구장이며 아이스링크장에까지 사무소 이름을 내걸고 있다. 또 본인도 몇몇 버라이어티 프로그램에 출연해 연예인 행세 중이라는 이야기도 들린다.

"변호사업도 결국 장사니까 광고가 나쁘다는 말은 아니네만, 그런 건 예전 소비자 금융에서 쓰던 수법 아닌가. 하여간 한심하기 그지없는 일이야. 게다가 보수를 기대할 수 있는 초과 이자 안건에만 주력하다 못해 파산 안건을 방치해서 의뢰인한테 손해 배상 청구를 당하질 않나, 남의 책을 베껴서 초과 이자 반환 청구 매뉴얼을 썼다가 소송을 당하질 않나. 그런 인간이 회장 선거에 입후보하다니, 비유를 들자면 방화마가 소방서장으로 입후보하는 셈이지. 수치스럽기 그지없어."

하지만 그런 이야기는 요새 드물지 않다. 채무 정리는 전문 지식이 필요 없기 때문에 문외한도 할 수 있는 일이다. 그 때문에 개중에는 의뢰자와의 면담부터 채권자와의 교섭까지 전부 사무원에게 맡기고 자신은 돈만 챙기는 변호사도 있다. 또 전국에 광고를 내기는 했지만 지방 고객과 일일이 면담을 하기는 번거로우니, 면담 수수료 2만 엔을 미끼로 지방 협력 변호사를 모집한 사무소까지 있었다.

당연히 의뢰인의 항의가 이어지는 바람에 너무나도 안하무인격인 작태를 보다 못한 일변련 이사회가 채무 정리 사건 처리에 관한 방침을 의결했을 정도다. 다시 말해 총본산인 일변련이 나서야 할 만큼 변호사 배지를 단 유대인 고리대금업자가 늘었다는 뜻이다.

"저 사람만 그런 건 아니잖습니까."

"그러니까 더 개탄스럽지. 너도나도 덩달아 편승해서 같은 수법으로 의뢰 안건을 늘리기 시작했네. 소문으로는 소비자 금융 ATM에서 나오는 손님한테 말을 거는 영업을 시작한 인간도 있는 모양이더군. 변호사가 호객 행위를 하다니 이 직업도 땅에 떨어졌어."

"하지만 그런 영업 노력 덕에 변호사 전체의 연 수입도 늘었다고 들었습니다만."

"내가 이런 말을 하는 것도 뭐하네만 변호사가 번창하는 사회는 문제야."

혹시 돌려서 빈정거리는 말인가. 미코시바는 저도 모르게 시선을 피했다. 호라이처럼 두드러지지만 않을 뿐 이 중에 고객에게서 돈을 제일 많이 뜯어내는 사람은 자신이기 때문이다. 그걸 아는지 모르는지, 다니자키는 소리 없이 웃었다.

처음 만났을 때도 그랬는데 이 노인은 눈앞의 인간을 관찰하며 흐뭇해하는 면이 있다. 그리고 허를 찌르거나 촌철살인의 경구로 당황하게 하며 즐긴다.

"물론 이슬 먹는 신선도 아닌데 변호사도 먹고살아야지. 남들만큼 금전욕을 보인다고 비난할 일은 아니야. 어쨌거나 사법고시에 인격이란 과목은 없으니 말이지. 게다가 겨우 1년뿐인 연수 기간에 품격을 기르라는 것도 무리고. 그렇지만 어떤 변호사건 반드시 엄수해야 하는 게 있거든."

"비밀 유지 의무 말씀입니까?"

"아니. 마지막 순간까지 의뢰인을 지킨다는 거네. 돈보다, 명예보다, 때로는 법률보다도 의뢰인을 보고, 지구상 모든 인간을 적으로 돌리는 한이 있어도 의뢰인을 옹호해야해. 아니면 이 직업이 존재하는 의미가 없어. 의뢰인을 등진 변호사는 결국 법률로 밥 벌어먹는 한낱 장사꾼이네."

그렇게 말하고 다니자키는 저쪽에서 담소 중인 호라이에게 얼핏 시선을 던졌다. 마치 노상에 방치된 똥을 보는 듯한 눈초리였다.

"아주 가차 없으시군요."

"하하, 자네는 어느 파벌에도 속하지 않은 외톨이 늑대니까 나도 마음 편히 푸념을 늘어놓을 수 있군."

"설마 그래서 절 부르신 겁니까?"

"자네한텐 미안하지만 그것도 있어. 살날이 얼마 안 남은 노인의 작은 이기심이라고 생각하면 화도 안 날 테지."

"방금 '그것도'라고 하셨죠?"

"그래. 실은 자네한테 다크호스가 될 마음은 없나 해서 말이네."

"……무슨 말씀인지 잘 모르겠습니다만."

"이번 회장 선거는 저 호라이란 인간을 빼면 사실상 현 부회장들의 4파전이야. 자네도 알다시피 그 사람들은 각 파벌의 우두머리에, 의욕이 넘치지. 나처럼 담담하지 않네."

정치에 관심 없는 미코시바도 그 정도 지식은 있었다. 현재 변호사회에는 보수파 청풍회, 혁신파 우애회, 좌파 창신회, 우파 화요회, 그리고 다니자키가 영수領袖로 있는 중도파 자유회가 있다. 그리고 이 다섯 파벌은 각각 열 개에서 스무 개의 부회部會로 구성된다. 지금 이 방에 있는 사람은 부회의 리더들이다. 주의 주장에 큰 차이가 있는 것은 아닌데 모이면 서로 견제하고 멀어지면 서로를 욕하는 구도는 정치판과 한 치도 다르지 않다. 그 말은 즉, 인간이라는 동물은 무리를 짓고 싶어 하고 무리를 지으면 파벌을 이루고 싶어 하는 모양이다.

"이 다섯 파는 어디나 회원이 600명 정도니 큰 차는 없어. 그러니 네 부회장은 우리 자유회의 표를 가능한 한 많이 획득하려고 부심하고 있지. 지난 2주 동안 참 볼만하더군. 젊은 친구들하고 중견이 몇 번이고 불려 나가서 실탄 공세를 받았거든. 공직 선거법하고 상관없으니까 뇌물도 과도한 접대도 얼마든지 가능해. 하지만 그것도 우리 파에서 후보자가 나오면 다소는 잠잠해질 테지. 어떤가? 자네가 손 들어 보지 않겠나?"

"……제가요?"

"내가 후계자로 지명하면 자유회는 전면적으로 자네를 지원할 거야. 아니, 내가 협조를 구하면 다른 회파에서도 표가 유입되겠지. 결코 불리한 싸움은 아닐 거야."

자신을 불러 낸 진의는 그것이었나. 이해는 했지만 아직 분명하지 않은 부분이 남아 있었다. 본심에서 하는 말이라면 너무나도 터무니없는 인선이다. 나이를 먹어 망령이 들었나, 아니면 이미 흥미를 잃은 변호사회 운영을 마지막으로 한번 휘저어 보자는 장난기인가. 하고많은 사람 중에 자신이 변호사회 회장이라니……. 미코시바는 자연히 치미는 쓴웃음을 억누를 수 없었다. 자신이 지어 온 죄를 다니자키가 알면 어떤 표정을 지을까.

"농담이 과하십니다, 다니자키 선생님. 전 회장 같은 직함이 어울리는 인간이 아닙니다. 게다가 전 홈페이지나 회보에 얼굴이 노출되는 건 싫은데요."

"지역 변호사회 회장이 되면 큰 고객은 얻을지 모르지만 잡무에 쫓기느라 본래 업무를 처리할 겨를이 없으니 수입도 격감하네. 다들 그런 내막을 모를 테지. 그러니 욕심 사나운 인간은 못 해."

"죄송한 말씀입니다만 선생님, 정말로 망령이 드신 것 같군요. 사람을 보는 눈이 그새 흐려지신 모양입니다. 아실 텐데요? 제가 바로 그 욕심 사나운 인간의 대표란 말입니다. 호라이 뭐시기보다 훨씬 악랄한 장사를 하고 있죠. 예전처럼 변호사 수임료가 규정으로 정해져 있으면 저부터 징계 처분을 받았을 겁니다."

"허어, 그런가? 그런 것치고는 자네한테 정면으로 손해배상을 청구한 의뢰인은 한 명도 없는 것 같네만. 모르긴 몰라도 자네보다 악랄해서 경찰에 고소할 수 없는 의뢰인한테 뜯어내기 때문 아닌가? 게다가 내 듣기로 자네는 돈 한 푼 못 벌 국선 사건을 즐겨 맡는 모양이던데."

변호사 회관에서 나오자 바깥은 이미 캄캄했다. 미코시바는 바로 퇴근한다고 사무실에 알린 뒤 사야마 시에 있는 의뢰인 집으로 갔다.

항공 자위대 이루마 기지 부근에는 중소 공장이 늘어서 있다. 기지가 가깝다는 입지 조건 때문에 일반 주택보다 공장이 많은 것이겠지만, 전구가 나간 가로등이 드문드문 있는 풍경은 그저 쓸쓸해 보였다. 교통망을 정비하지 않은 채 무질서하게 추진한 베드타운 개발이 도시 기반 정비를 지연시킨 사례가 이 지역만은 아니지만, 불황으로 조용해진 공장 지구는 한층 적막감이 감돌았다.

높다란 담장을 따라 나아가자 의뢰인의 공장에서 흐릿한 불빛이 새어 나오고 있었다.

도조 제재소. 날벌레가 날아다니는 상야등 불빛 아래, 군데군데 녹슬고 네 귀퉁이에 칠이 벗겨진 양철 간판이 보였다. 부지에 들어가지도 않았는데 벌써 톱밥 냄새가 났다.

공장의 셔터는 내려져 있었다. 안으로 들어가자 기계는 가동 중이 아닌데도 나무 가루들이 사방에 퍼져 있는 듯한 착각이 들었다. 꽃가루 알레르기가 있는 사람이라면 절대 피하고 싶은 장소일 것이다. 쌓여 있는 목재 사이로 나아가자 이윽고 천장이 낮아지면서 자택 겸 사무실 현관이 보였다. 그대로 더 가니 좌우에 지게차가 서 있어 통로가 더 좁아졌다. 어쩐지 더 어두워진 것도 같다. 문득 머리 위를 올려다보자 형광등이 깜박거리고 있었다. 고정하는 부분이 망가져 노출된 것을 보면 접촉 불량일지도 모르겠다. 의자에 올라서면 손이 닿을 만한 높이였지만 현재 이 집에 그런 작업이 가능한 사람은 없었다. 미코시바는 몸을 옆으로 틀어 통로를 지났다.

"나다. 미코시바."

초인종을 누르며 자신이 왔음을 알리자 몇 분 지나서 겨우 안쪽에 사람이 나타났다.

도조 미키야는 전동 휠체어를 타고 있었다. 머리가 오른쪽으로 기울었고 입은 반쯤 벌어져 있다. 눈도 약간 사시였지만 자세히 보면 시선은 정확히 미코시바를 보고 있었다. 나이는 열여덟 살인데 굳은 표정 탓에 실제보다 더 들어 보였다.

"어머니와 면회하기 전에 확인해 두고 싶은 게 있어서 들렀는데 지금 시간 괜찮나?"

미코시바가 묻자 미키야는 왼손에 든 휴대폰을 열고 빠른 동작으로 거침없이 버튼을 누르더니 액정 화면을 그에게 보여 주었다.

—괜찮아요. 그런데 그 전에 지게차를 이동시켜 둘게요.

죄송합니다. 지날 때 방해가 되니까요.

이 말을 쓰는 데 10초도 걸리지 않았다. 미키야는 사무용 책상 앞으로 가서 컴퓨터 자판을 치기 시작했다. 왼손만 쓰는데도 신속함과 정확함은 두 손을 다 쓰는 비장애인 못지않다. 지령을 감지한 무인 지게차가 좌우로 이동했다.

미코시바는 그의 손가락 운동 능력에 새삼 혀를 내둘렀지만 동시에 얄궂음을 느꼈다. 미키야가 자기 몸에서 자유롭게 움직일 수 있는 것은 왼손뿐, 그 외는 거의 불수에 가깝다. 걷지도 서지도 못하고, 휠체어에 앉았다 일어나는 것도 다른 사람의 도움이 없으면 오래 걸린다. 게다가 언어 장애 때문에 통상적인 대화도 할 수 없다.

미키야는 선천성 뇌성마비였다. 어머니 이야기에 따르면 아직 배 속에 있을 때 어떤 이유로 뇌 형성에 이상이 생겼다고 했다. 소뇌와 대뇌 기저핵의 일부가 손상을 입어 그 결과 사지 마비와 언어 장애가 생겼다. 그런데 신은 거기서 자비인지 장난인지 모를 변덕을 부렸다. 왼손과 시청각, 사고 능력은 비장애인과 맞먹는 것을, 그리고 후각은 그 이상의 것을 주었다.

미코시바도 미키야를 처음 봤을 때 지적 장애인이라고 오해했다. 표정 변화가 없는 탓에 사지 마비 환자를 지적 장애

63

인으로 착각하는 것은 장애인에 익숙하지 않은 사람이 저지르기 쉬운 실수다. 그런데 실수를 깨달은 미코시바는 곧바로 또 다른 비극을 알아차렸다.

자신의 신체가 자유롭지 못하다는 사실, 의사 전달이 자유롭지 못하다는 사실을 건강한 정신으로 받아들여야 한다는 것. 그게 어떤 의미에서는 지적 장애보다 더 잔인하다는 생각이 들었다.

"신경 쓸 거 없다. 보험증서만 확인하고 바로 갈 테니까."

무뚝뚝하게 그렇게 말했으나 미키야는 휴대전화를 써서 대답했다.

—차 정도는 드릴게요.

그러고는 안으로 사라졌다. 그다음 행동은 쉽게 상상할 수 있다. 전기포트로 물을 끓여 찻잎을 넣은 찻주전자에 부었다가 찻잔에 따른다. 겨우 그것뿐인 동작에 미키야는 온 신경을 집중시킨다. 왼손만으로도 가능한 동작이지만, 반사 신경이 없는 그에게 끓는 물은 극약이나 다름없다. 그렇기에 작업을 할 때 반드시 방열 시트로 하반신을 덮는다. 비장애인에게는 아무것도 아닌 동작이 미키야에게는 고행이다.

안에서 그릇 부딪는 소리가 났다. 김을 내뿜는 소리가 이윽고 높아지더니 사라졌다.

미코시바는 잠자코 귀를 기울였다.

조바심을 내며 기다리기를 몇 분, 미키야가 다시 나타났다. 하반신에는 방열 시트가, 왼손에는 찻잔을 얹은 쟁반이 있었다. 미코시바는 손닿는 범위에 이른 것을 확인한 뒤 재빨리 찻잔을 집었다.

"기껏 준비해 줬으니 그럼 마실까."

—선생님은 저 같은 상대가 처음이 아니죠?

"왜 그렇게 생각하지?"

—제가 차 끓이는 걸 말리지 않았으니까요. 보통은 허둥대면서 말리거든요.

"말려 주길 바랐어?"

—아뇨, 그 반대. 본인 맘대로 하게 두는 게 진짜 배려래요. 하지만 대다수 사람은 그걸 못 알아차려요. 우리를 위험에서 떨어뜨리고 가만있게 하는 게 친절이라고 생각해요.

"흠, 그런가. 난 위임받은 조항 외에 타인에게 개입할 생각이 없는 것뿐이다만."

다만 미키야의 말에도 수긍 가는 부분은 있었다. 배려라는 것은 많은 경우 본인의 착각 아니면 자기도취, 그도 아니면 위선이다. 무엇이 친절이고 무엇이 폐인가. 그건 같은 처지, 같은 상황에 놓인 사람만이 이해할 수 있다는 게 미코시바의 생각이다.

미키야의 자립정신은 아버지인 쇼이치가 길러 준 것 같다. 미키야의 말에 따르면 쇼이치는 생전에 장애인이라도, 아니 장애인이기에 더더욱 부모의 사후 혼자 힘으로 살아가야 한다고 가르친 모양이다. 그래서 정말로 필요할 때를 빼면 돌봐 주지 않고 자기 일은 시간이 걸려도 스스로 하게 시켰다. 간단하지 않을 게 쉽게 상상이 되는 배변조차도 그랬다.

쇼이치는 대신 집 안에서 스트레스 요소를 가능한 한 배제했다. 현관 앞 완만한 경사로를 비롯한 배리어프리 환경, 휠체어의 동선을 확보한 방 배정과 가구 배치, 리모컨으로 조작하는 조명 기구, 위험도가 낮은 IH 히터. 그 생각은 공장에까지 반영됐다. 장애인 훈련 학교에서 기술을 습득하는 것도 하나의 수단이었지만, 쇼이치는 공장을 물려받게 하는 길을 선택했다.

도조 제재소에는 이전 직원이 열 명 있었는데, 쇼이치는 열 명을 반으로 줄이고 공장 자동화를 추진했다. 무인 지게차와 무인 로 리프트, 무인 송재차를 도입해서 목재 입반출과 켜는 작업을 전부 컴퓨터 제어로 교체했다. 물론 돈이 많이 들었지만 직원 다섯 명의 인건비와 비교하면 유지 비용은 꽤 낮아지는 셈이다. 하지만 컴퓨터 제어의 가장 큰 장점은 미키야도 조작이 가능하다는 점이다.

이내 미키야가 보험증서 사본을 갖고 왔다. 그러고는 또 컴퓨터 키보드를 치기 시작했다. 화면에 숫자가 나열된 표가 표시됐다.

"뭘 하지?"

—경리 전표 대조, 수주와 발송 확인, 그리고 재고 체크.

"경리도 할 수 있어?"

—부기 2급 땄어요. 개인 경영 회사고 규모가 작으니까 항목도 많지 않아서 편해요.

다시 말해 수주부터 재고 관리까지 웬만한 작업을 다 한다는 이야기다. 여기에 리프트 조작을 더하면 어엿한 인력이다. 미키야에게 공장을 물려준다는 쇼이치의 선택은 옳았다는 뜻이다.

그런데 예기치 못한 사태가 발생했다. 어느 날 쇼이치가 트럭 사고를 당한 것이다. 화물 적재 한도를 초과한 트럭이 커브를 돌 때 와이어가 끊어지면서, 근처에 있던 쇼이치가 떨어진 목재에 머리를 세게 맞았다. 바로 응급 센터로 실려 갔지만 의식 불명에 빠졌다.

뇌타박상이었다.

의식을 되찾지 못하는 쇼이치를 계속 기다릴 수도 없는

노릇이라 미키야는 본격적으로 제재소 업무에 착수했다. 그리고 재무 상황을 보고 경악했다고 한다.

그렇지 않아도 국내의 목재 수요는 감소 일로를 걷고 있었다. 전체의 40퍼센트를 차지하는 제재용 목재도 전성기의 절반 수준으로 떨어졌다. 게다가 1995년 개정 건축 기준법 시행으로 목조주택의 착공 호수가 격감한 상황에서 아시아 여러 나라에서 수입되는 값싼 목재가 더 큰 타격을 입혔다. 큰 기업조차 이익이 대폭으로 감소한 상황에서 도조 제재소 같은 중소기업은 그야말로 한숨만 나올 지경이었다.

더욱이 쇼이치는 그런 상태에서 공장 자동화를 진행했다. 최신 설비 도입과 인건비 삭감 자체는 시류에 맞는 것이었지만, 선행 투자를 회수하기 전에 사고를 당하는 바람에 그렇지 않아도 적자인데 또 빚을 져야 했다.

그러나 진짜 최악의 사태는 그다음이었다. 쇼이치가 중환자실에서 숨을 거둔 것이다. 그것도 뇌타박상이 원인이 아니었다.

―지금도 그때 꿈을 자주 꿔요.

미키야는 휴대폰 액정을 보여 주었다.

―어머니도 제재소 대출금과 아버지 입원비 때문에 많이 지쳐 있었어요. 하지만 아버지를 죽일 마음은 절대로 없었

68

다고 생각해요. 그러니까 그건…… 사고로 그렇게 됐을 거예요.

작년 5월 2일, 오후 2시가 조금 지났을 때였다. 사야마 시 종합 메디컬센터의 모니터실에 환자의 병세 급변을 알리는 경보가 울렸다. 급히 중환자실로 간 담당 의사는 환자 도조 쇼이치의 뇌파가 완전히 정지한 것을 발견했다. 병문안을 와 있던 아내 미쓰코와 미키야가 지켜보는 가운데 몇 차례 소생을 시도했지만, 호흡도 심장 박동도 끝내 돌아오지 않았다.

처음에는 인공호흡기에서 이상을 찾지 못했으나, 그 뒤 장치를 살펴본 담당 의사가 미심쩍은 점을 발견했다. 누군가가 고의로 장치를 차단한 듯 보였다. 병원의 신고를 받은 사야마 서는 즉시 모니터를 체크해, 병세가 급변했을 때 병실에 있었던 사람은 미쓰코와 미키야뿐이었음을 확인하고 전원 스위치에서 미쓰코의 지문이 발견됐다는 사실에서 그녀를 살인 용의로 체포했다.

단 처음에는 경찰도 언론도 미쓰코에게 동정적이었다. 얼굴이 수척해지고 초췌해질 대로 초췌해진 미쓰코의 모습에서 가엾은 아내가 남편의 병 수발을 들다가 지쳐서 충동적으로 장치를 껐다는 심증이 강했기 때문이다. 그런데 가족의 환자 간병과 안락사 문제를 사회적 이슈로 제기한 사건으로 세간의 이목을 모았을 무렵, 수사본부가 입수한 서류 한 장이 사건의 인상을 뒤바꿔 놓았다.

그게 이 보험증서였다.

미코시바는 보험증서를 응시했다. 이미 여러 번 훑어본 서류다. 눈을 감아도 글씨가 보일 정도로 구석구석 빠짐없이 읽은 이 서류에서 가장 시선을 끄는 것은 오른쪽 상단에 기입된 계약일이다. 3월 24일. 쇼이치가 사고를 당하기 겨우 열흘 전이었다.

사고 직전에 가입한 사망 보험의 보험금은 3억 엔. 이 사실이 밝혀지자 안락사 사건은 단숨에 보험금을 노린 살인으로 양상이 바뀌었다. 보험금 수령인은 미쓰코와 미키야였으나, 미키야가 이런 몸인 이상 실질적인 수취인은 미쓰코 한 사람이라는 사실이 또 수사진의 의심을 사는 결과를 낳았다. 즉 아들의 장애를 핑계로 보험금을 독차지하려고 살인을 계획했다는 설이다. 당연히 뇌타박상의 원인이 된 트럭 사고의 재검증이 이루어졌지만, 목재 적재량을 결정한 것은 쇼이치 본인이었거니와 운전사와 미쓰코의 관계를 시사하는 증거는 나오지 않았다. 하지만 그렇다고 미쓰코에 대한 의혹이 완전히 사라지지는 않았다.

경찰 이상으로 심증이 나빠진 게 언론이었다. 남편 병 수

발에 지친 아내를 동정했던 만큼 반동이 거세서 모든 보도기
관이 미쓰코를 희대의 악녀로 단죄했다. 그런 논평이 일반
사람들로 구성된 재판원에게 영향을 주지 않을 리 없었다.
이윽고 시작된 공판에서 피고인 도조 미쓰코는 검찰의 철저
한 추궁을 받았다. 원래 변호인은 돌발적인 행동에 의한 결
과라고 정상 참작을 호소했으나, 피고석에서도 감정적으로
반응하는 미쓰코를 여섯 재판원은 불만 어린 표정으로 바라
봤다. 피고인을 동정해서가 아니라 오히려 검찰의 추궁이 미
흡하다고 느꼈기 때문이었다. 특히 엄격했던 게 여섯 명 중
반수를 차지하는 여성 재판원이었다. 우연히도 그중 한 명에
게 보살핌이 필요한 가족이 있었다. 피고인과 같은 처지라는
사실이 이 경우에는 피고인에게 불리하게 작용했다. 아무리
처지가 같다지만 보험금을 노리고 가족을 죽이다니 짐승만도
못하다. 밀실에서 열린 심의는 그 여성 재판원의 감정론에 지
배됐던 모양이다. 결국 모두 여섯 번의 공판을 거쳐 내려진
판결은 구형대로 무기징역이었다.

판결은 한동안 법조 관계자들 사이에서 화제가 됐다. 애
초에 구형의 정도는 담당 검사의 개인적 소견으로 정하는 게
아니라 방대한 과거 사건 데이터에 의거해 산출된 것을 상사
가 결재하는 식이기 때문에 판사도 당연히 그 내용을 중시한

다. 그리고 판결은 보통 구형의 80퍼센트 정도이기 때문에, 반대로 구형대로 판결을 내렸다면 구형이 너무 가볍지 않느냐는 판사의 비판이 담겨 있다는 뜻이 된다.

변호인이 양형 부당을 주장하며 바로 그날로 항소하면서 재판은 도쿄 고등법원으로 무대를 옮겼다. 그러나 항소심에 임한 변호인 측의 행동이 또 세간의 비난을 샀다. 느닷없이 정상 참작이 아니라 살의 부재에 의한 무죄를 주장한 것이다. 변호 방침이 그랬다기보다 피고인의 희망에 의한 것이었다는 게 당시 변호인의 설명이다. 징역형이라도 정상 참작이 인정되어 집행유예를 받을 것이 예상됐는데도, 형량이 너무 무거웠던 탓에 피고인이 비로소 본심을 털어놓은 것이라고 했다.

변호인 입장에서는 어쩔 수 없는 행동이었지만 이 새로운 주장은 세간의 징벌 의식에 기름을 붓는 결과를 가져왔다. 역풍이 휘몰아치는 가운데 검찰은 미쓰코에게 불리한 증거를 잇따라 제출했다. 사고 며칠 전 쇼이치와 미쓰코가 말다툼을 벌였다는 것, 3억 엔짜리 생명보험을 계약한 담당자가 미쓰코와 아는 사이였다는 것, 그리고 미쓰코에게 20년 전 대마초 관리법 위반으로 체포된 전과가 있다는 것까지.

변호인은 사건 당시 미쓰코가 극도의 피로로 인해 심신

미약 상태였다며 살의 부재를 주장했지만 뒤늦은 감은 씻을 수 없었다. 그리고 항소심 판결이 내려졌다.

주문. 본건 항소를 기각한다.

판결 자체는 감형이 조금도 고려되지 않고 원심대로였다는 사실이 세간의 관심을 더욱 부채질했다. 마침 그 시기에 보험금을 노린 친자식 살해 등 흉악 사건이 잇따랐던 탓에 일벌백계의 의미가 있지 않았겠느냐는 논평도 있었지만, 진상은 알 수 없다. 확실한 것은 여러 법조 관계자가 지적한 대로 변호 방침에 문제가 있었다는 점이다. 이는 판결문에 '여전히 속죄의 의사조차 찾아볼 수 없다'는 말이 들어 있었다는 사실에서도 명백했다.

변호인은 또다시 상고했다. 이 사건에서 그가 한 일은 그게 마지막이었다. 고령의 나이에 마음고생까지 겹친 변호인은 고법 판결 다음 날 갑자기 입원하게 됐다. 그리고 예기치 못한 사태에 변호사회가 우왕좌왕하던 중 다음 변호인을 자처하고 나선 사람이 미코시바였다.

—선생님, 하나 여쭤봐도 돼요?

느닷없이 보험증서 위로 휴대폰 화면이 들이밀어졌다.

"뭘?"

—어째서 어머니 변호를 맡아 주신 거예요? 국선은 보수

도 얼마 안 되잖아요? 우리 집은 처음부터 변호사 비용을
댈 여유 같은 거 없는데.

"피고인을 변호하는 게 변호사 일이라고 대답하면 불만
이겠어?"

—먼젓번 변호사 선생님은 선생님만큼 열심이지 않았어요.

"꼭 알아야겠나?"

—네.

"그럼 대답하지. 이 사건이 전국적으로 유명하기 때문이
야. 보수를 바랄 수 없는 대신 효율적인 광고가 가능하지. 대
법원까지 올라가는 사건은 판결이 나고 나서 변호인이 꼭
회견석에 나와 앉고 말이야."

그 말에 얼마 동안 미코시바를 쳐다보던 미키야는 이윽고
휴대전화를 닫고 휠체어 방향을 틀었다.

"보험증서 사본은 내가 갖고 있어도 될까?"

대답은 없었다.

인사 없이 공장 밖으로 나오자 밤하늘에 별 하나 보이지 않
았다.

바람도 불고 있었다. 이 계절에 웬일로 강한 바람이었다.

대법원에 상고하려면 항소심과 마찬가지로 변호인이 새
로운 증거를 제출할 필요가 있다. 하지만 현재 상황에서는

검찰 측에서 이미 제출한 미쓰코의 진술 조서를 재검토하는 데서 시작하는 수밖에 없었다. 명백한 유도 신문은 없었나, 공갈에 가까운 자백 강요는 아니었나. 먼저 조서의 문맥에서 그런 낌새를 찾아볼 수 없는지 살펴봐야 한다.

당분간은 조서와 씨름을 벌여야겠군. 그런 생각을 하는데 바람이 한층 강해졌다. 재킷이 크게 부풀고 미코시바는 먼지가 들어오지 않게 눈을 감았다.

바람 소리가 윙윙 귓전을 스쳤다. 공장과 공장 사이의 좁은 틈새로 지나가는 바람이 길고 가늘게 꼬리를 끌었다.

아아, 또 그 소리다.

미코시바는 그 소리가 아주 싫었다. 기억을 불러일으키는 소리, 닫힌 문을 억지로 여는 듯한 소리였다. 대체 언제가 돼야 고작 바람 소리에 겁내지 않게 될까. 그런 생각을 하며 벤츠 문을 잡은 순간 미코시바는 감지했다.

누가 보고 있었다.

주위를 둘러봤지만 보이는 사람은 없었다. 있다 해도 어둠 속에 잠겨 육안으로는 알아볼 수 없었다.

"누가 있나?"

소리 내어 불러 봐도 대답하는 이는 없었다. 그저 바람과 나뭇잎 스치는 소리가 속삭일 뿐이었다.

4

법의학 연구실에서 와타세에게 부검 소견을 보낸 것은 시체 발견으로부터 이틀 뒤, 9일 오전이었다.

"미쓰자키 영감은 여전히 일처리가 빠르군. 해부 의뢰가 그거 하나만일 리도 없는데 대체 어떻게 시간을 만들어 내는지."

아마 한 손으로 급히 저녁을 먹으면서 또 한 손으로 메스로 긋고 있을 게 틀림없다. 전에 미쓰자키 교수의 해부 현장에 입회했던 고테가와는 그런 광경을 쉽게 상상할 수 있었다.

"'크고 작은 외상이 다수 보이나 모두 생활반응이 없다는 점에서 사후 손상된 것으로 보임.' 이건 예상했던 대로군. '안면과 허파 내부에 울혈. 시반이 등을 중심으로 하되 광범위하게 나타난 것은 질식사의 특징과 일치. 허파에 팽창이 없어 익사의 특징은 찾아볼 수 없음. 단 체표면에 삭흔이 없고 피하 출혈이나 연골 골절도 보이지 않는다. 따라서 의사, 교사, 액사 모두 단정할 수 없음. 또 왼손 손바닥의 작은 원형 화상 자국은 담당관의 지적대로 전류반일 가능성이 높다.' ……호오, 그 선생이 하는 말이니 적극적인 긍정으로 받아들여야겠지."

'담당관'이란 와타세가 틀림없다.

"반장님, 전류반은 뭡니까?"

"말 그대로 전류 때문에 생긴 무늬다. 단 감전사할 정도의 전류가 아니면 그런 자국은 남지 않아."

인체 내부는 어느 부분이나 전기 저항이 낮다. 따라서 고압 전류가 인체를 통과하면 중추신경계, 특히 호흡 중추의 마비와 심실세동을 일으켜 호흡 곤란과 심장 정지를 야기한다.

"감전사라고요? 그럼 낙뢰입니까?"

"아니, 낙뢰를 직격으로 맞았을 땐 전문電紋이라고 해서 번개처럼 나뭇가지 갈라진 모양의 흔적이 남아. 게다가 전날 밤 비가 쏟아지긴 했지만 번개 친 데는 없었어. 아까 기상청에 확인했다."

"그럼 참 번거롭게 살해한 게 되는데요. 전압이 높은 기계나 감전시키기 위한 장치가 필요한 셈 아닙니까. 그렇게 복잡한 방법을 쓰느니 목을 조르는 편이 훨씬 간단하지 않나요."

"복잡하고 간단한 건 별 차이 없어. 조건만 갖추면 집에서 쓰는 가전제품으로도 충분하다. 접촉면이 젖었으면 50밀리암페어의 전기 자극으로도 심장 기능을 마비시킬 수 있으니까. 뭣보다도 직류 전기보다 가정용 교류 전기가 훨씬 위험하고 말이지."

"그런 건 대체 누가 어떻게 비교한 겁니까?"

"발명왕 토머스 에디슨이야. 그 작자 발명품 목록에 전기 의자도 있거든. 녀석이 만든 건 직류 전기 방식을 채용한 의자였어. 그런데 당장 그걸 써 봤더니 사형수가 오래 고통스러워하기만 하고 당최 죽을 생각을 않는단 말이지. 아무리 그래도 이건 너무 비인도적이라고 해럴드 P. 브라운이 고안한 교류식 전기의자에 앉혔더니 사형수가 즉사해 주더라나. 뭐, 사람을 죽이는데 뭐가 인도적이고 뭐가 안 인도적인지에 대해선 의견이 갈리겠다만."

아아, 또 시작했다. 이 상사는 어째서 전기의자의 방식 같은 쓸데없는 일에 이렇게 해박한 걸까.

"게다가 약한 전류에 의한 감전사는 여러 모로 편리하거든. 심실세동이면 겉으로는 시체에 뚜렷한 변화가 나타나지 않아. 호흡근이 마비됐어도 부검 소견은 안면과 폐의 울혈 정도라 질식사란 소견과 다르지 않고. 자연사를 가장하기엔 더없이 좋은 수단이야."

"하지만 실제론 손바닥에 전류반이 남았죠. 자연사를 가장할 거면 강물을 잔뜩 마시게 한 다음 죽이지 않으면 의미가 없지 않습니까."

"그래. 그러니까 범행 자체는 드러나도 상관없었어. 신원이 금세 밝혀질 것도 계산에 들어 있었겠지. 하지만 살해 장

78

소 또는 상황만은 알려지는 걸 원치 않았어. 그래서 시체를 강물에 떠내려 보내 이동시킨 거다."

"……말씀하시는 걸 들으니까 범행 상황도 대충 짐작이 가시나 본데요."

"거창한 장치는 필요 없어. 콘센트의 플러스 쪽에서 전도체로 도선을 이어서 끄트머리를 상대방 손에 쥐어 주면 돼. 10밀리암페어 이상의 전류가 흐른 순간 근육은 수의_{隨意} 운동을 못 하게 되니까 손은 전도체를 놓지 못하고 심장이 멎기를 기다리는 수밖에 없어."

"아마추어 공작으로 그런 걸 만들 수 있습니까?"

"확실성을 높이고 싶다면 시판 전기 충격기를 고출력으로 개조하면 그만이야. 아키하바라에 가 보라고. 라디오 회관에서 가게 사장님들이 어디를 어떻게 손대면 될지 친절하게 가르쳐 주니까."

꼭 진짜로 배워 본 말투였다. 이 사람이라면 아마 정말 배웠을 것이라고 고테가와는 생각했다.

"전기 충격기는 호신용이란 인상이 있으니까 실감이 안 나겠다만, 소나 말에 쓰는 도축용 전기 충격기가 있을 정도란 말이지. 중추신경을 직격하는 전기 충격은 충분히 치명적이야. 최근에 광우병 소를 처분할 때 이게 대활약이었는

79

데 모르나?"

축산업자도 아닌데 왜 자신이 알아야 하나.

"그래서 사건 당일인 6일 피해자의 행적은 파악됐고?"

"가가야가 쫓고 있던 게 그 보험금 살인이란 건 사실인가 보던데요. 다른 동업자들한테도 확인했습니다. 요새 돈에 아주 쪼들렸는지 살던 아파트 집세도 밀려 있었습니다. 맞다, 휴대폰도 정지됐고요."

"쥐새끼 이야기로는 상습 공갈범이었다며? 돈을 별로 못 뜯어냈나?"

"손해 배상 때문에요. 전에 협박했던 상대방이 변호사를 내세웠답니다. 지금까지 빼앗아간 돈을 손해 배상금까지 붙여서 전액 돌려줘라. 안 그러면 공갈당했던 증거 들고 경찰에 가겠다고 말이죠. 그것도 한 명이 아니라 일곱 명 연명으로요. 그 녀석, 전과가 있으니까 이번에 입건되면 징역형을 면할 수 없었거든요. 그러니까 상대방의 말에 따를 수밖에 없었던 겁니다. 상대방도 고소해 봤자 큰돈은 못 돌려받는다는 걸 알고 있었고 말이죠. 변상한 돈은 총액 3200만 엔. 고급 아파트랑 알파로메오를 처분하고 통장도 깼다더군요. 빚까지 꽤 많이 져서 얼마 전부터는 하루 세 끼도 못 먹는 상황이었나 봅니다. 그러다 이번 사건을 추적하면서 그걸로 기사회생할 거라고 떠벌리고 다녔다나요."

"하지만 현재 도조 가에 남아 있는 건 열여덟 살 먹은 아들 하나뿐인데. 그런 애송이를 어떻게 돈줄로 삼으려는 거지?"

"글쎄요……. 그리고 당일의 행적을 말씀드리자면 도내에 있는 집에서 오전 7시 40분에 나왔습니다. 이건 관리인이 증언했습니다. 차는 없으니까 십중팔구 전철로 이동했겠죠. 시간도 일치하고요. 9시 지나 역 앞 ATM에서 현금을 인출하는 모습이 카메라에 찍혔습니다. 은행의 협조로 명세서도 확인했습니다. 출금 2000엔, 잔고는 1250엔. 돈에 쪼들렸다는 사실도 이걸로 뒷받침되는 거죠."

"잔고 1250엔이냐. 요즘 세상에 노숙자도 그거보단 돈 많겠다."

"그리고 역시 역 앞 햄버거 가게에서 아침을 먹었습니다. 이 것도 점내 CCTV로 본인이라는 걸 확인했습니다. 주문한 건 100엔짜리 햄버거 두 개하고 무료 음료인 커피. 몇 번씩 리필을 하면서 결국 10시 50분까지 눌러앉아 있었습니다."

"그럼 부검 소견하고도 일치하는군. 위 속 내용물은 빵, 간 고기, 피클이거든. 다시 말해 피해자가 마지막으로 먹은 음식은 햄버거고 그 뒤로 아무것도 안 먹었다는 뜻이 돼. 흥, 최후의 만찬치고 꽤나 소박한데."

"그 뒤 11시 35분, 시청 부근에 있는 CCTV에 가가야로 보이는 인물의 존재가 확인됩니다. 카메라 방향 때문에 얼굴은 확인할 수 없지만 복장과 키가 동일해서 그렇게 추측하는 겁니다. 그리고 시청은 역에서 도조 제재소로 가는 경로 중간에 위치합니다."

"피해자의 목적지는 도조 가였을 가능성이 농후한 셈이군."

"네. 전에도 그 길에서 가가야를 목격한 주민이 있으니까요. 그때도 가가야는 도조 가로 갔습니다."

"도조 가에선…… 집에 혼자 있는 아들은 뭐래?"

"혹시나 싶어 말씀드리는데 그 친구는 말을 못 합니다. 뇌성마비를 앓아서 언어 장애가 있거든요. 그래서 조사는 전적으로 휴대폰 화면을 통해 한 모양입니다."

"모양입니다?"

"조사한 게 관할서라서요."

"휴대폰을 이용해 대화를 나눈단 말이지. 그거 들어 본 적 있는데. 수화에 익숙해지지 못한 농아가 의사소통 도구로 쓰는 모양이더군. 수화보다 빠르고 많은 정보를 전달할 수 있으니까 잘하면 주류가 되지 않겠느냐, 그런 이야기인데……. 그래서 아들은 뭐래?"

"그날은 안 왔다고 하더랍니다."

"확인은 했고?"

"아뇨, 마침 그 전후로 게릴라 호우가 그 지역을 덮쳐서 다들 실내에 있었던 탓인지 피해자가 도조 제재소로 들어가는 것도 나오는 것도 목격한 사람이 없습니다. 그러니까 시청 부근에서 CCTV에 잡힌 뒤로 피해자의 자취는 뚝 끊긴 셈입니다."

"사망 추정 시각은 음식물이 소화된 정도로 봐서 당일 오후 1시에서 4시 사이라고 하니까 1시간 반 정도 어디를 얼쩡거리다가 살해된 건가⋯⋯. 그나저나 피해자는 그 사건의 어느 부분에서 돈 냄새를 맡은 거지?"

"보험금 수령인은 아내하고 아들 공동 명의였으니까요. 돈줄이라면 돈줄 아니겠습니까."

"하지만 보험금은 어머니 재판이 종결돼야 나올 텐데. 궁지에 몰린 건 어머니 쪽이고 말이지⋯⋯. 아니, 잠깐. 가가야의 집에 뭐 남아 있는 건 없었나? 메모든 컴퓨터든 취재 자료가 있었을 텐데."

"물론 있었습니다. 다만 보험금 살인에 관한 건 현경의 공식 발표하고 재판 기록 발췌뿐이고, 뭐 새로운 건 없던데요."

"인터넷 사용 기록은? 자주 갔던 사이트가 기록에 남아 있을 텐데."

호오. 고테가와는 속으로 감탄했다. 얼마 전까지도 인터넷 검색은 젊은 사람에게 맡기더니 그새 시작했나 보다. 실리콘 알레르기가 있다고 주장하면서도 필요하면 쉰 살의 나이에 도 만학을 불사하는 자세는, 평소의 거만함을 차치해도 인정 해야 할 것이다.

"지난 2주간의 기록은 남아 있었습니다. 전에 타던 애차 알파로메오의 사이트, 기자 클럽 홈페이지, 사야마 시내 지 도, 변호사회, 법률 상담 안내, 일본 심폐 보조 협회. 이건 뭘 까요? 그리고 단골 포르노 사이트, 3대 신문 속보 알림판, 철도 시각 안내……. 그런데 가장 많이 본 건 이겁니다. 소년 범죄 닷컴이라나 하는 사이트의 아홉 번째 페이지."

"아홉 번째 페이지만?"

"네. 그 페이지만 몇 번씩 반복해서 봤던데요. 사진 한 장 입니다. 지금으로부터 사반세기도 더 전에 일어난 엽기 범 죄의 가해자 소년. 그 녀석 얼굴 사진이에요. 일단 복사는 해 놨는데요."

그렇게 말하며 고테가와는 종이 한 장을 내밀었다.

귀가 뾰족하고 잔인해 보이는 입술을 일그러뜨리며 엷은 웃음을 짓는 소년의 사진이었다.

이름은 소노베 신이치로라고 했다.

*

"악마는 진짜로 교활하네."

오늘도 야스타케 사토미는 사진 속의 아키라에게 말을 걸었다. 아키라는 언제나 미소 짓고 있다. 그 인간이 악마라면, 아들은 틀림없이 천사다. 그러고 보면 아까 그 인간이 만난 것은 도조 미키야라는 가엾은 소년인데, 아키라가 살아 있었다면 대략 그 또래였을 것이다.

"국선이라 보수는 많지 않은 것 같지만 그 인간이 하는 일이니까 무슨 다른 꿍꿍이가 있는 게 틀림없어. 전혀 승산이 없는 재판을 자진해서 맡으니까 가족 입장에선 꼭 하느님처럼 보이겠지. 하지만 난 알거든. 악마는 언제나 미소 띤 얼굴로 접근한다는 걸."

악마는 선량한 얼굴로 나타난다. 그리고 악의를 감춘 친절로 인간을 유혹한다. 매력적인 목소리와 따스한 손으로 방황하는 이를 붙잡고 놓아 주지 않는다. 그리고 어느새 강대한 힘을 손에 넣는다.

그렇지만 선은 언제나 무력하다.

그날 날이 채 밝기도 전에 그 인간의 사무실로 가서 문에 붙은 플레이트를 두 동강 내 주었다. 생각보다 시간이 걸렸다. 금을 깊게 낸 다음 끌로 세게 내리치자 가벼운 소리를 내며 깨졌다. 오른쪽 손바닥에 멍이 들었지만 그 순간 쾌재를 부르고 싶은 기분이었다.

하지만 냉정히 생각해 보면 그게 전부다. 플레이트 하나 깼다고 뭐가 달라질까. 그 인간은 그걸 봐도 냉소를 지을 뿐 모기에게 물린 만큼도 아프지 않을 것이다.

분해서 치가 떨렸다.

그 인간의 존재가 미웠다.

자신의 무력함이 미웠다.

하지만 언제까지고 그저 분해 하고만 있어서는 안 된다. 얼른 어떻게든 하지 않으면 희생자가 더 늘어날 게 틀림없다.

"난 어쩌면 좋을까. 사회적인 지위로도, 경제력으로도, 힘으로도 그 인간한테 이길 수 없어. 하지만 그냥 두면 이번엔 도조 씨네 가정이 불행해질 거야."

의뢰인도, 변호사회도, 경찰도 모르는 깊고 조용한 위험. 하지만 행인지 불행인지 자신만은 알고 있다. 재앙의 존재를 알면서 못 본 척하는 것은 비겁한 행위다. 재앙의 존재를 안 사람은 다른 사람들에게 알릴 의무가 있다. 그리고 만일의 경우에는 혼자서라도 재앙과 대치해야 한다.

그래, 혼자서라도.

"나, 해 볼게."

소리 내어 말해 보자 가슴속에서 힘이 솟았다.

"그 남자랑, 미코시바랑 싸우겠어. 그러니까 아키라, 엄마를 지켜 주렴."

2

벌<ruby>罰<rt></rt></ruby>의 발소리

1

잠에서 깨자 창밖이 어슴푸레했다. 이 시간에 이 정도로 어둡다면 날이 흐린 게 틀림없다.

미키야는 벽시계로 시선을 옮겼다. 아침 7시 정각. 여느 때와 같은 장소에 여느 때와 같은 시각. 철들었을 무렵부터 자명종을 써 본 적이 없다. 알람을 끄는 작업이 번거로운 것도 있지만 미키야의 몸은 원래부터 시계가 필요 없기 때문이다. 기상과 취침, 그리고 세 끼 식사를 규칙적으로 반복하면 체내 시계가 알아서 일어날 시간을 가르쳐 준다. 딱히 원해서 그렇게 된 것은 아니고, 투약 때문에 매일 일정한 시간에 식사하고 취침하다 보니 저절로 그렇게 됐다.

얼마 동안 누워 깜박깜박 졸다 보니, 이 또한 예상했던 시간에 머리맡 스피커가 달칵 켜졌다.

"미키야 씨, 일어났어요? 하쓰라쓰 너싱의 구와노입니다."

인터폰이 방문 요양 보호 서비스 사람이 왔음을 알렸다. 7시 25분. 구와노는 지금까지 왔던 요양 보호사 중에서는 시간에 정확한 편인데, 그래도 15분 안팎으로 일렀다가 늦었다가 한다.

스피커 옆 스위치로 문을 열어 주고 기다리자 구와노가 방으로 들어왔다.

"잘 잤어요? 옷을 갈아입을까요?"

미키야의 대답을 기다리지 않고(대답할 방법이 없기는 하지만) 구와노는 익숙한 동작으로 미키야의 잠옷을 벗기기 시작했다. 그러는 동안 구와노는 말을 하지 않는데, 미키야는 그 편이 고마웠다. 언어 장애가 있는 사람을 돌볼 때 마음을 써 준답시고 이것저것 말을 시키는 사람이 많은데, 대답해야 한다는 의무감 때문에 되레 귀찮을 때도 있다.

구와노가 남자라는 것도 미키야에게는 고마운 일이었다. 몸은 비록 이래도 정신은 열여덟 살이다. 아무리 돌보는 일이 직업인 상대방이라도 이성이 자신의 옷을 벗기거나 알몸을 보는 것에는 거부감이 들었다. 그리고 아무리 왼손이 움직여도 옷을 갈아입고 휠체어에 타고 하려면 도움 없이는 힘들다. 그렇기에 미키야를 거뜬히 들어 올릴 수 있는 남자 보호사가 역시 적임이다.

옷을 갈아입히고 휠체어에 앉히면 오전 작업은 끝이다. 전에는 배설과 식사 보조도 서비스 내용에 들어 있었는데, 비용 때문에 재작년부터 제외했다. 구와노는 인사도 하는 둥 마는 둥 하고 서둘러 다음 집으로 떠났다.

구와노가 오후 5시에 다시 올 때까지 미키야는 혼자 힘으로 생활해야 한다. 작년까지는 미쓰코가 도와주었지만 지금은 그것도 불가능하다.

미키야의 발이 되어 주는 전동 휠체어는 핸디 컨트롤러로 조작하는 최신식이다. 터치식 버튼 여섯 개로 가속, 감속, 선회 속도, 최고 속도를 세세하게 설정할 수 있고, 비탈길 주행 중에는 자동으로 브레이크가 걸린다. 전에 쓰던 조이스틱식에 비해 조작성, 안전성 모두 훨씬 향상되어 덕분에 미키야의 일상생활은 상당히 수월해졌다. 전에 아버지가 "과학 기술의 진보란 곧 불편함의 해소다"라고 말했던 것을 실감할 수 있었다. 과학 기술의 끝없는 진보에 이의를 제기하는 사람들이 있다는 것은 알지만, 그건 그들이 진짜 불편함을 모르기 때문이라고 생각한다.

미키야는 휠체어를 '내 다리'라고 불렀다. 비유가 아니라 컴퓨터로 제어하는 하이테크 기기는 그에게 이미 자랑스러운 육체의 일부였다. 허리 아래 붙어 있는 두 개의 막대기는 장식에 불과하다. 스포츠 프로그램에서 육상 경기를 볼 때가 있는데, 육상 선수들의 다리와 자신의 다리는 비슷할 것 같지만 실은 전혀 다르다. 태어나서 지금까지 한 번도 운동할 기회가 없었던 다리는 근육이 거의 없어지고 뼈와 가죽만 남아 굵기가 팔뚝만 했다. 그런 게 그들의 약동하는 다리와 똑같을 리 없고, 그렇다면 비교 대상이 될 것은 당연히 이 휠체어뿐이다.

토스트와 우유로 간단히 아침을 먹었다. 구운 빵에 한 손으로 버터를 바르는 동작도 지금은 별로 힘들지 않다. 처음에는 차갑게 굳은 버터를 뜨느라 애먹고, 골고루 펴 바르느라 또 고생했다.

익숙해지면 못 할 게 없다고 쇼이치는 말했다. 그 어떤 고생도 익숙해지고 나면 일상이 되고, 일상은 의식하지 못하는 사이에 흘러가는 법이라고.

장애를 가진 아들을 격려하기 위한 말이었을 것이다. 하지만 결국은 고통을 상상으로 짐작할 수밖에 없는 사람의 망언일 뿐이다. 아니라고 한다면 한 번이라도 좋으니까 왼쪽 손목 힘만으로 몸을 들어 올려 휠체어에서 변기로 옮겨 앉아 바지를 내리고 배변을 한 다음 다시 같은 과정을 반대로 해보라고 해라. 그런 일상은 결코 안온하게 흘러가는 게 아님을 통감할 테니까.

8시 반이 되자 직원들이 하나둘 출근했다.

맨 처음 온 사람은 공장 주임인 다카시로다. 머리가 희끗희끗하고 무뚝뚝하지만 제재에 대한 지식과 목재를 다루는 법에 관해서는 누구보다도 밝다. 쇼이치와 둘이서 이 제재소를 일으킨 가장 오래된 고참이라 미키야가 철들었을 때부터 이곳에 있었다. 그리고 쇼이치가 죽은 지금은 주임으로서 미키야를 돕고 있다. 갓난아기 때부터 가까이에서 보고 지냈던 터라 직원이라기보다 가족 같은데, 요새 분위기가 조금 달라졌다. 문득 보면 쇼이치가 새로 도입한 기계를 떨떠름한 표정으로 보고 있을 때가 있었다. 이유는 말 안 해도 안다. 자동화와 그에 따른 해고가 못마땅한 것이다. 아무리 미키야의 장래를 생각해서 한 일이라지만, 쇼이치가 추진한 합리화는 너무 성급했다. 어차피 미키야에게 보좌할 사람이 필요하다면, 어째서 그 역할을 기계가 아니라 지금까지 동고동락한 자신들에게 맡기지 않았나. 다카시로의 눈빛은 그렇게 말하고 있었다.

조금 뒤 네 명이 마저 출근했다. 전에 비해 인원수는 절반이지만 작업 효율은 올랐기 때문에 직원 측에 반론의 여지는 없었다.

실제로 현재 직원들이 하는 일이라곤 원자재의 트럭 수송과 목재 배송, 그리고 포장 작업 정도고, 제재 작업 자체는 모두 기계가 처리했다. 공장 내에 종횡무진으로 깔린 레일 위를 지게차와 무인 수송차가 오가고, 자르는 작업부터 제재까지도 자동 커터로 한다.

그런 기계들은 모두 사무실에 설치된 컴퓨터 한 대로 제어하며, 미키야가 조작을 맡는다. 보다 정확히 말하면 미키야밖에 조작을 못 한다. 자동화를 도입할 때 쇼이치가 미키야에게만 매뉴얼을 주었기 때문이다. 그 사실도 다카시로 이하 직원 일동의 반감을 샀다.

그래도 미키야의 숙련된 조작에 직원들은 하나같이 혀를 내둘렀다.

작업을 시작하는 9시가 되면 미키야는 휠체어를 타고 키보드 앞으로 이동한다. 모니터에 비친 공장 내 평면도에 레일이 표시되어 있다. 레일 위에 늘어선 1부터 12까지의 숫자는 리프트를 비롯한 무인기에 매겨진 번호인데, 미키야가 키보드를 치자 제각각 움직이기 시작했다. 동시에 무인기가 가동하는 소리, 이동하는 소리가 일제히 울리기 시작하면서 방금 전까지 공장 안을 메우고 있던 정적이 순식간에 깨졌다.

쓸 수 있는 것은 왼손뿐이지만, 다섯 손가락이 피아니스트 뺨치는 속도로 키보드 위를 이동하며 크고 작은 리프트를 마치 손발처럼 조종했다. 이 광경을 처음 본 사람은 대개 놀라 우두커니 서곤 한다.

원자재를 자르는 작업이 시작되면 곧바로 삼나무며 편백나무 냄새와 가루들이 주위에 확 퍼진다. 형광등 바로 밑은 자욱하게 낀 나무 가루로 부옇게 보일 정도다.

무슨 운명의 장난인지 미키야의 후각은 남보다 곱절은 예민했다. 어렸을 때부터 목재 옆에서 생활한 터라 삼나무, 소나무, 편백나무, 매화나무를 냄새로 구분할 수 있었다. 지금은 공장 안 냄새만 슬쩍 맡아도 어느 나무를 어느 정도 작업하는지까지 대략 알 수 있다.

오늘은 편백나무가 많나, 아니면 적송이 많나. 멍하니 그런 생각을 하는데 다카시로가 다가왔다.

"미키야 씨, 손님 왔는데. 경찰."

경찰?

미키야는 휴대폰에 문자를 입력했다.

—경찰은 어제 왔는데요.

"오늘 온 건 다른 형사 같던데. 만나겠어?"

문자로 대답하자 이윽고 형사인 듯한 두 남자가 나타났다. 하나는 보통 체격의 50대, 또 한 명은 불량 학생이 양복을 입은 듯한 20대였다.

또 신분증을 보여 주려나 했는데 50대가 내민 것은 명함이었다.

사이타마 현 경찰 본부 형사부 수사1과 과장 보좌 경위······.

"와타세라고 해. 이쪽은 고테가와."

젊은 쪽이 가볍게 머리를 숙였다. 미키야를 내려다보는 눈은 장애인을 처음 보는 이의 호기심 어린 그것이 아니라 더 복잡한 눈빛이었다. 가까운 사람 중에 자신과 처지가 비슷한 이가 있는 게 아닐까.

"일하는데 방해해서 미안하군. 실은 어제 다른 수사원이 질문했던 점을 다시 확인하고 싶어서."

와타세가 몸을 굽혀 자신과 눈높이를 맞추는 것을 보고 미키야는 조금 감탄했다. 찾아오는 사람들은 대부분 꼿꼿이 서서 휠체어에 앉은 자신을 내려다보는데.

"어제 시체로 발견된 가가야란 잡지 기자는 전에도 찾아왔었다지?"

미키야는 휴대폰으로 답했다.

—네.

"아마 아버지 사건 때문에 왔겠지만, 가가야 씨는 자네한 테 어떤 걸 물었지?"

—부모님 사이랑 공장 경영 상태랑.

"대놓고?"

—네.

"흥, 꽤나 무례한 녀석이었군. 그래서 뭐라고 대답했나?"

—있는 그대로. 두 분은 사이가 좋았고 공장도 안 어려운 건 아니었지만 제재는 지금 어디나 비슷한 상황이니까.

"그런 부류의 기자는 상대방 이야기를 듣기도 전에 이미 머릿속에 기사를 다 써 놓으니 말이야. 자네한테서 어떤 사 실을 끌어내려고 했는지 너무 뻔하군. 그 외에 다른 불쾌한 질문은 없었고?"

—불쾌한 질문?

"그래. 가령 어머니 재판에 불리할 것 같은 이야기, 아니면 보험금에 관해서. 그 기자, 그런 걸 캐내는 게 특기였던 것 같 던데."

미키야는 얼마 동안 생각하다가 버튼을 눌렀다.

—그런 건 없었어요.

"흠. 그럼 질문을 바꿔 볼까. 가가야 씨는 뭐에 관심을 가진 것 같던가?"

─모르겠는데요.

"뭔가 유도한다는 인상은 없었고?"

─잘 모르겠어요.

"그래. 그럼 그 사람이 마지막으로 온 날은 기억하나?"

─나흘 전요.

"그럼 6월 5일, 시체가 발견되기 전전날이란 말이군. 그
날은 뭘 물었지?"

그건 기억했다. 자신과 가족 외의 일이라 질문 자체가 기
묘하게 느껴졌기 때문이다.

─새 변호사 선생님에 대해서.

"새 변호사의 어떤 걸?"

─어떤 변호사냐, 전부터 알던 사이냐, 특별한 비용을 청
구하지 않더냐.

"특별한 비용? 묘하군. 새 변호사도 국선이라고 들었는데."

와타세가 그렇게 말했을 때였다.

"그쯤 해 두지."

형사들 뒤에서 목소리가 들렸다.

두 사람이 돌아보자 화제의 인물이 서 있었다.

"변호사 미코시바라고 하는데, 의뢰인에게서 그 청년을

무분별한 비방 중상으로부터 보호해 달라고 부탁받아서 말이지. 당신은 누구지?"

"어이쿠, 미코시바 레이지 선생님. 선생님이 대리인이었습니까? 전 사이타마 현경 수사1과 와타세라고 합니다."

"현경? 사야마 서가 아니고?"

"저희가 추적하는 건 이 댁 사건이 아니라 다른 사건이라서요."

미코시바는 얼마 전 가져갔던 보험증서 사본을 돌려주러 왔다고 했다. 와타세는 마침 잘됐다며 가가야 사건의 개요를 설명하기 시작했다. 그동안 고테가와라는 형사는 대화에 끼지 않은 채 어째선지 미코시바의 얼굴에서 시선을 떼지 않았다.

"그러니까 가가야란 건달 녀석이 도조 가를 공갈한 게 아닌가. 현경에선 그렇게 보고 있다는 뜻이군."

"아니, 지금은 그저 피해자가 갔던 곳을 하나하나 살펴보는 것뿐이죠. 그렇지만 피해자가 지금까지 해 온 짓을 생각하면 도조 씨를 공갈 대상으로 노렸다는 추측은 충분히 가능합니다."

"가가야의 사인은 뭐였지? 교살이라든지 자살剌殺처럼 타살을 명백히 시사하는 거였나?"

101

"부검 소견에 따르면 질식사군요. 하지만 물을 마셔 익사한 건 아닙니다. 혹시 느닷없이 어떤 발작을 일으켜서 질식했더라도 죽은 사람이 옷 벗고 속옷 차림으로 강에 뛰어들 리 없으니까요. 이건 명백한 살인입니다. 당연히 피해자하고 이해관계에 있었던 사람한테 사정을 물어야 하죠."

미코시바는 와타세에게 힐끗 시선을 던지더니 입꼬리를 일그러뜨렸다.

"사이타마 현경 수사원이라면 도조 미쓰코의 재판에 관해 알 텐데. 상황은 체크메이트 일보 직전, 의뢰인은 궁지에 몰려 있어. 현재 법정에 제출된 증거물 이상으로 불리한 사실이 과연 있을까."

"하지만 취약한 입장에 있다는 건 분명하죠. 종교 권유나 악덕업자, 악질적인 녀석들은 대개 고민 있는 사람한테 접근하잖습니까."

"말꼬리를 잡고 늘어지는 게 특기인 모양이군. 쓸데없이 입을 놀렸다가 꼬투리를 잡히면 귀찮으니까 이쯤에서 그만두지. 물론 미키야 군에게도 이 이상의 유도 신문은 말았으면 하고. 본인 앞에서 이런 말하긴 뭐하지만 장애인의 심신을 소모시키는 언동은 인도적 견지에서도 문제가 있어."

"어이쿠, 가차 없으시군요. 그럼 마지막으로 하나만 더 묻죠. 이건 형식적인 질문인데, 6일 오후 1시부터 4시까지 미키야 군은 어디 있었지?"

미키야는 곧바로 휴대폰 화면을 불쑥 내밀었다.

—그날도 내내 집에 있었어요. 전 복지 차량이 없으면 밖에 한 발짝도 못 나가요. 쉬는 날이었으니까 직원도 없었고요.

"아아, 그랬나. 말은 좀 그렇지만 어떤 의미에서는 최강의 알리바이인걸. 그럼 우린 이만 물러나지. 그리고 미코시바 선생님."

"뭐지?"

"피해자 가가야 류지가 이번 보험금 살인 재판을 뒤쫓고 있었던 건 사실입니다. 따라서 우리도 피해자의 신변을 조사하는 차원에서 관계자의 이야기를 들어야 합니다. 하지만 직접 질문하는 게 문제가 된다면 대리인 변호사인 미코시바 선생님에게 질문을 드리는 건 이의가 없으시겠죠."

"그건 상관없지만 그래 봤자 별 신통한 정보를 제공하진 못할 것 같은데."

와타세는 한 손을 들어 인사하고 느긋이 발길을 돌렸다. 고테가와가 슬쩍 눈짓을 보냈지만 와타세는 모른 척 지나쳤다. 미련이 남는 표정으로 얼마 동안 그 자리에 머물러 있던 고테가와는 이윽고 마지못해 그 뒤를 따라갔다.

미키야의 눈에 기묘하게 비친 것은 두 형사를 배웅하는 미코시바의 태도였다.

멀어져 가는 두 사람의 뒷모습을 곁눈으로 훔쳐보고 있었다. 늘 냉정하고 침착한 줄로만 알았던 인물이 처음으로 보인 신경질적인 옆얼굴이었다.

2

"반장님, 잠깐만요!"

고테가와가 뒤에서 부르는데도 와타세는 한 번도 뒤돌아보지 않고 경찰차로 다가갔다.

"왜 못 들은 척……."

차 안으로 끌어당기는 바람에 끝까지 말하지 못했다.

"시끄럽다, 이 바보 녀석. 애송이처럼 소란이나 피우고. 조개처럼 입 꼭 다물어."

"그, 그렇지만 아까 그 변호사……."

"그러니까 그렇게 알기 쉬운 반응 좀 하지 말라는 거다. 아까 이야기할 때도 힐끔거리고 말이야. 넌 포커페이스란 말 모르냐?"

"그럼 반장님 벌써……."

"모를 리 있냐. 그 미코시바 레이지란 사람이 소노베 신이치로랑 똑같이 생겼다는 말이지?"

똑같이 생긴 정도가 아니라 동일 인물이 틀림없었다. 고테가와는 한 번 본 것뿐이지만 그렇게 확신했다. 가가야가 본 사이트에 있었던 사반세기 전의 살인범. 그 소년이 나이를 먹으면 딱 미코시바의 얼굴이었다. 무엇보다도 잔인해 보이는 얇은 입술과 특징적인 뾰족한 귀가 사진과 한 치도 다르지 않았다.

"비슷하게 생긴 타인일 수도 있고, 소년의 근친자일 가능성도 있어. 저 집엔 단순히 확인차 간 거다만…… 어쩌면 생각지도 않게 단서를 찾았을지도 모르겠군. 어이, 당장 그 변호사 선생 호적을 조사해 보자."

"외모로 보면 40대 초반. 그 소년이 사건 당시 열네다섯 살이면 얼추 맞는데요."

"섣부른 추측은 금물이다. 하지만 그 가정이 들어맞으면 가가야 살인은 지금까지하곤 전혀 다른 그림으로 그려지는군."

"다른 그림이라니요?"

"살인의 동기는 역시 공갈이겠지. 그런데 상대가 다르다면 어떻겠냐. 가가야의 공갈 재료가 도조 미쓰코가 아니라 미코시바 변호사라면? 너도 미코시바 레이지란 이름을 처음

105

들어 보진 않았을 테지."

그 이름은 물론 고테가와도 들어 본 적이 있었다. 민완 변호사라는 것보다는 검찰청에게 불구대천의 원수로 현경 내부에서 화제에 오르는 게 대부분이었다. 관할서와 현경 본부가 고생해서 검거하고 검찰이 유죄 판결을 확신하며 공소한 흉악범, 지능범을 흡사 마술처럼 감형, 극단적인 경우에는 무죄까지 받아 내는 유능한 변호사.

"하지만 녀석이 관심을 보이는 사건은 매번 피고가 부자였거든. 그러니까 따지고 보면 그저 범인이 나쁜 짓을 해서 모은 돈을 변호사 수임료란 명목으로 뜯어내는 것뿐이다. 말재주하고 법정에서 밀고 당기는 솜씨는 비록 적이긴 해도 대단하단 말이지. 덮어놓고 정신 감정을 받게 하는 무능한 변호사 놈하고는 이야기가 달라. 재판원 재판이 시작된 뒤로는 연출 효과까지 계산해서 논진을 펴기 시작했더군."

"네, 변호사가 미코시바라고 하면 담당 검사가 욕지거리를 내뱉는단 이야기, 저도 자주 듣습니다."

"고객층은 최악이지만 평판은 최고인 변호사. 소문에 따르면 연 수입은 억 단위. 뭐, 그쪽 업계에선 성공했다고 할 수 있겠지. 하지만 만약 소년 범죄 전과가 있다면? 그 사실이 드러나면 순식간에 평판이 바닥으로 떨어지고 고문 계약이

취소되는 것도 있을 수 있는 일이야. 뭣보다 언론에 의해 사회적으로 매장될 가능성이 높아."

"입을 막을 동기로 충분한가요."

"죽은 가가야의 입장에선 제 발로 굴러든 복이었을지도 모르겠군. 썩은 고기를 찾아서 도조 가 주위를 얼쩡거리다가 우연히 신선한 생고기를 발견한 건가."

어쨌거나 미코시바의 호적부터 조사해야 한다. 지금은 주민등록표 네트워크 시스템이란 편리한 게 있다. 이 시스템 덕에 호적을 순식간에 조사할 수 있게 됐다. 경찰청에 있는 전과자 데이터베이스도 활용할 수 있을 것이다. 하여간 관청이 만든 시스템은 관청 좋으라고 만든 것 같다.

26년 전이라면 고테가와는 아직 태어나지 않았을 때다. 여아 살해 사건에 관해 들어 본 적은 있지만 자세히는 모르는 터라, 가는 길에 와타세가 설명해 주었다.

사건은 1985년 8월에 일어났다. 후쿠오카 시 교외의 한 우체통 위에 어린 여자애의 머리가 놓여 있었다. 아이는 근처에 사는 사하라 가의 둘째 딸 미도리(5세)로 판명됐다.

발견된 시신은 머리만으로 끝나지 않았다. 이튿날에는 오른쪽 다리가 유치원 현관에, 또 그다음 날에는 왼쪽 다리가 신사 새전함 위에 놓여 있었다. 하루에 한 부위씩. 세간은 범인에게 시체 배달부라는 이름을 붙이고 공포에 떨었다. 한창 더운 한여름이었던 탓도 있어, 배달되는 신체 부위는 날이 갈수록 부패가 심해져 원형이 남아 있지 않았다. 그 때문에 들개나 까마귀가 처음 발견하는 경우가 많아졌다.

오른손, 왼손이 배달되고 이제 몸통만 남았다 했을 때, 하카타 서는 한 열네 살 소년을 살인과 사체 유기 용의로 체포했다. 사하라 미도리를 살해한 동기를 묻자 소년은 "좌우지간 사람을 죽여 보고 싶었다. 누구라도 상관없었다"라고 대답했다 한다.

일본 열도는 충격에 빠졌다. 열네 살 소년의 엽기 살인은 소년법 개정 논의를 불렀고, 의무교육의 바람직한 방향, 핵가족의 문제점 등 다양한 방면으로 칼을 들이댔다. 또 일부 주간지가 소년 소노베 신이치로의 실명과 사진을 공개한 탓도 있어 한동안 시체 배달부가 신문 지면을 장식하지 않는 날이 없었다. 그러나 후쿠오카 가정법원이 소년을 의료 소년원 송치에 상당하다고 판단해 간토 의료 소년원에 입소시키자 언론도 조용해졌고, 그 뒤로 다른 엽기 사건이 잇따라 발생하면서 세상 사람들은 이윽고 사건을 기억 저편으로 밀어냈다.

사야마 서 수사본부에서 열린 제1차 수사 회의에서 고테가와가 호적 조사 결과를 보고하자 그곳에 모인 수사원들은 흥분했다.

"미코시바 레이지는 26년 전 후쿠오카 시내에서 발생한 여아 살해 사건의 범인 소노베 신이치로가 맞습니다."

단상 맨 앞줄 중앙에 앉은 우쓰기 관리관의 눈썹이 꿈틀했다.

"설마 시체 배달부 소년이 미코시바 레이지 변호사일 줄이야……."

"사건이 발생한 건 1985년. 소노베 신이치로는 간토 의료 소년원에 수감된 지 겨우 5년 만에 가퇴소했습니다. 개명은 그때 가정법원의 허가를 얻어 했습니다."

"간토 의료 소년원이란 말이지. 그럼 사법고시 공부를 할 시간은 충분히 있었다는 뜻이군."

"네. 미코시바 레이지는 스물두 살 때 사법고시를 한 번에 합격했습니다. 소년원에서 나오고 나서 3년 뒤죠. 그 뒤 변호사로 등록해서 지바의 오코우치 변호사 사무실에서 근무하다가 2년 후 독립해서 오늘에 이릅니다."

"변호사회도 등록할 때 본인의 인격이든 내력이든 사전에 조사하면 좋았을 텐데 말이지. 뭐, 변호사 자격에 인격이란 항목은 없으니 어쩔 수 없나. 개명했으니 체크에 걸리지도 않을 테고. 죄를 뉘우치고 갱생에 힘쓴 소년원생의 성공담이라 볼지, 몰상식한 괴물에서 상식을 체득한 괴물로 성장한 이야기라 볼지는 의견이 갈릴 테지."

우쓰기 관리관 옆에 앉은 사토나카 현경 본부장은 언짢은 표정으로 말했다.

"소년법에 반기를 들 마음은 눈곱만큼도 없지만 그래도 시체 배달부가 커서 저런 변호사가 됐다는 걸 알면 역시 복잡한 기분이 드는군. 그런데 가족은 그 뒤 어떻게 됐나?"

"소노베 신이치로는 부모와 소년, 그리고 여동생, 이렇게 네 식구였습니다. 살해된 사하라 미도리의 유족은 소노베의 부모와 신이치로를 상대로 민사 소송을 걸어서 소노베의 부모가 8000만 엔의 위자료를 지불하는 걸로 화해가 성립됐습니다만, 평범한 월급쟁이 가정인 데다 별 재산도 없었기 때문에 아버지는 1년 뒤 목을 매서 자살했습니다. 남은 어머니와 여동생은 야반도주하듯이 모습을 감춰서 친척 친지하고도 연락을 끊었답니다."

"그나저나 가가야는 어떻게 시체 배달부하고 미코시바 레이지를 연결한 거지?"

"그 점은 설명이 될 것 같습니다." 관할서 수사원이 일어섰다. "가가야 류지는 작년에 사진 주간지의 의뢰로 과거의 중대 사건을 조사한 적이 있습니다. 세간을 떠들썩하게 했던 사건의 범인이 현재 뭘 하고 있나 하는 저속한 특집 기사였는데, 그중에 26년 전 시체 배달부 사건도 있었습니다. 아마 그걸 취재하면서 인터넷으로 검색하다가 소년의 얼굴 사진을 발견했겠죠."

우쓰기는 납득한 것처럼 고개를 끄덕였다.

"그리고 이번 도조 미쓰코 사건으로 미코시바를 보고 시체 배달부하고 동일 인물이란 걸 확신해서 공갈하기로 마음먹었나. 앞뒤는 그럭저럭 맞는데."

수사원들도 이의는 없었다. 검찰청을 비롯해 중대 사건의 범인을 검거해 온 현장 수사원에게 미코시바 레이지는 범인보다도 증오스러운 존재다. 그런 인간이 살인범이었으며, 그것을 빌미로 협박한 공갈범을 죽여 입을 막으려 했다는 그림은 머리뿐 아니라 감각적으로도 납득할 수 있는 것이었다.

"좋아. 용의자가 한 명 나왔군. 게다가 중요도 1순위에 해당되는 용의자다. 담당은 누가……."

"잠깐만."

관리관의 말이 끝나기도 전에 와타세가 손을 들었다.

"이 중에서 미코시바하고 붙어 본 녀석 있나?"

아무도 대답하지 않았다.

"그럼 내가 하지. 오늘 처음 얼굴을 마주했지만 여간 노회한 녀석이 아니야. 어지간히 조심하지 않으면 되레 우리 정보를 빼 갈 수도 있을걸. 변호사는 대개 세상 물정을 모르니까 상대하기 아주 편하지만 미코시바는 달라. 과거를 알고 나니 그럴 만도 하다 싶군. 살아남기 위한 교활함을 체득한 녀석이라고."

반대하는 사람은 아무도 없었다. 현경 본부 최고의 검거율을 자랑하고 상급직도 노릴 수 있는 입장이면서 여전히 현장에 머무는 베테랑에게 이의를 제기할 수 있는 사람은 사토나카 현경 본부장 정도다.

고테가와는 천장을 올려다보며 탄식했다. 또 이 상사에게 끌려다니게 될 듯한 예감에 다소 넌더리가 났다. 하지만 원래 부하는 상사를 고를 수 없다. 게다가 민완 변호사와 교활하기로는 남부럽잖은 와타세의 대결을 바로 옆에서 지켜보며 즐기고 싶은 마음도 있었다. 무엇보다도 평범한 수사원과 조를 짜기보다는 경찰수첩을 입에 물고 태어난 듯한 남자 곁에서 배우는 게 더 많았다.

다음 날 미코시바 변호사 사무실에 연락하자 쉽사리 약속이 잡혔다. 고테가와는 어차피 만나 주지 않을 테니까 불시에

112

찾아가자고 주장했으나, 와타세가 "그런 상대일수록 처음엔 정공법으로 나가야 해"라고 해서 지시를 따른 것이었다. 그런데 너무나도 간단히 일이 풀리는 바람에 되레 허탈했다.

와타세와 고테가와는 약속 시간인 오후 3시 정각에 법률 사무소를 방문했다. 와타세가 문을 열 때 사무소 이름이 적힌 플레이트를 얼핏 보기에 고테가와도 덩달아 시선을 주었다. 자세히 보지 않으면 모르고 넘어갔을 텐데, 플레이트는 한가운데가 쪼개져 접착제 같은 것으로 붙인 듯 보였다. 와타세는 홍 하고 콧방귀만 뀌고 말았지만 고테가와는 용케 그런 데까지 주의해서 본다고 감탄했다. 와타세의 관찰안이 뛰어난 걸까, 아니면 자신이 미숙한 걸까.

문을 열고 인사하자 미코시바 레이지가 직접 나왔다.

"사무원은 은행에 가고 없어서 말이지. 남자 혼자 맞이해서 미안하군."

냉담한 말투로 그렇게 말했지만 들으면 곤란한 이야기가 나올 것 같으니까 내보냈을 것이다.

"사무원이 한 명뿐인 작은 사무실이라 더 바빠서 말이야. 이 뒤 법원에 가야 하니까 인사와 잡담은 생략하고 용건만 단도직입으로 부탁하지."

"어제 미처 못 여쭤본 게 있어서 말입니다. 어제와 마찬가

지로 형식적인 질문입니다만, 6월 6일 오후 1시부터 4시 사이에 선생님은 어디 계셨습니까?"

미코시바는 순간 눈살을 찌푸렸다.

"이거 대단한데. 정말 단도직입이군. 다시 말해 나도 용의자란 뜻인가?"

"그냥 형식입니다."

"댁하고 심리 게임을 하고 있을 겨를은 없어. 정말로 형식이라면 어제 단계에서 물었을 테지. 그걸 오늘로 미룬 건 어제 나에 대한 용의가 발생했기 때문이고. 죽은 가가야 모 씨와 나를 연결시키는 용의인가?"

미코시바의 물음에 와타세는 침묵했다. 자기 쪽에서 정보를 흘리는 일은 하지 않는다. 카드는 뒤집혀 있을 때 쓸모가 있다.

얼마 동안 와타세의 표정을 관찰하는 듯하던 미코시바가 갑자기 한 손을 팔랑팔랑 흔들었다.

"와타세 씨, 다시 말하지만 난 게임을 하고 있을 시간이 없어. 그리고 상대방을 애태워서 입을 열게 하는 수법은 비밀이 폭로될까 봐 두려워하는 인간에게만 유효하고."

"그야 그렇겠죠."

"댁이 단도직입으로 물었으니까 나도 단도직입으로 말하

지. 내 과거를 파헤쳤군?"

"잘 아시는군요."

"확인차 물어볼까. 그 무렵 내가 뭐라고 불렸는지."

"시체 배달부군요."

그렇게 대답하자 미코시바는 납득한 표정으로 고개를 끄덕였다. 쌍방이 동시에 카드를 내보인 셈일까.

"이제 이야기가 쉬워지겠군. 내 용의는 비밀을 안 자의 입을 다물게 했다는 건가?"

"동기로선 있을 수 있는 일이죠."

"본인이 필사적으로 감추려고 하는 비밀이 아니면 입을 다물게 할 필요가 없는데. 실제로 댁들은 이틀 만에 그 사실을 파헤치지 않았나."

"경찰이 아는 것하고 언론이 떠들썩하게 다루는 것하고는 다르지 않겠습니까? 특히 선생님처럼 사회적 지위가 있고 고명하신 분한테는."

이렇게 옆에서 듣고 있으려니 와타세의 말은 마치 자유자재로 변화하는 칼 같았다. 때로는 날카롭게, 때로는 무디게, 상대방을 찔러 아픔을 준다. 자신도 배우고 싶다고 생각하는 한편으로, 이 정도까지 되려면 어지간히 실적을 쌓아야 하겠구나 생각하니 마음이 심란했다.

와타세의 얼굴을 살피던 미코시바가 문득 표정을 누그러 뜨렸다.

"거래라 하기엔 뭐하지만 전부 이야기하면 내 과거를 언론에 밝히지 않을 수 있겠나?"

"선생님 정도는 아닐지도 모르지만 경찰도 비밀 유지 의무가 있습니다."

미코시바가 몸을 불쑥 앞으로 내밀었다.

"솔직히 말해서 변호사는 신용과 입소문으로 성립되는 직업이라 말이지. 경찰에 알려지는 건 전과가 있으니까 어쩔 수 없다 쳐도, 날 싫어하는 사람이나 타인의 몰락을 기뻐하는 녀석들한테 알려지는 일은 절대로 피하고 싶군. 와타세 씨, 평소 서로 반목하는 경찰과 변호사가 아니라 개인과 개인으로서 당신은 신뢰할 만한 인물인가?"

오오, 그런 카드를 내놨나.

"그건 선생님이 어느 정도 신빙성 있는 이야기를 하느냐에 달렸군요. 진지한 이야기를 진지하게 듣는 게 신뢰 아닙니까."

"좋아. 그럼 먼저 이것부터 말해 두는데 가가야 류지가 내 과거를 빌미로 협박하려고 했던 흔적은 있네."

"그게 언제입니까?"

"도조 미쓰코 재판의 전임자가 해임되고 내가 이어받은

116

때부터야. 분명히 사건을 뒤쫓는 과정에서 내가 개재한 걸 알았겠지. 처음엔 사진 주간지에 실렸던 내 얼굴 사진을 동봉한 편지, 두 번째는 자동응답기에 녹음된 본인 목소리. 둘 다 면담을 강력하게 요구하는 내용이었지만 상대하지 않았네."

"이유가 뭡니까? 상대방은 어쨌거나 기자인데 무시하면 기사를 써서 스캔들이 날 가능성은 충분히 있었는데요."

"상대방이 '어쨌거나 기자'였기 때문이야. 자유 기고가란 건 기사를 팔아서 돈을 받는 직업이니까. 조사를 좀 해 봤더니 아니나 다를까 제대로 된 기자가 아니더군. 그런 인간이라면 당연히 기사를 잡지에 제공하기보다 그걸 재료로 돈을 뜯어내는 게 낫다고 생각할 테지. 그럼 허둥지둥 응했다간 얕보이게 돼. 이런 일은 상대방의 애를 최대한 태운 다음 협상 테이블에 앉는 게 방법이야."

"제법 노련하시군요."

"변호사는 교섭이 일이니까. 계속하다 보면 싫든 좋든 능숙해지지. 반대로 능숙해지지 않으면 오래 일 못 해."

"과거가 폭로될지도 모르는데 공포심은 없었습니까?"

"그야 평온한 마음일 순 없지. 신용이 중요한 직업이니까 이야기가 어떤 식으로 퍼지느냐에 따라서 고객을 잃을 수도 있어. 하지만 변호사 자격은 사법고시에 합격해서 취득했고,

켕기는 점은 없어. 과거에 범죄를 저지른 적이 있다고 변호사 자격을 박탈당하는 것도 아니고. 게다가 과거의 죄는 의료 소년원에서 대가를 충분히 치렀고 말이야. 그래서 곤혹스러운 마음은 있었지만 두렵지는 않았어. 상대는 내 생사여탈을 쥔 자가 아니라 어디까지나 단순한 교섭 상대였어."

"그럼 가가야와 안면이 전혀 없었던 겁니까?"

이번에는 고테가와가 질문했다.

"그래. 상대방이 어떻게 나올지 지켜보던 참이니까."

그것을 입증할 증거는 없다. 만났다는 것은 증명할 수 있어도 반대를 증명하기는 쉽지 않다. 하지만 미코시바는 십중팔구 그런 점을 다 알면서 그렇게 증언하고 있을 것이다. 그런 자신감의 근저에 있는 것은 대체 무엇인가.

와타세가 입을 열지 않기에 고테가와가 질문을 이어 가게 됐다.

"처음 질문으로 다시 돌아가겠습니다. 6월 6일 오후 1시부터 4시 사이에 선생님은 어디 계셨습니까?"

다시 묻자 미코시바는 얇은 입술을 일그러뜨려 씩 웃었다.

"도쿄 지법에."

"네?"

"그날은 안건이 두 건 있었거든. 첫 번째는 의료 과실 사건이고…… 잠깐 실례. 스케줄표를 확인하지."

미코시바는 품에서 휴대폰을 꺼냈다.

"아, 그렇지. 602호 법정에서 오후 1시부터 2시까지. 그리고 3시부터 4시까지는 같은 지법 718호 법정에서 보험 회사 고객 정보 유출 사건 변호를 했군. 사이에 한 시간 공백이 있는데, 그때는 본청 지하 식당에서 밥을 먹고 있었어. 아무리 그래도 식권 종류는 남아 있지 않으니까 증명하긴 어렵지만."

말로는 어렵다고 하지만 말투에서 여유가 넘쳤다. 반대로 와타세는 여느 때 같은 찌무룩한 표정으로 돌아와 있었다.

"당연히 개정 중엔 청사는 물론이고 법정에서 한 발짝도 벗어나지 않았어. 대리도 대역도 아니고 나 자신이 출정했다는 건 재판 기록을 보면 분명할 테고. 문서 기록은 못 믿겠다면 상대편 변호사나 재판장이 증언해 줄 테고……. 그 사람들 증언으론 불만인가?"

고테가와는 내심 이를 갈았다. 처음부터 당당했던 이유가 이것인가. 변호사와 재판장. 알리바이의 증인으로 그들 이상 신뢰도가 높은 사람은 아마 없지 않을까.

두 재판 사이에 비는 한 시간을 이용했다 쳐도, 도쿄 지방 법원이 있는 가스미가세키에서 가가야가 살해된 것으로 보이는 사야마 시까지는 도쿄 메트로와 세이부 선을 갈아타면 편도로만 한 시간 반이 걸린다. 차를 달려도 비슷할 것이다. 미코시바에게 날개라도 있지 않는 이상 한 시간 만에 두 곳을 왕복하기는 불가능하다.

"그야말로 철벽의 알리바이군요."

와타세가 비아냥거리듯 말하자 미코시바도 빈정거리는 웃음으로 답했다.

"범죄 수사의 프로가 그렇게 보증해 준다면 그 이상 고마운 일이 없지. 이제 난 수사 범위에서 제외되려나?"

"제외고 뭐고 아직 범위를 좁히기 이전 단계인데요."

"괜한 참견인지도 모르지만 내가 잠깐 조사한 것만으로도 가가야란 남자를 미워하는 인간이 상당히 많던데."

"그런 것 같더군요. 하지만 동기가 있다고 가가야를 미워하던 사람 전부가 용의자인 건 아니죠."

"무슨 뜻이지?"

"죽이고 싶다와 죽였다는 하늘과 땅만큼 차이가 있습니다. 특히 살인의 경우 상상과 실행은 전혀 다르죠. 대다수 사람은 선을 넘기 전에 상식이나 윤리에 발목을 잡힙니다. 동족 살해는 그 정도로 저항감이 드는 일입니다."

"곁에서 보기엔 온화한 인물이 살인을 저지른 사례는 법정에서 지금까지 여러 번 봤는데."

"성격과 살인 충동도 다릅니다. 욱하기 쉬운 타입이니까 사람을 죽인다든지 냉정하니까 충동을 억누를 수 있다, 그런 이야기가 아니거든요. 사람을 죽이는 자의 자질은 성격 이전의 뭔가라는 게 제 생각입니다."

"다시 말해 댁은" 미코시바는 몸을 앞으로 불쑥 내밀었다. "과거에 살인을 저지른 자는 그런 자질을 갖고 있다, 그렇게 말하고 싶은 거군. 가가야를 미워하던 여러 사람 중에서 전과가 있는 인간이 가장 수상하다고."

"어이쿠, 아니죠. 전 그런 말은 한마디도 안 했습니다. 뭐, 범죄 이력이 있는 자의 60퍼센트가 재범한다는 데이터는 있습니다만."

미코시바는 씩 웃고 등받이에 몸을 깊숙이 기댔다.

"변호사는 의뢰인을 믿는 게 직업이지만 형사는 남을 의심하는 게 직업인가. 흥, 좋아. 그럼 공자 앞에서 문자 쓰는 격일지도 모르겠지만, 범인을 체포하는 데 성공해도 송검하려면 세 가지 사실을 입증해야 하지. 고테가와 씨라고 했던가? 그 세 가지를 들어 보겠나?"

"……기회와 방법과 동기."

"호오, 잘했군. 만점을 주지. 그래, 아무리 동기가 있다 해도 기회와 방법을 입증하지 않으면 공판을 계속할 수 없어.

패소를 꺼리는 검찰 입장에선 기소를 포기할 수밖에 없지. 내 전력 때문에 댁이 날 제1순위 용의자로 삼고 싶은 심정은 이해하지만, 그러려면 먼저 도쿄 지법에서의 알리바이를 깨야 할 거야……. 자, 질문은 더 없나? 그럼 나도 다음 일정이 있으니까 이만 돌아가 주면 좋겠군."

그럴싸하게 사무실에서 쫓겨난 모양새가 된 와타세와 고테가와는 차를 출발시킨 뒤 얼마 동안 말이 없었다.

젠장, 하고 먼저 침묵을 깬 사람은 고테가와였다.

"과거가 폭로되면 더 놀랄 줄 알았는데 말이죠."

"도조 제재소에서 마주쳤을 때부터 이미 예상했는지도 모르지. 만만치 않은 녀석이야."

"망할 자식, 여유나 부리고."

"자기 과거가 별 동기가 못 된다는 인상을 주려는 작전일 수도 있어. 게다가 뭐, 아닌 게 아니라 완벽한 알리바이니 말이지. 다만 확인은 할 필요가 있겠지. 사건 당일 변론이 있었던 재판에 일시 변경은 없었는지. 법원에선 기일을 정할 때 당사자의 변경 신청도 받아 주거든. 혹시 두 개의 재판 일정이 미코시바의 신청으로 변경됐다면 뭔가 작위가 있다고 봐야 할 거야."

"반장님은 그 빌어먹을 변호사를 의심하십니까?"

"철벽의 알리바이란 것도 마음에 안 들지만…… 재범률에 대해 내가 한 말 기억하나?"

"한 번 악당은 끝까지 악당이란 겁니까?"

"그게 아냐. 살인을 실행에 옮기려면 아까 말한 대로 이성이니 윤리니 하는 경계선을 뛰어넘어야 해. 그런데 한 번 뛰어넘고 나면 담이 낮아지거든. 엄청난 일인 줄 알았던 범죄가 실은 그냥 잠깐 힘만 쓰면 되더라 하는 걸 알고 나면 욕망을 이루기 위해 타인을 죽이는 게 아무렇지도 않게 돼. 불쾌한 이야기지만 한 번 살인을 한 녀석은 아직 죽여 본 적이 없는 녀석보다 살인 행위에 대한 저항감이 줄어들어. 살인엔 면역성이 있는 거다."

살인에는 면역성이 있다. 인권 위원회나 보호 관찰관이 들으면 눈을 부릅뜰 것 같지만, 전과가 있는 범인을 체포하고 그의 어두운 눈을 보는 형사 입장에서는 수긍이 가는 이야기였다. 고테가와도 어렸을 때 살인을 저지른 인간이 성장한 뒤 다시 손을 피로 물들인 사건을 경험한 적이 있었다.

도쿄 지방법원 근처에 있는 김에 당장 확인해 보기로 했다.

미코시바가 출정한 것은 의료 과실과 고객 정보 유출에 관련된 손해 배상 청구 사건이었다. 두 사람은 본청 14층에 있는 민사 재판 사무실 기록 열람 및 등사계로 갔다.

사무실에 들어가 보니 구청 창구와 똑같고, 근무 중인 서기관들도 구청에서 보는 주민과 직원의 모습 그대로였다.

열람한 재판 기록에 따르면, 미코시바가 변호를 맡은 의료 과실 소송은 아키시마 시내의 개인 병원에서 환자가 뒤바뀐 사건이었다. 기록으로는 확실히 13시 개정, 14시 폐정이었다.

한 법정에서 하루에 열 몇 건이 심의되는 터라 과연 일일이 기억하고 있을지 의심스러웠건만 담당 서기관은 똑똑히 기억하고 있었다.

"시간이 엄청 걸려서 연장됐기 때문입니다." 서기관은 말했다. "세 번째 구두 변론에 답변서도 이미 제출됐고 원고 피고 모두 주장할 건 다 주장했는데, 원고 측에서 새로운 증거를 제출하는 바람에……. 그런 건 사전에 가르쳐 주면 좋은데, 원고 측 변호사가 그런 퍼포먼스를 좋아하는 사람이라 말이죠."

"그러니까 원고 측 사정으로 예정이 어긋난 겁니까?"

고테가와는 꽝일 것을 알면서도 제비를 뽑는 심정으로 물었다.

"네, 그래서 그 뒤 사건이 밀리는 바람에 조정하느라 애먹었어요."

"기일 자체는 어땠습니까? 법원이 처음에 지정한 기일이 었나요?"

"네, 양쪽 다 기일 변경 신청은 없었어요."

그렇다면 미코시바에 의한 작위는 전혀 없었다는 뜻이다. 불안한 기분으로 두 번째 사건에 관해 문의하자 이 사건의 담당 서기관도 기억하고 있었다.

"음, '와-제20551호' 사건이라……. 아아, 보험 회사에서 고객 정보를 유출시켜서 고객이 원고단을 구성한 사건 말이군요. 기일 변경이라고요? 아뇨, 당초 예정대로였는데요. 원고가 복수 있는 집단 소송이니까 제출된 문서도 많아서 시간이 걸릴 건 각오하고 있었습니다. 그 규모에 한 시간이면 타당하겠죠."

"피고 측 변호인이 뭔가 예상 밖의 반론이나 주장을 하던가요?"

"딱히 없었는데요. 그때가 제1회 구두 변론이기도 했고, 또 보험 회사의 관리 실수로 정보가 유출된 사실에 관해선 다투지 않고 바로 화해 금액의 교섭을 제안했으니까요. 재판장도 화해를 권고할 마음이었는지 그런 식으로 진행됐습니다. 다만 중요한 액수에 대해 의견 조율이 잘 안 돼서 후반은 시종 그걸로 일관했군요. 물론 쌍방 모두 핵심은 그 부분이었으니까 당연하다면 당연하지만요."

엘리베이터를 탈 즈음 고테가와는 잔뜩 부어 있었다. 옆에 있는 상사는 늘 부어 있는지라 지금 이때만은 잘 어울리는 콤비처럼 보였다.

"재판이 기록대로 진행됐고 거기에 미코시바에 의한 작위가 개입되지 않았다……. 그럼 녀석은 용의자에서 완전히 제외되는 겁니까."

곁눈으로 보자 와타세는 반눈을 뜨고 층수 표시를 쳐다보고 있었다.

"내 의견보다 네 심증으론 어떠냐?"

"제 심증으론 녀석이 범인입니다. 확실해요."

"이유는?"

"이유 같은 거 없습니다. 그저 반장님 말씀처럼 그 남자한테선 범죄에 대한 주저가 눈곱만큼도 안 보이거든요."

고테가와는 미코시바의 얼굴을 떠올렸다. 영리해 보이는 얼굴에 과거에 접한 중범죄자들의 얼굴이 자연히 겹쳤다.

"인간이 실수를 하는 이유는 다양합니다. 긴장도 있고, 조바심도 있죠. 하지만 이를 닦는다든지 밥을 먹을 땐 실수를 별로 안 하거든요. 일상적인 행동이기 때문이에요. 범죄도 마찬가지 아닐까요? 그 녀석 과거 사건 기록을 읽어 봤습니다. 자기 범행을 은폐하려고 하긴 했지만 아무리 영리한 척해도 결국엔 열네 살짜리 코흘리개니까요. 금세 발각돼서 조사를 받았죠. 하지만 그때로부터 26년, 소년원에서 악랄하기로 이름난 녀석들하고 어울렸고 변호사가 된 뒤로는 용의자의 성공담과 실패담을 들었으니까요. 경험은 풍부하고 그걸 활용할 재능도 있으면 아무리 알리바이가 완벽해도 그걸 곧이곧대로 믿을 순 없죠."

"심증이라기보단 인상이군. 선입견은 버려라. 길을 잃게하는 원흉이니까. 산에서 길을 잃었을 때 감으로 움직이냐? 우선 태양의 방향하고 손목시계로 동서남북을 확인하지. 눈에 보이는 것으로 그다음 할 일을 정하는 거다."

"그런 게 있습니까?"

"그래. 아까 재판 기록을 뚫어지게 봤지. 그 두 사건의 피고한테 공통되는 건 뭐냐?"

"……둘 다 지위와 돈이 있죠."

"맞아. 변호사 미코시바 레이지의 고객은 하나같이 부유층 아니면 대기업이야. 그런데 도조 미쓰코는 어떻지? 빚투성이 영세 제재소, 경영 상태가 엉망이라 변호사를 고용할 돈도 없단 말이지. 승소해도 국선이니까 여느 때 같은 보수도 바라지 못해."

"그렇지만 이름이 알려질 거 아닙니까."

"이름은 이미 충분히 알려졌어. 악명도 포함해서."

"그럼 왜죠?"

"평소 안 하는 일을 하는 데는 그만한 사정이 있을 테지. 그걸 알아내려면 평소 보이지 않는 면을 들여다보는 수밖에 없어. 그러니까 아까 네가 말한 26년 전 사건은 방향으로서 나쁘지 않아. 열네 살 된 소노베 신이치로가 누구하고 무슨 이야기를 했고 어떤 식으로 성장했나. 그걸 추적하다 보면 의외로 녀석의 진짜 얼굴을 구경할 수 있을지도 모르지."

3

경찰이 가가야 류지의 주변을 캐다 보면 조만간 자신에게 다다르리라는 것은 처음부터 계산에 들어 있었다. 그러나 그런 베테랑이 나타난 것은 예상 밖이었다. 지금까지 그쪽 사람과 여러 차례 대치해 온 터라 눈앞의 상대가 개로 치면 어떤 종류인지 대강 짐작할 수 있다.

와타세라는 남자는 타고난 도베르만이다. 둔중한 인상에 반쯤은 잠든 것처럼 보이지만, 조금이라도 빈틈을 보이는 순간 사납게 달려든다. 그 남자 앞에서 방심하면 안 된다.

두 사람에게는 외출할 예정이라고 말했지만 요코가 돌아온 뒤로도 미코시바는 사무실에 있었다.

"급한 용건 아니면 없다고 해 줘."

그렇게 말해 놓고 책상 위에 자료를 펼친 다음 검토를 시작했다. 이미 여러 번 훑어본 자료였지만 실마리는 현재 이것밖에 없다.

형사 재판 제도는 현재 3심제를 취하지만, 모든 재판이 심리를 세 번 하는 것은 아니다. 대법원에 상고할 수 있는 조건은 강력하게 제한되어 헌법 위반이나 판례 위반이 없으면 상고를 인정하지 않는다. 단 여기에는 예외 규정이 있다. 형사소송법 411조에는 '규정하는 사유가 없는 경우라도 이하와 같은 사유가 있어 원 판결을 파기하지 않으면 현저하게 정의에 위배된다고 인정될 시 판결로 원 판결을 파기할 수 있다'라고 되어 있다. 여기서 말하는 '이하와 같은 사유'는 두 가지다.

2호: 형의 양정量定이 심히 부당하다

3호: 판결에 영향을 미칠 중대한 사실의 오인이 있다

전임 변호사는 2호 양형의 부당함을 들어 상고를 수리하게 했다. 그 자체는 썩 훌륭했다고 할 수 있을 것이다. 다만 그 직후 갑자기 입원하는 바람에 후임인 미코시바에게 뒷수습을 떠넘긴 게 좋지 않았다.

대외적으로는 입원해서 변호 활동 속행이 불가능하다는 게 이유였지만, 세간의 반감을 사는 변호를 그 이상 계속해서 오명을 남기기는 싫다는 게 본심일 것이다.

그나저나 귀찮은 숙제를 남기고 갔다. 자신은 풀 수 없는 문제를 만들어 놓고 타인에게 떠넘기는 것 같은 일이다. 보통 대법원에서 변론은 어지간하면 하지 않는다. 하급심에서 제출된 서면과 판결 내용을 심리해서 상고를 수리해 원심으로 환송할지, 아니면 기각할지 판단하는 게 대부분이다. 그러나 이번에는 항소심 판결이 세평에 편중된 경향이 있다는 일부 법조계의 의견이 있어 변론을 하게 됐다. 그래도 원심을 뒤집으려면 뭔가 새로운 증거든 주장이든 필요하다는 상황은 다를 바 없었다. 어지간히 강력한 게 아니면 여러 차례 변론을 할 기회도 주어지지 않을 것이다.

단 한 번의 변론으로 2심을 뒤집어야 하는 것이다. 아주 골치가 아파지는 일이고, 깨끗한 간판과 자신의 시급에만 관심 있는 제대로 된 변호사라면 이런 변호는 절대 맡지 않을 것이다.

하지만 공교롭게도 미코시바는 간판이 더러워도 신경 쓴

적이 없고, 더욱이 제대로 된 변호사가 아니었다. 그리고 무엇보다도 미코시바에게는 이 사건을 받아들여야 하는 이유가 있었다.

어쨌거나 눈앞의 서류 다발에서 돌파구가 되어 줄 뭔가를 찾아낼 수 없을까. 미코시바는 사소한 말 하나도 놓치지 않겠다고 A4 크기의 서면을 뚫어지게 쳐다보았다.

갑 3호 증

2010년 5월 2일

사야마 시립 종합 메디컬센터 내에서 발생한 살인 사건 현장 평면도

4층 중환자실

평면도만 봐도 의료 기기가 중환자실을 점령한 것을 알 수 있다. 말이 없는 쇼이치를 앞에 두고 전자음에 둘러싸여 앉아 미쓰코와 미키야는 무슨 생각을 했을까.

미코시바는 다음으로 진술 조서를 집어 들었다.

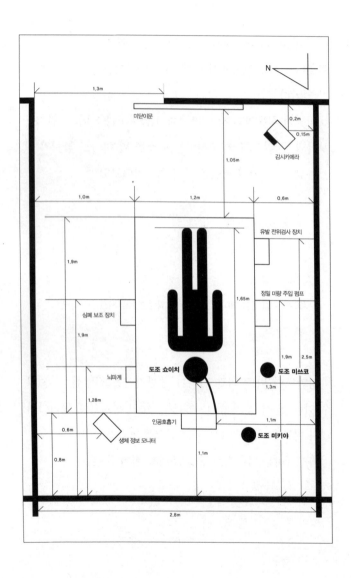

N

1,3m

미닫이문

0,2m

0,15m

감시카메라

1,05m

1,0m

1,2m

0,6m

유발 전위검사 장치

1,9m

정밀 미량 주입 펌프

1,65m

심폐 보조 장치

1,9m

1,9m

2,5m

도조 쇼이치

도조 미쓰코

1,3m

뇌파계

1,28m

1,1m

0,6m

인공호흡기

도조 미키야

생체 정보 모니터

0,8m

1,1m

2,8m

진술 조서

본적: 가고시마 현 기리시마 시 기리시마 오쿠보 ○가 ○번지

주소: 사이타마 현 사야마 시 이루마가와 고이데 ○-○-○

직업: 주부, 제재소 보조 (전화 04-2952-○○○○)

성명: 도조 미쓰코

생년월일: 1967년 7월 9일(42세)

상기 인물에 대한 살인 및 보험금 사취 사건에 관해, 2010년 6월 4일 사야
마 경찰서에서 본관이 피의자에게 사전에 자기 의사에 반해 진술할 필요가 없
음을 고지하고 조사한 결과 피의자는 임의로 다음과 같이 진술했다.

1. 저는 금년 5월 2일 오후 2시경 사야마 시립 종합 메디컬
    센터 내 중환자실에서 치료 중이던 남편 도조 쇼이치의
    인공호흡기가 이상을 일으켜 남편이 사망한 일로 조사를
    받고 있는 사람입니다. 제 신변 관계에 관해서는 지난번
    (2010년 6월 2일)에 말씀드린 대로입니다. 오늘은 의료 기
    기에 이상이 발생한 상황 등에 관해 말씀드리겠습니다.

2. 남편 쇼이치는 4월 3일 제재소 부지 밖 교차로에서 트럭

이 커브를 돌 때 떨어진 목재에 머리를 직격으로 맞아 메디컬센터에 입원했습니다. 바로 처치를 받았지만 뇌타박상을 일으켜 의식불명의 중태였기 때문에 수술 뒤 동 병원 중환자실에 수용됐습니다. 면회가 허가된 것은 수술 이틀 뒤였는데, 그날부터 저와 아들 미키야는 매일 병문안을 가기로 했습니다. 의식불명 상태라도 귓가에서 가족의 목소리가 들리면 자연히 정신이 들지 않을까 막연히 기대했기 때문입니다.

3.   하지만 병문안을 계속해도 쇼이치는 의식을 되찾을 기미가 없었습니다. 남편의 부재로 제가 제재소 업무를 봐야 했던 터라 일하는 틈틈이 병문안을 갔는데, 연일 그렇게 계속하다 보니 수면 부족과 피로가 겹쳐 몸이 좋지 않았습니다. 게다가 입원 비용이 가계를 압박했습니다. 중환자실에 입원하면 하루에 7만에서 9만 엔 정도 듭니다. 보험이 있어도 자기 부담금이 3만 엔입니다. 아들 미키야에게 드는 요양 비용도 있기 때문에(미키야는 뇌성마비로 장애자 1급 판정을 받았습니다) 하루하루 은행에서 돈을 찾아 쓰고 그것만으로도 모자라서, 소비자 금융 같은 데서도 돈을 빌렸습니다. 그래서 당시 저는 심신이 피로했던 것 같습니다. 오랜 세

월 함께 산 사람이니 회복되면 좋겠다는 마음은 물론 있었습니다. 하지만 매일 3만 엔씩 드는 비용이 여간 큰 게 아니라서, 벌 받을 소리이지만 지금 당장 숨을 거둬 주면 좋겠다는 마음도 그러고 보면 마음 한구석에 조금은 있었는지도 모릅니다.

4.   사고가 발생한 당일도 역시 저는 지쳐 있었다고 생각됩니다. 가는 길에 미키야가 몇 번씩 "어머니, 괜찮아요?" 하고 물을 정도였으니까요(미키야는 말을 못 하기 때문에 대화는 휴대폰 화면에 입력한 문자를 보고 합니다). 중환자실에 들어간 것은 평소와 비슷하게 오후 1시 조금 지나서였습니다. 저는 미키야의 휠체어를 밀며 병실로 들어갔습니다. 쇼이치는 온갖 의료 기기에 둘러싸여 있었습니다. 의사 선생님께 모두 남편의 생명을 유지하는 데 필요한 기기라는 말은 들었지만, 어느 게 어떤 작용을 하는지까지는 알 길이 없습니다. 다만 머리맡에 있는 사람 키만 한 기계가 인공호흡기라는 것, 손상된 뇌 대신 남편의 심폐를 움직이는 가장 중요한 기기라는 것은 알고 있었습니다. 담당 의사 선생님께서 여러 번 설명해 주셔서 저 자신도 특히 주의했기 때문입니다.

5. 저희 둘이 병상을 지킬 때는 의사 선생님이나 간호사 선생
    님도 자리를 비켜 주셨습니다. 의료 기기의 상태는 다른 방
    에서 관리하고 방구석에 CCTV가 설치되어 있어서 중환자
    실 상황도 다른 방에서 내내 지켜보고 있으니까 안심해도
    된다고 하셨습니다. 방이 기계로 가득하다 보니 저희가
    앉을 장소도 저절로 정해져서 저는 쇼이치의 오른쪽 바로
    옆, 미키야는 머리맡이 늘 앉는 위치였습니다. 방향으로
    설명하면 인공호흡기의 패널이라고 할지 조작 화면은 제
    쪽을 향하고 있고 미키야는 억지로 고개를 돌리지 않는
    한 화면이 보이지 않는 위치입니다. 아버지가 기계 덕에
    가까스로 연명하고 있다는 사실을 미키야에게 보여 주고
    싶지 않다는 이유에서였습니다.

6. 저와 미키야는 이렇게 중환자실에서 세 시간 정도 있는 게
    일과였습니다만, 할 일은 딱히 없었습니다. 처음에는 이
    말 저 말 시켜 봤지만 반응이 전혀 없었기 때문에, 미키야
    와 두서없이 이야기를 하는 정도고 그냥 꾸벅꾸벅 졸 때
    도 가끔 있었습니다. 역시 피곤했던 거라고 생각합니다.
    당연한 말이지만 병실 안은 춥지도 덥지도 않게 적절한
    온도가 유지됩니다. 바로 옆에 있는 인공호흡기의 배터리

에서 규칙적인 소리가 나기 때문에, 평소 수면 부족과 피로에 시달리던 저는 어느새 잠이 든 것 같습니다.

7. 그런데 배터리 작동음이 갑자기 불규칙해져서 저는 무슨 일이 생겼나 싶어 잠이 깼습니다. 그리고 눈앞에 있는 패널을 보고 깜짝 놀랐습니다. 미처 말씀드리지 못했는데, 패널에는 작동 상황이 표시되고 그 밑에 다양한 스위치가 있습니다. 작동 중이면 패널 오른쪽 상단의 램프가 녹색, 정지 상태면 빨간색입니다. 그 점은 담당 의사 선생님께 설명을 들었습니다. 또 그 스위치들 밑으로 전원 스위치가 따로 떨어져 있습니다. 그런데 램프가 빨간색으로 깜박거리고 있었습니다. 미키야도 귀는 잘 들리기 때문에 금세 이변을 깨닫고 제 쪽으로 이동해 오더니 저처럼 패널을 보고 놀랐습니다. 어지간히 당황했는지 평소에는 창피하다고 잘 말을 하지 않으려고 하는 아이가 패널을 가리키며 필사적으로 끙끙댔습니다. 이 기계가 정지하면 쇼이치의 호흡도 멎는다는 것은 알고 있었기 때문에 좌우지간 어떻게 해야겠다 싶어 저는 순간적으로 전원 스위치를 눌렀습니다. 한 번이 아닙니다. 세 번은 눌렀을 것 같습니다. 두 번 눌러도 반응이 없어서 쩔쩔매는 사이에 몇 분이 지났습

니다. 그리고 또 한 번 눌렀더니 겨우 램프에 녹색 불이 들어오면서 인공호흡기가 다시 움직이기 시작했습니다.

8.   정확한 시간은 모르지만 이변을 알아차리고 담당 의사 선생님과 간호사 분이 바로 오셨습니다. 저와 미키야는 중환자실 구석으로 쫓겨나 일단 정지했던 인공호흡기 앞에서 분주하게 움직이는 선생님들을 먼발치에서 바라보는 수밖에 없었습니다. 의사 선생님이 "방금 전원을 끄지 않았습니까?" 하고 물으셨지만 저는 "아뇨"라고 대답했습니다. 어쩐지 제가 엄청난 짓을 한 것 같아서 순간적으로 거짓말을 한 겁니다. 그러자 의사 선생님은 그때부터 저희 쪽은 보지도 않고 쇼이치를 소생시키려고 애쓰셨습니다. 저와 미키야는 중환자실 밖에서 기다리다가 얼마 지나서 나오신 의사 선생님께 쇼이치가 죽었다는 말을 들었습니다. 임종은 오후 2시 13분이었다고 그때 알려주셨습니다.

9.   쇼이치의 사인은 인공호흡기의 정지였습니다. 바로 기계를 검사했는데 작동 중에 갑자기 정지할 만한 고장은 발견하지 못했다고 합니다. 담당 의사 선생님을 포함해서 여러 사람이 제게 '진짜로 인공호흡기가 저절로 정지했

나, 당신이 전원을 끈 게 아닌가' 하고 물었습니다. 처음에는 절대로 아니라고 계속 대답했지만, 당시 졸다가 막 깬 참이었기 때문에 생각하면 생각할수록 제 행동에 자신이 없어졌습니다. 어쩌면 램프의 녹색과 빨간색을 착각했는지도 모르겠다는 생각이 점점 들었습니다. 하지만 쇼이치가 죽으면 지금 같은 생활에서 해방될 수 있다는 이유로 전원 스위치를 고의로 누른 것은 아닙니다. 그것만은 확실합니다.

10. 인공호흡기의 고장 원인에 관해 경찰 조사를 받던 중에 담당 경찰 분께서 쇼이치가 가입한 생명보험의 보험증서를 보여 주셨습니다. 원본은 집에 있으니까 보험회사에서 보관하던 사본이겠죠. 솔직히 그런 것은 완전히 잊어버리고 있었기 때문에 눈앞에 내민 것을 보고 그제야 생각났습니다. 올해 봄 무렵이었던가요, 갑자기 쇼이치가 거액 생명보험에 들고 싶다는 말을 꺼냈습니다. 마침 제재소 자동화가 끝나서 자, 이제 시작해 볼까 하던 때였는데, 제재 업계 전체가 허덕이는 상황이었고 또 제재소를 물려받을 미키야가 저런 상태다 보니 자신에게 무슨 일이 생기면 빚도 못 갚게 될 것이라고 마음이 약해져 있었습니다. 그래서

저는 아는 보험 설계사인 쓰카모토 유카리 씨에게 집으로
와 달라고 부탁해서 저와 미키야를 수령인으로 보험에 가
입했습니다. 하지만 저는 쓰카모토 씨를 부르기만 했고,
보장 내용에 관한 설명을 듣고 서명한 것은 쇼이치가 혼
자 했습니다. 보험금 3억 엔은 엄청난 거액이라 매달 내
는 보험료도 장난이 아니라고 생각했지만, 저 자신은 한
번도 뭐라 한 적이 없었습니다. 그러니까 보험증서에 관
해 잊어버리고 있었던 것도 당연합니다.

11. 트럭 사고를 당하기 며칠 전 저와 쇼이치가 말다툼을 벌였
     다는 것은 사실입니다. 하지만 어디까지나 다른 댁에서도
     할 법한 부부싸움이었지 심각한 것은 아니었습니다. 왜 싸
     웠는지는 벌써 잊어버렸지만 그런 일로 남편을 죽일 생각을
     한다면 세상 부부들 대다수가 죽고 죽이고 하지 않을까요.

12. 인공호흡기 사고의 원인은 기계 고장이 아닌 한 제 조작
     실수라고 생각합니다. 하지만 조작 실수라고 해도 계속된
     수면 부족과 피로 탓이지 고의는 아닙니다. 또 정말로 허
     둥댔기 때문에 실수했을 뿐이고 결코 남편을 죽여 보험금
     을 사취하려는 생각에서 한 일이 아닙니다.

도조 미쓰코 (서명) 지장

이상과 같이 녹취해 읽어 준 결과 허위가 없음을 확인하고 서명 지장을 받
았음.

사야마 경찰서

사법 경찰관

경장 이마요시 나오키 날인

　미코시바는 얼굴을 들었다. 우선 생각할 수 있는 가능성
은 조사를 담당한 이마요시라는 형사의 유도 신문이다. 당
초 전원 스위치를 눌렀다고 언명한 미쓰코에게 잠 부족과
피로에 의한 조작 실수를 시사해 유도했을 가능성이 있다.
그뿐 아니라 기술 3에서 남편 쇼이치가 살아 있으면 가정이
경제적으로 힘들어질 뿐인 상황을 토로하게 해서 살의의 존
재를 암시하고 있다.
　치밀하게도 본인의 진술 조서에 이은 검찰 측의 갑 5호
증이 문제의 스위치에서 검출된 미쓰코의 지문이었다. 지름
1센티미터에 못 미치는 작은 크기지만 특징점의 종류와 중
심점에서의 좌표가 본인의 것과 일치한다는 게 입증되어 있
었다. 미쓰코가 고의든 우연이든 스위치를 누른 것은 틀림

없는 사실이라는 뜻이다. 기술 9를 읽고 나서 이 증거를 보면 아무래도 미쓰코가 위증을 한다는 인상을 받게 된다.

기록을 확인하기로, 진술 조서를 작성하기까지 미쓰코는 사야마 서에 엿새 동안 구류되어 있었다. 하루 세 끼 식사를 주고 사이사이 휴식 시간을 두었으니 심신을 소모시키는 가혹한 조사였다고 할 수는 없다. 의심을 하자면 역시 조사를 담당한 이마요시라는 경찰관이 진술의 흐름을 유도했을 가능성일 것이다.

다음으로 미코시바는 두 번째 진술 조서를 집었다.

진술 조서

주소: 사이타마 현 가스카베 시 마시토 ○-○-○

직업: 의사

성명: 쓰즈키 마사히코

생년월일: 1974년 3월 6일(36세)

위 사람은 2010년 6월 5일 사야마 서에서 본관에게 임의로 다음과 같이 진술했다.

1. 저는 2007년 5월부터 사야마 시립 종합 메디컬센터에서 근무한 외과의사로, 사망한 도조 쇼이치 씨를 담당했습니다. 당일인 5월 2일도 오전 9시부터 출근해서 사고가 발생한 오후 2시경 센터의 모니터실에서 잠시 쉬고 있었습니다. 모니터실은 간호사 대기실에 인접해서 중환자실 환자의 병세에 변화가 있을 경우 의사와 간호사가 바로 달려갈 수 있게 되어 있습니다.

2. 도조 씨의 모니터가 이상을 알린 것은 오후 2시 3분이었습니다. 인공호흡기의 신호가 갑자기 끊긴 겁니다. 즉각 간호사 두 명을 데리고 중환자실로 가자 이미 환자의 맥박이 멎었고 뇌파도 정지한 뒤였습니다. 문제의 인공호흡기는 다시 작동하고 있었습니다. 아실지도 모르지만, 이런 의료 시설은 비상시 자가 발전으로 전환되어 의료 기기에 대한 전원 공급이 한순간도 중단되지 않도록 하기 때문에 주전원을 끄지 않는 한 기기는 작동을 멈추지 않습니다. 그래서 저는 침대 곁에 있던 부인에게 "방금 전원 스위치를 누르지 않으셨습니까?" 하고 물었습니다만, 돌아온 대답은 부정하는 말이었습니다. 그럴 리 없다고 생각했지만 그때는 환자의 소생을 우선했기 때문에 그 이상 추궁하지

않았습니다. 하지만 저희 분투에도 불구하고 도조 씨의 뇌파는 끝내 회복되지 않아서 오후 2시 13분에 가족에게 임종을 알렸습니다. 아드님은 원래도 표정에서 감정을 읽을 수 없었지만 부인 쪽은 슬퍼한다기보다 몹시 겁에 질린 듯한 태도였습니다.

3.　　임종을 확인한 직후 저는 바로 인공호흡기를 점검했습니다. 인공호흡기란 간단히 말하자면 가스를 폐 속에 기계적으로 밀어 넣고 배기를 흡수하는 장치입니다. 그런데 모니터와 기기를 체크해도 호기 튜브, 흡기 튜브, 커넥터, 배터리 모두 이상을 찾아볼 수 없었습니다. 설정 자체에도 변경한 흔적은 없었습니다. 물론 후일 제조업체를 불러다 조사를 의뢰했는데 그때도 역시 이상을 발견했다는 보고는 없었습니다. 따라서 어렴풋이 염려했던 의료 과실 문제는 아닌 것 같다고 가슴을 쓸어내렸습니다.

4.　　그런데 중환자실에 카메라 한 대가 설치돼 있습니다. 환자의 외적인 상태를 감시하기 위한 카메라인데, 저는 혹시나 싶어 사고가 발생한 시각으로 거슬러 올라가서 영상을 재생해 봤습니다(조금 전 사야마 서에 제출한 기록과 동일합니

다). 카메라는 환자의 정면, 즉 인공호흡기 패널을 정면에서 비추는데, 사고가 발생한 오후 2시 3분 부인의 손가락이 전원 스위치 쪽에 가 있는 것을 확인했습니다. 해상도 관계로 손가락이 닿았는지 아닌지까지는 보이지 않지만, 적어도 손가락의 연장선상에 스위치가 있는 것은 확실합니다. 그 뒤 부인은 몇 번에 걸쳐 스위치를 눌렀는데 이건 뚜렷하게 보입니다.

5. 이상, 지금까지 경찰관에게 사고 상황을 이야기했으며 제가 말한 내용은 모두 사실입니다. 앞으로 또 무슨 일이 있으면 협조하겠습니다.

쓰즈키 마사히코 (서명) 지장

이상과 같이 녹취해 읽어 준 결과 허위가 없음을 확인하고 서명 지장을 받았음.

사야마 경찰서

사법 경찰관

경사 오카모토 가즈키 날인

조서에서 환자의 변사가 의료 과실이 아니라 피고인의 인위적 행위에 의한 것이라 안도하는 게 뻔히 보인다. 일본 의사회의 의사 배상 책임보험이 의료 과실로 인한 소송의 증가와 배상금의 고액화 때문에 위기에 처한 현재 상황을 생각하면 당연할지도 모르겠다.

그리고 이 진술 조서에 이어 제출된 게 과학 수사 연구소에서 내놓은 감시 카메라의 정지 화면이다. 디지털 처리로 해상도를 높이고 문제의 부분을 확대한 화면에는 전원 스위치에 닿은 미쓰코의 검지가 선명하게 찍혀 있었다. 이 두 번째 증거물이 결과적으로 미쓰코의 증언을 뒷받침했다. 다시 말해 검찰 측은 카드를 내보이는 데 능숙하다는 이야기다. 그리고 결정적인 세 번째 진술 조서가 이것이었다.

진술 조서

주소: 사이타마 현 사야마 시 이루마가와 고이데 ○-○-○
직업: 보험 설계사
성명: 쓰카모토 유카리
생년월일: 1961년 10월 8일(48세)

위 사람은 2010년 6월 6일 사야마 서에서 본관에게 임의로 다음과 같이 진술했다.

1.　　 저는 2001년 4월부터 건강생명보험 주식회사에 보험 설계사로 근무하고 있으며 돌아가신 도조 쇼이치 씨의 담당자였습니다. 오늘은 도조 씨와 보험 계약을 맺은 당시의 상황을 말씀드리겠습니다.

2.　　 도조 씨와 저는 같은 동네에 살기 때문에 그쪽에서도 제 직업을 알고 계셨습니다. 실은 처음 이 일을 시작했을 때 고객이 생각처럼 모이지 않아서, 흔히 있는 이야기입니다만 저도 저희 부모 형제와 친척 친지에게 보험 가입을 부탁해서 언짢은 표정을 짓게 하는 하루하루를 보내고 있었습니다. 입사한 지 얼마 안 돼서 처음부터 낯선 타인에게 보험 가입을 권유하는 것도 쉽지 않기 때문에, 동료들 사이에서는 민폐 범위라고 부릅니다만 처음에는 친척, 이어서 이웃 사람, 이렇게 권유 범위를 넓혀갑니다. 그렇기 때문에 도조 씨 댁을 방문한 것도 일 시작하고 얼마 안 됐을 때였습니다. 하지만 처음 찾아갔을 때는 말이 아니었습니다. 그때는 부부 두 분 다 30대였던 터라 무슨 재수 없는

소리를 하느냐고 아주 쌀쌀맞게 대하셨습니다. 그런 반응은 드문 게 아니라서 저도 사과드리고 나왔는데, 부인은 현관 앞에 소금까지 뿌리셨습니다. 여기에는 저도 분해서 조금 눈물이 났습니다.

3. 그런데 금년 3월 23일, 갑자기 도조 씨 부인에게서 전화가 왔습니다. 너무나도 갑작스러운 이야기라 저도 반신반의했지만 어쨌든 시간을 내서 다음 날 정오 지나서 댁으로 찾아뵈었더니 부부 두 분이 같이 기다리고 계셨습니다. 아드님인 미키야 씨의 장래가 불안하니 되도록 일찍 보험에 가입해 두고 싶다고 하시더군요. 계약 자체는 저도 더없이 반가운 이야기였기 때문에 당장 중요 사항을 설명하기 시작했더니, 계약자는 남편 분인데도 뒤에서 부인이 "상품 내용을 먼저 설명해 줘요"라고 재촉하는 겁니다. 결국 설명은 일찌감치 마쳐야 했습니다.

4. 도조 씨가 가입하신 것은 '개인 보장 여유 플랜 A'라는 상품입니다. 이건 금융 상품이라기보다 보장만을 목적으로 한 상품이라 만기 환급금이 없습니다. 가입 기간은 10년이고 그 기간을 지나면 만 나이로 80세까지는 자동 갱신

되는데, 고액 보장을 내세우는 만큼 적용되는 것은 사망과 고도 장애뿐입니다. 노골적으로 말하자면 금융 상품이 아니라 말 그대로 생명보험입니다. 상한 설정은 3억 엔인데, 도조 씨는 처음부터 그 코스를 원하셨고 고민하는 기색은 없었습니다. 보험금이 3억 엔이면 다달이 내는 보험료도 10만 엔 단위로 결코 적지 않은 금액인데, 그런데도 결심은 확고하신 것 같았습니다. 솔직히 말씀드려서 이 상품은 가입 시 부인 쪽에서 마지막까지 주저하는 게 보통입니다만, 도조 씨 댁은 오히려 부인이 뒤에서 여유 있는 태도를 보이셨던 게 인상에 남아 있습니다.

5.   남편 분이 계약서에 기입하는 동안에도 부인이 "여기에 당신 이름", "여기는 나랑 미키야 이름" 하고 세세하게 지시하셨습니다. 보통 이런 계약에서는 남자가 주도권을 쥐는 경우가 많기 때문에 제가 찾아뵙기 전에 부인이 보험 상품에 대해 조사를 많이 하신 것 같다고 생각했습니다. 문득 불안해진 제가 "1년 이내 자살은 보험금이 나오지 않습니다" 하고 괜한 말을 하는 바람에 부인이 저를 노려봤습니다.

6.   남편 분이 사고를 당했다고 들은 게 계약하고 겨우 열흘

뒤였습니다. 계약 당시 부부의 모습에서 이것저것 좋지 못한 상상이 들었지만, 계약 자체는 아무런 하자도 없이 체결됐기 때문에 회사도 조사가 종료되는 대로 지불 준비에 착수할 예정이었습니다. 제가 보험 계약에 관해 아는 것은 이게 전부입니다.

7.　이상, 지금까지 경찰관에게 보험 계약 체결 당시의 상황을 이야기했으며 제가 말한 내용은 모두 사실입니다. 앞으로 또 무슨 일이 있으면 협조하겠습니다.

쓰카모토 유카리 (서명) 지장

이상과 같이 녹취해 읽어 준 결과 허위가 없음을 확인하고 서명 지장을 받았음.

사야마 경찰서

사법 경찰관

경사 마에다 다케토시 날인

이런 조서를 잘도 증거물로 제출했다 싶어 미코시바는 감탄 반 어이없음 반을 느꼈다. 곳곳에 쓰카모토 모 씨의 주관과 선입견이 불거져 나와 있는데, 그게 미쓰코의 숨은 악의를 강조하는 방향으로 작용하고 있었다. 심지어 미쓰코가 남편에게 보험 가입을 억지로 권했다는 인상을 주었다.

이전 같으면 검찰도 이런 뻔한 수법을 취하지 않았을 테지만, 문외한인 재판원 상대로는 상당히 유효하다고도 할 수 있었다. 아무리 냉정하게 판단하려고 애써도 직업적으로 사람을 심판한 적이 없는 인간은 논리보다 감정이 앞서게 마련이다. 이런 식으로 카드를 내놓으면 재판원의 태반은 미쓰코의 유죄에 한 표를 던지고 싶어질 것이다. 재판원 재판 제도의 핵심은 판결에 일반 시민의 감각을 반영하는 것인데, 감각은 어쨌거나 감각일 뿐이다. 그리고 감각이란 자신의 위치라든지 시간의 경과로 얼마든지 달라질 수 있는 불확실한 것이다. 법을 모르는 문외한이 그런 척도로 죄를 판단하는 게 과연 타당한 일인지 아닌지 명쾌한 답을 여전히 얻지 못한 채 제도만 계속되고 있다. 법률상의 근거도 없이 국민에게 얼렁뚱땅 의무를 부과한 제도가, 사법 판단을 동네 사람들 잡담 수준으로 떨어뜨리기 시작했다.

미코시바는 마지막으로 도쿄 고법의 결정 조서를 집었다.

2011년 3월 27일 판결 언도

동일同日 원본 영수 법원 서기관 쓰나시마 히로마사

2011년 네-제1528호 항소 사건

(원심 사이타마 지방법원 가와고에 지부 2010년 와-제5891호)

구두 변론 최종일: 2011년 3월 6일

판결

사이타마 현 사야마 시 이루마가와 고이데 ○-○-○

항소인: 도조 미쓰코

동 소송 대리인: 변호사 구와에 다다시

주문

1. 본건 항소를 기각한다.

이유

본건 항소의 취지는 변호인 구와에 다다시가 제출한 항소 이유서에 기재된 바와 같으며, 이에 대한 답변은 사이타마 검찰청 검찰관 누카타 준지가 작성한 답변서에 기재된 바와 같으므로 이를 인용한다.

논지는, 본건은 범죄 행위 자체의 객관적 사실에만 중점을 둔 탓에 원심에서 드러난 개별적 사정을 감안하면 충분히 정상 참작의 여지가 있는데도 불구하고 원 판결이 형량 판단을 심히 그르쳐 상당 이상의 중죄라고 판단해 형을 부당하게 양정했다는 것이다.

그에 따라 기록을 조사하고 당심의 사실 조사 결과도 추가해 검토한다.

제1 소론은, 원 판결은 본건 범행의 적정한 평가에 입각한 죄형 균형의 판단을 포기하고 고려해야 할 개별적 사정을 무시한 채 과거의 재판례와 비교해도 불필요하게 무거운 형량을 적용했다고 주장한다.

그에 따라 검토하자면 (……) 과거 재판례와의 비교에 관해서는 원 법원의 상기上記 재판례 25건의 검토와 더불어 변호인이 지적하지 않은 최근 재판례 중에서도 참고가 될 가능성이 있는 것을 검토한 것은 당연한 일이다. 그리고 원 판결이 양형 이유 항목에서 최근의 재판례를 언급한 설명 내용에 비추어 보면, 원 판결이 과거 재판례와 비교하지 않고 결론을 도출했다는 소론은 정당하지 않으며 원 판결의 형량 적용에 관한 판단 방법에 잘못이 없다.

제2 본건은 원 판시대로 피고인이 사야마 시내의 병원에서 남편인 도조 쇼이치(당시 48세, 이하 '피해자')의 생명을 유지하던 인공호흡기를 고의로 정지시켜 피해자를 살해했다는 사안이다. 이 범죄 행위가 피해자가 고통스러워하는 모습을 차마 볼 수 없어 안락사를 시키려 했다는 동기에서가 아니라 피해자가 가입한 생명보험의 사망 보험금을 약취하기 위해서였다는 검찰의 주장은, 생명보험 가입이 피고인의 주도로 이루어졌다는 증언과 수취 금액이 부적당하게 크다는 사실에 비추어 보면 수긍할 수 있으며 계획성의 일단 역시 찾아볼 수 있다. 또 월 단위의 보험금이 피해자의 수입과 비교해도 부자연스럽게 고액이라는 것은 명백하다.

(……)

검찰이 제출한 갑 5호 증에 따르면, 피고가 장치의 전원 스위치를 눌렀다는 사실은 지문의 특정 부위가 일치하는 점에서도 명백하며, 일상생활에서 녹색은 가동, 적색은 정지로 식별하는 습관이 있음을 감안하면 피고인이 당황한 나머지 장치의 동작 상황을 착각했다는 변호인의 지적은 근거가 박약하고, 따라서 우발적 사고였다는 주장도 신빙성이 부족하다. 또 피고인이 담당 의사에게 장치의 정지가 환자의 죽음을 일으킨다는 취지의 설명을 들었다는 사실에서도 살의의 존재를 부정할 수 없다. 소론은 채용할 수 없다.

제3 정상 참작을 감안할 개별 사정에 관해, 변호인은 피해자가 경영하는 제재소의 실적이 좋지 못했으며 거액의 부채를 지고 있어 피고인이 불안에 시달렸다는 것, 나아가 부부 사이에 수발을 필요

154

로 하는 아들이 있었다는 것, 이상의 두 가지 사정에서 피고인이 정신적으로 변식 능력을 잃은 상태였다고 주장한다.

그러나 본건 기소 전에 검찰 측이 실시한 정신 감정에서 피고인은 심신 상실 또는 심신 쇠약의 경향을 찾아볼 수 없었으므로 변식 능력의 결여라는 주장도 채용할 수 없다. (……) 설사 경제적인 핍박이나 장래에 대한 불안이 있었다 해도 현행 사회보험 제도와 장기 요양 제도를 적시 이용하면 해결 불가능한 문제라고 할 수는 없으며, 하물며 위독한 상태에서 아무런 저항이나 의사 표시도 할 수 없는 피해자의 생명을 빼앗는다는 범죄 행위와는 별개 문제다. 또 공판 중 피고에게서 속죄 의사를 찾아볼 수 없었다.

제4 이상의 사실 및 검토 결과를 근거로 범행의 죄질, 동기, 태도, 결과의 중대성, 사회적 영향, 전과, 범행 후의 정상情狀 등을 종합하고, 상기 판결 후 최근의 징역형 구형 사안에 관한 형량의 동향 등을 아울러 고찰할 때, 본건에 관해 피고인을 무기징역에 처한 원 판결의 양형이 과중해 부당하다 할 수는 없다.

논지는 이유가 없다.

따라서 형소법 396조, 181조 3항 본문을 적용해 주문대로 판결한다.

2011년 3월 27일

155

도쿄 고등법원 제1부

재판장 재판관 오바 히데토

재판관 가리야 린타로

재판관 노구치 데쓰코

전문을 읽고 나서 먼저 인상에 남는 것은 문면에서 엿보이는 재판장의 냉철함이다. 글은 이야기가 됐건 사실의 나열이 됐건 쓴 사람의 주관이든 생각이 반영되게 마련이다. 미코시바가 기대했던 것은 담당 재판관이 사리보다 정에 치우쳐 권선징악을 중시하는 타입일 가능성이었다. 권선징악은 아닌 게 아니라 알기 쉽고 반응도 좋다. 판결은 대개의 경우 '사건의 골자'를 해독한 뒤 '사건의 결론'을 정하는 것이다. 더 단적으로 말하면 민심이 납득할 만한 결론에 해당되는 조문을 적용시켜 가는 작업이라 할 수 있다. 하지만 그것도 정도 문제인지라 명백히 법리론에서 일탈한 판결이나 이유는 항소나 상고가 이루어진 시점에서 결점이 될 수 있다.

그러나 이 재판관은 정에 치우지지 않고 논리 정연하게 사건을 판단하고 있었다. 실제로 그가 무슨 생각을 했고 무엇에 분노했는지는 알 수 없지만, 적어도 그것을 판결문에 반영시키는 우는 범하지 않았다. 바꿔 말하면 판결문 자체에는 파고들 빈틈이 없었다.

나아가 덧붙이자면 사건 전체 흐름이 더없이 좋지 못했다.

재판에 관여하는 자는 '알'과 '줄기'라는 표현을 곧잘 쓴다. '알'이란 사건의 기점이 되는 발생 사유, '줄기'는 재판에 이르기까지의 경위를 가리킨다. 즉 사건에 따라 알이 나빠도 줄기가 좋다거나 반대로 알이 좋아도 줄기가 나쁜 경우가 있다는 뜻이다. 그렇게 볼 때 도조 미쓰코의 사건은 알도 나쁘고 줄기도 나쁘다. 당초 안락사 살인으로 여겨졌던 사건이 실은 보험금 살인이었다는 악재. 그리고 1심에서 정상참작을 기대하고 그게 안 되자 느닷없이 무죄를 주장하는 후안무치함. 세론의 반발까지 생각하면 의지할 것은 지푸라기 하나 없다. 그런 상황에서 배턴을 넘겨받은 미코시바는 완전히 고립무원, 도수공원의 상황이라 할 수 있었다.

어쨌든 현 시점에서 제시된 서면에서 얻을 수 있는 것은 압도적인 마이너스 재료뿐이다. 미코시바는 잠시 생각한 뒤 컴퓨터로 문서 한 장을 작성하고는 일어나 재킷을 걸쳤다.

"의뢰인을 접견하고 오지."

미코시바가 벤츠를 몰고 간 곳은 사이타마 시 우라와 구 다카사고, 사이타마 구치지소였다.

도쿄 구치소에 비하면 면회 신청도 많지 않은 덕에 원하
는 인물을 바로 접견할 수 있었다.

면회실에 나타난 도조 미쓰코는 지난번보다 더 수척해 보
였다. 본인과의 접견은 이번이 세 번째였는데, 만날 때마다
머리가 윤기를 잃고 피부는 창백해지는 것 같았다.

미쓰코가 머리를 살짝 숙여 인사하고 나서 앉았다. 미코
시바의 얼굴을 똑바로 보는 일이 별로 없는 미쓰코는 지금
도 미코시바의 가슴께에 시선을 두고 있었다.

"야위었군. 식사는 꼬박꼬박 하고?"

미쓰코는 고개를 끄덕였지만 십중팔구 사실이 아닐 것이다.

"미키야를 또 만나고 왔어."

아들의 이름이 나오자 미쓰코가 움찔했다.

"서류를 받으러 갔던 건데 혼자 공장을 잘 꾸려 나가고
있더군. 왼손 하나로 공장 내 모든 기계를 완벽하게 조작하
던데. 나한테 차까지 내주고."

"무리하는 거예요, 그 애." 미쓰코는 얼굴을 숙인 채 입을
열었다. "아버지를 잃고 저까지 이렇게 됐으니 불안하지 않
을 리가 없는데 애써 참는 거예요."

"가정 상황은 좋지 않지만 남자가 참는 건 그렇게 나쁜 일
이 아니야. 장애인이든 아니든 말이지. 의외로 과보호였던

거 아닌가?"

"그건…… 애가 그런 몸으로 태어났으니까……."

말끝이 기어들 듯했다.

이 의뢰인은 처음 만났을 때부터 줄곧 이런 식이었다. 늘 주뼛거리는 태도로 주위를 겁내고, 미코시바를 볼 때는 언제나 얼굴을 숙인 채 눈만 위로 올려 떴다. 뭔가 비밀을 감추고 있는 건지, 아니면 자신에게 접근하는 사람이 모두 적으로 보이는 건지. 큰 소리로 결백을 주장하는 것도 아니고, 자신의 불운을 저주하지도 않았다. 자기가 먼저 적극적으로 이야기하려 들지 않는 모습은 보험 설계사의 진술에서 떠오르는 인물상과는 매우 동떨어져 있었다.

"어차피 평생 보살펴 줄 순 없지. 도조 씨가 먼저 나이를 먹으니까. 언젠가는 모든 걸 혼자 힘으로 해야 할 때가 와. 그럼 그 훈련은 이를수록 좋지 않겠나."

"그 애는 제가 없으면 안 돼요."

여전히 고개를 들지 않는 미쓰코를 보며 미코시바는 어머니는 다 이런 걸까 생각했다. 이미 오래전에 한 인간으로 자립했는데도 언제까지고 어린애 취급을 한다. 어머니라는 존재 가치를 잃기 싫은 게 틀림없다고 상상해 보았다. 모자간의 미묘한 관계에는 어둡거니와 실감도 별로 없다. 철들 때까지 마치 인형처럼 길러졌다. 인형이 아니라고 행동으로 보여 주자 즉각 멀어졌다.

"그럼 한시라도 빨리 여기서 나갈 수 있는 방법을 생각하자고. 도조 씨가 아니라 아들을 위해서. 오늘은 복습하러 왔어. 그때 일을 한 번 더 떠올려 볼까?"

미코시바는 진술 조서를 꺼내 아크릴판 너머로 펼쳐 보였다.

"이건 도조 씨가 형사한테 이야기한 내용의 조서야. 작성할 때도 한 번 읽어 줬을 텐데, 여기서 다시 읽어 볼 테니까 진술할 때 말한 것 중에 빠진 게 없는지, 반대로 말한 적 없는 게 쓰여 있진 않은지 한번 봐."

미쓰코가 고개를 끄덕이는 것을 확인한 다음, 미코시바는 진술 조서를 천천히 소리 내서 읽기 시작했다.

읽으면서 눈에 띄지 않게 미쓰코를 관찰했지만, 어딘지 모르게 넋이 나간 듯한 이 의뢰인은 반응도 보이지 않고 그저 고개를 수그린 채 앉아 있었다. 미코시바는 인형을 상대하는 기분이 들었다.

"……방금 읽은 내용이 맞나?"

미쓰코가 고개를 살짝 끄덕였다.

"전원을 끈 기억이 없다. 그것도 틀림없고?"

"네."

"하지만 실제로 전원 스위치에 도조 씨 지문이 남아 있고 모니터는 이상 발생을 알렸는데."

"제가 스위치를 만지기 전에 이미 장치에 이상이 있었어요. 패널 램프가 빨간색이었어요."

"그럼 스위치를 눌렀다 안 눌렀다 하기 전에 램프가 빨간색으로 깜박이고 있었다는 건 사실인가?"

"네."

"인공호흡기 설명서를 훑어봤는데, 그 램프는 전원을 끈 직후에 5초 동안 빨간색으로 깜박이게 돼 있더군. 그래도 누른 적이 없다?"

"전 정말 그런 기억이 없어요. 그러니까 형사님께 말씀드린 것처럼 그땐 꽤 지쳐 있었으니까 어쩌면 마가 꼈는지도 몰라요."

"그럼 이걸 볼까."

미코시바는 A4 크기의 종이를 꺼냈다. 사무실에서 나오기 직전 작성한 것인데, 지름이 5센티미터쯤 되는 동그라미 두 개를 세로로 늘어놓고 위의 동그라미는 녹색, 밑의 동그라미는 빨간색으로 칠했다.

"어느 쪽이 빨간색이지? 빨간색을 가리켜 봐."

미쓰코는 순간 의아한 표정을 지었으나 머뭇머뭇 뻗은 손가락은 틀림없이 밑의 동그라미를 가리켰다.

"……색맹은 아니군."

"네, 색맹은 아니에요."

미코시바는 나지막이 혀를 찼다.

색맹임을 감추는 사람은 많다. 남성의 4.5퍼센트, 여성의 0.1퍼센트가 색맹이라 하니 한 반에 한 명은 있다는 계산이 된다. 그 때문에 요새는 진녹색 칠판에 빨간 분필을 쓰지 않는다. 하지만 그런 배려가 있어도 어렸을 때 놀림을 당한 기억이 있으면 숨기는 게 버릇이 된다.

만약 도조 미쓰코가 적록 색맹이라면 전원 스위치를 누른 것도 과실 이전의 문제라고 주장할 수 있다. 순간적으로 떠오른 아이디어였으나 허탕으로 끝났다.

"그나저나 어째서 보험을 3억이나 든 거지? 고법 판결문에서도 지적했지만 그 계약 내용으론 다달이 10만 엔 이상 내야 하는데. 제재소가 잘 안 돼서 안 그래도 생활이 어려웠는데 왜 그런 무리를 할 필요가 있었던 건가? 사정을 설명해 주지 않으면 의혹에 대항할 방법이 없어."

"그건 남편 생각이었어요. 지병 같은 것도 딱히 없었는데 자기한테 만에 하나 무슨 일이 생기면 제재소도, 미키야도 큰일이라면서요."

"도조 씨 의견은 전혀 아니었다 이 말인가?"

미코시바는 아크릴판을 두어 번 세게 쳤다. 그 소리에 비로소 미쓰코가 얼굴을 들었다.

"내 말 잘 들어. 거액 보험을 든 것뿐이라면 그건 죄가 아니야. 그러니까 전부 있는 그대로 솔직하게 털어놔. 아니면 날 못 믿겠나?"

"저, 전……."

"40년 살았으면 도조 씨한테도 친한 친구 한두 명은 있겠지. 은사라든지 마음을 터놓을 수 있는 사람도 있을 테고. 그렇지만 말이지, 그 비좁은 법정 안에서 도조 씨 편은 나 하나뿐이야. 그런 날 못 믿는데 무슨 재판을 하나?"

"선생님도 절 안 믿으시잖아요." 미쓰코는 억양이 거의 느껴지지 않는 목소리로 말했다. "생명보험에 관해선 전에도 말씀드렸는데……."

의뢰인을 믿는 것과 변호하는 것은 다른 문제다. 그렇게 말해 주면 이 여자는 대체 어떤 표정을 지을까.

변호를 의뢰하는 사람은 대개 진실을 말하지 않는다. 허위 신고라는 뜻이 아니다. 자신이 피해자라는 의식에 사로잡혀 자기에게 불리한 정보를 말하고 싶어 하지 않는 것이다. 그래서 변호사는 의뢰인의 거짓말을 파악하고 불리한 정보를

163

밝혀내는 일부터 시작한다. 그렇게 해서 모은 유리한 재료와 불리한 재료를 저울질해서 재판의 흐름을 예상하고 무엇이 의뢰인에게 가장 큰 이득이 될지 산출한다.

그러다가 문득 생각했다.

자신은 지금까지 완전히 무고한 사람을 변호한 적이 없었다. 의뢰인은 언제나 켕기는 구석이 있는 인간 아니면 자신의 양심을 얄팍한 정의로 감춘 인간뿐이었다. 그리고 그들의 죄를 논리와 교섭으로 상대화시키는 게 자신이 해 온 일의 대부분이었다.

하지만 어쩌면 이 여자는 정말 죄가 없을지도 모른다. 진술한 내용도, 자신의 얼굴에 대고 직접 말한 것도 모조리 진실일지도 모른다.

그렇다면 자신은 변호 방침을 근본적으로 다시 생각할 필요가 있다.

"도조 씨."

어조가 달라진 것을 알아차렸는지 미쓰코가 의아한 표정으로 미코시바를 쳐다보았다.

"도조 씨가 한 말을 일단 전부 믿기로 하지. 그러니까 남편이 보험 가입을 결정했을 때부터 다시 한 번 이야기해 줘. 대략적으로 말고 세부까지 하나도 빠짐없이."

결국 미쓰코의 이야기를 끝까지 듣는 데 거의 한 시간이 걸렸다. 큰 기대는 하지 않았지만 역시 내용은 진술 조서를 똑같이 반복할 뿐이었다.

그런데 기묘한 위화감이 남았다.

진술 조서와 같은 이야기를 하고 있을 텐데 뭔가가 마음에 걸렸다. 삼켜 버리면 편할 텐데 따끔따끔 아파서 그럴 수 없었다. 딱 목구멍에 박힌 생선 가시 같다.

아주 약간 들어맞지 않는 것, 그러나 무시하면 돌이킬 수 없는 과오를 유발할 만한 것. 1년 365일 노련한 검사, 그리고 무엇보다도 신뢰할 수 없는 의뢰인과 맞붙다 보면 그런 감이 생긴다. 하지만 위화감의 정체까지는 알 수 없었다.

신경이 곤두서서 벤츠를 세워 놓은 주차장으로 가는데 정면에 여자가 서 있었다.

"바쁘셔서 좋겠네, 선생님."

"또 당신인가."

미코시바는 야스타케 사토미를 보고 이번에는 들으란 듯 혀를 찼다.

"도조 씨란 사람 면회한 거지? 뉴스에서 봤어. 선생님이 변호인이 됐다고."

대답도 하지 않고 곁을 지나쳤지만 사토미는 당연한 것처럼 따라왔다.

"돈 안 되는 국선이라며? 훌륭하시기도 하지. 그렇지만 난 알아. 죽은 남편의 보험금을 노리는 거지? 그 불쌍한 미키야란 애한테서 대체 얼마나 뜯어낼 생각이야?"

그 이름을 듣고 미코시바는 멈춰 섰다.

"그 친구를 만났나?"

"아니. 멀리서 보기만 했어. 그렇지만 몸이 그래서야 충고하려면 직접 만날 수밖에 없겠네."

"의뢰인에게서 아들을 보호해 달란 부탁을 받았어. 묘한 짓을 하면 법원 명령으로 당신 자유를 제한할 거야."

"흥, 법률가다운 협박인걸. 그렇지만 세상엔 법으로 심판할 수 없는 죄, 재판에서 선고되지 않는 벌도 있다고."

그런 것은 네가 가르쳐 주지 않아도 안다.

"이거 봐, 야스타케 씨." 미코시바는 처음으로 돌아섰다. "당신 아들은 내 예전 의뢰인한테서 괴롭힘을 당하고 자살했어. 그건 안된 일이야. 하지만 그 때문에 앙심을 품고 이 사람 저 사람 원망하면서 살아가면 아들이 좋아할 것 같나?"

"당신이 뭔데? 다, 당신 때문에 아키라는 개죽음을 당했어. 그 짐승 새끼는 이제 2년만 있으면 소년원에서 나온다던데. 그, 그런데 아키라는……."

"소년원에서 나와 죄를 짊어지고 사는 게 그렇게 부러워할 일인가?"

"죽는 것보단 훨씬 낫잖아!"

"그럼 최소한 살아 있는 동안엔 시간을 유효하게 쓸 일이야. 번지수 틀린 복수는 결국 헛수고로 끝날 뿐이니까. 하지만 꼭 누굴 원망해야 직성이 풀리겠으면 나만 원망하라고. 최대한 상대해 주지."

또 뭐라 악 쓰기 시작한 사토미를 남겨 두고 미코시바는 벤츠를 출발시켰다. 백미러에 시선을 주자 사토미는 시야에서 사라질 때까지 계속 욕설을 퍼붓고 있었다.

4

도쿄 지방법원이 위치한 가스미가세키와 살해 현장으로 보이는 사야마 시 이루마 강 부근을 한 시간 내로 왕복할 수 있는 수단은 없다. 와타세와 고테가와는 차량의 내비게이션과 뒷길을 활용해 최단 거리를 뽑아 보려 했다.

평일 오후 2시, 즉 미코시바가 첫 번째 구두 변론을 마친 시간에 도쿄 지법을 출발해서 한산한 고속 구간이며 주택가 한복판을 가로질러 교통법규 위반 직전의 운전을 몇 번씩 반복했다. 루트를 바꿔 가며 한 번 반 왕복했지만 매번 편도 한 시간조차 불가능했다.

"차로는 무리. 전철로는 더 무리란 말이군요."

거의 쉬지 않고 핸들을 잡았던 고테가와는 피로를 감추지 못했다.

인터넷으로 정보를 찾지만 말고 실제로 차를 달려 보라고 한 장본인인 와타세는 조수석에서 내비게이션 화면만 보고 있었다.

"두 지점을 잇는, 차나 전철보다 빠른 교통수단이 있을까요? ……아! 헬리콥터는 어떨까요?"

"물리적으론 가능하지만 그런 게 이착륙했으면 가스미가 세키와 이루마 강 부근에서 목격자든 이착륙시의 폭음을 들은 사람이든 있었을 거다. 소리가 도로 공사 수준이니 말이지. 하지만 그런 증언은 없었어."

"그럼 범행이 불가능한데요."

다소 불만스레 중얼거렸으나 와타세의 반응은 긍정도 부정도 아니었다.

"여기서 도조 제재소까지 멀지 않았지. 잠깐 들르자."

"아들을 또 만나 보시려고요?"

"아니, 미코시바가 와 있지 않나 해서. 사무소 여직원한

168

테 물어봤더니 요새 외출이 잦은 데다 어디 가는지도 모른다더군."

운 좋게 본인이 있으면 뭘 어떤 식으로 물을 생각인가. 궁금했지만 물어봐도 어차피 대답해 줄 리 없다. 고테가와는 말없이 차를 출발시켰다.

찌무룩한 표정으로 옆에 앉은 이 남자는 겉으로는 흉포하게 보이지만 실은 상당한 지략가다. 책략가라고 해도 된다. 항상 범죄자의 사고를 해독하고 어느 국면에서는 심지어 상대의 의표를 찌르려고 획책까지 한다. 수사1과 동료들은 친근함을 담아 간교하다고 평하는데, 그 지혜를 승진이나 권력 다툼에 쓰면 당장이라도 관리관이나 서장 자리를 노릴 수 있을 것 같건만 본인은 그럴 마음이 전혀 없는 모양이다. 지금도 절반쯤 감은 눈으로 허공을 바라보며 미코시바의 알리바이를 깨뜨리려고 두뇌를 총동원하고 있을 것이다.

이루마가와 고이데의 공장 지구로 진입하자 도로가 2차선에서 1차선이 되고 폭도 상당히 좁아졌다.

본래는 트럭이나 특수 차량이 다니는 길이니 시도市道보다 넓지 않으면 의미가 없을 텐데, 이 부근은 도시계획법이 시행되기 전부터 공업소가 다닥다닥 붙어 있던 곳이라 도로 확장이 불가능했다.

폭 4미터의 도로는 8톤 트럭이 달리면 사람이나 자전거가 양 옆을 겨우 지나갈 수 있는 정도다. 양 방향에서 온 차가 마주쳐 오도 가도 못 하는 사태를 피하기 위해서 각 사거리에 도로 반사경을 설치해 맞은편에서 대형차가 오면 모퉁이를 돌아 회피할 수 있게 했다.

그런 식으로 대형 트럭을 몇 번 피해 가며 차를 달리다 보니 높다란 담장으로 둘러싸인 도조 제재소에 도착했다. 차를 세우고 부지 내를 둘러봤지만 벤츠는 보이지 않았다.

"녀석 안 온 모양인데요."

"어쩌다 와 봤더니 떡 있더라, 그런 걸 기대한 줄 알았냐?"

얼마 동안 잠복한다는 뜻인가. 고테가와는 각오를 다지고 차 시트에 몸을 기댔다. 실은 아까부터 머릿속에 번갯불처럼 번쩍이는 게 있어서 차분히 생각해 보고 싶었는데 잘됐다.

와타세를 슬쩍 훔쳐봤더니 여전히 반눈으로 제재소를 드나드는 트럭을 보고 있었다. 자신이 입 다물고 생각에 잠긴다고 안 될 일은 없을 것 같다.

얼마 지나자 제재소 입구에서 재목을 실은 트럭을 배웅하던 초로의 직원이 그들을 발견하고 다가왔다. 얼굴을 보고 생각났다. 다카시로라나 하는 공장 주임이다.

"저번에 왔던 형사님들이군. 오늘은 또 무슨 일로 온 거지?"

타고나기를 정직하고 융통성 없게 타고났을 것이다. 경찰관 상대로 귀찮다는 표정을 감추려 들지도 않았다.

"아니, 당신이나 미키야 군 말고 다른 사람을 좀."

"변호사 선생님이라면 그 뒤로 안 왔는데." 다카시로는 고테가와의 말허리를 자르듯 말했다. "이 집 가족을 쓸데없는 재판에서 구해 내려고 여기저기 뛰어다니고 계시니까 댁들 상대나 할 시간은 없을걸."

"꽤나 그 선생을 높이 평가하는군요."

"국선 변호인이 돈 안 되는 일이란 건 나도 아니까. 돈 안 되는 일에 땀 빼는 사람을 높이 평가하지 않을 수 있어?"

검찰의 천적이라고 아무리 미움을 받아도 근로 봉사만 잠깐 하면 눈 깜짝할 새 서민의 친구가 될 수 있나 보다. 변호사라는 직업이 신용과 입소문으로 성립된다는 것은 미코시바 본인도 한 말이다. 다시 말해 돈 안 되는 국선 변호인도 홍보 활동이나 이미지 향상에는 안성맞춤이라는 뜻이다.

"뭐, 보시다시피 우리도 어지간히 한가하지만." 갑자기 와타세가 끼어들었다. "공장 주임도 다르지 않은 모양인데. 트럭이 드나들 때마다 마중하고 배웅하고 그러나?"

"한가하긴. 내가 댁들 같은 줄 알아? 이건 안전 확인 때문이야. 트럭이 드나들 때 저 담장 뒤가 사각이 되거든. 그러니까 지나가는 사람이 없는지 확인해야 해."

"거참 수고 많군. 공장 주임쯤 되면 부지 내 사고는 전부
댁 책임이 되는 건가?"

"전엔…… 사장님 일이었어. 원래는 재목이 잘 쌓였는지 확
인하는 것까지가 내 일이었고."

"아참, 그랬지."

'그랬지'는 무슨, 도조 미쓰코의 사건 기록을 조사했을
때부터 알고 있었던 일인데. 고테가와는 새삼스레 와타세의
노회함에 혀를 내둘렀다.

"저 모퉁이를 돌 때 묶어 놓은 와이어가 끊어지면서 재목이
떨어졌다고 했지. 참 불행한 일인데, 그게 정말 사고였을까?"

"무슨 말을 하고 싶은 거지?"

"하고 싶은 말은 없어. 그저 사고가 생기거나 사람이 죽으
면 타인의 악의가 개입되지 않았는지 의심부터 하는 버릇이
생겨서 말이야."

"사장님을 어째야겠다고 생각하는 녀석은 아무도 없었어.
정말로…… 정말로 착한 사람이었다고."

"아들 하나를 위해 공장 자동화를 추진해서 그 때문에 직
원 반수를 자른 경영자인데도?"

다카시로는 와타세를 노려보았다.

172

"혹시 우리들 직원을 의심하는 건가?"

"모든 가능성과 모든 관계자를 의심하는 것도 버릇이라서."

"난 이 일을 벌써 40년 가까이 했지만 지금처럼 목재 일을 해서 다행이라고 생각한 적이 없군. 댁처럼 하루 온종일 남을 그런 눈으로 보지 않아도 되니까."

다카시로는 노여움 어린 말투로 그렇게 말하고 돌아섰다.

"다른 볼일이 없으면 얼른 가 주면 좋겠는데."

역시나 한없이 정직한 남자인 것 같다. 멀어져 가는 뒷모습에조차 노여움이 어른거리는 듯했다.

"설마 트럭 사고까지 거슬러 올라가시려고요?"

"보고서를 읽어 봤는데 사야마 서는 그걸 사고로 처리하고 별로 자세히 조사하지 않았더군. 그보다 조사하기 전에 본인이 병원에서 그런 식으로 죽었으니 수사의 관심이 그쪽으로 집중된 감이 있단 말이지. 트럭 사고하고 병원 사고, 이 두 가지가 연결돼 있는지 아닌지 일단 의심해 볼 필요는 있을 거다."

"하지만 반장님, 상대방의 본심을 알아내려면 화를 내게 하란 건 알겠지만…… 저 공장 주임한테 과연 그럴 필요가 있었을까요?"

"저거 화내는 거 아니다. 참는 거지."

173

"참는다고요?"

"감정이 폭발해서 안 해도 될 말을 하지 않으려고 애써서 참는 거다. 다시 말해서 우리한테 말하면 안 될 걸 감추고 있다는 이야기야."

"그럼 저 공장 주임이 도조 쇼이치를 원망했다는 말씀입니까?"

"꼭 그렇다는 법은 없어. 자기 외의 인간을 지키려고 입을 다무는 경우도 있으니까. 저런 타입의 남자는 특히 그렇지…….

이만 본부로 돌아갈까."

늘 그러하듯 중요한 핵심은 모호하게 남겨 둔 채 와타세는 눈을 감고 조용해졌다. 이렇게 되면 뭘 어떻게 물어도 조개처럼 입을 꼭 다물고 열지 않는다는 것은 지난 1년 사이에 고테가와도 학습했다.

하지만 학습한 만큼 대처법도 있다. 자기가 먼저 운을 떼면 되는 것이다.

"그건 그렇고 반장님, 저 생각해 봤는데요. 가가야는 정말로 사야마에서 살해됐을까요?"

"음?"

효과는 직방이었다. 와타세가 당장 미끼를 물었다.

"마지막으로 가가야의 모습이 확인된 건 오전 11시 35분,

174

시청 부근의 CCTV를 통해서입니다. 바꿔 말하면 그 뒤로 가가야를 목격한 사람은 아무도 없거든요."

"······무슨 말을 하고 싶은 거냐?"

"가가야의 살해 현장이 사야마가 아니라 다른 곳······ 가령 가스미가세키였다면 어떨까요?"

와타세가 반눈을 더 가늘게 떴다.

"이야기해 봐라."

"가가야는 오전 11시 35분까지는 분명히 여기 있었습니다. 그런데 그 뒤 미코시바한테 납치된 겁니다. 아마 차 트렁크에 가뒀겠죠. 공인 딜러에 가서 실물을 확인했는데, 녀석이 타는 SL550의 트렁크라면 가가야 정도의 덩치는 너끈히 들어갈 겁니다. 그리고 바로 세키가하라의 도쿄 지법으로 직행하면 첫 번째 구두 변론이 시작되는 오후 1시까지 가는 건 식은 죽 먹기죠."

일단 말을 끊고 와타세를 슬쩍 훔쳐봤지만 표정에 변화가 없었다.

"가가야를 트렁크에 가둬 놓은 채로······ 물론 재우거나 기절시키거나 해서 소리를 못 내게 했겠지만, 아무튼 미코시바는 첫 번째 변론을 마칩니다. 그때가 오후 2시. 그러고 나서 차로 돌아와서 준비해 놨던 개조 전기 충격기로 가가야를 살해한 뒤, 시침 뚝 떼고 지하 식당으로 가서 천천히 식사를 마치고 3시 법정으로 갑니다. 설마 한 시간 휴식하는 동안 사람 하나 죽이고 왔단 생각은 아무도 못 하겠죠."

그야말로 커피 브레이크 살인이다. 그런 것을 단행하려면 더없이 냉정하고 살인에 대해 아무런 저항감도, 주저도 없어야 한다는 게 조건이다. 보통 인간에게는 무리다. 하지만 소년 시절에 이상 범죄를 경험한 미코시바라면.

"그다음은 더 간단합니다. 4시에 법정에서 나온 미코시바는 시체를 차에 실은 채 사야마로 돌아와서 밤을 기다려 강물에 버렸습니다. 늦은 밤인 데다 그날은 게릴라 호우까지 쏟아졌죠. 목격자도 없고, 격류가 시체를 집어삼켜 줘서 사후 처리도 순식간에 종료됐습니다."

와타세가 "흥" 하고 콧방귀를 뀌었다. 여느 때처럼 성이 났다기보다 오히려 감탄한 느낌이었다.

"논리적으로 모순은 없군. 녀석이 말한 기회와 방법과 동기 조건도 충족됐고. 그렇지만 문제점도 남는단 말이지."

"뭔데요?"

"어째서 피해자의 옷을 벗겼느냐다. 얼굴하고 지문을 망가뜨리지 않았으니까 신원을 감추려는 목적이 아니야."

"탁류에 던지면 유목이니 뭐니에 부딪힐 테고, 익사체가

176

되면 얼굴 생김새도 달라질 테죠."

"그래도 반라로 만들어 놓은 이유는 못 돼. 신원을 감추려면 지갑만 빼면 그만인데. 옷을 벗긴 건 다른 이유에서야."

고테가와는 순간 아무 말도 못 했다. 그것 하나만 고테가와가 그린 그림에 들어맞지 않아서 도무지 설명이 되지 않았다.

"전에 반장님이 언급하셨던, 특정한 곳에만 있는 뭔가가 부착했기 때문 아닙니까? 가령 트렁크 안에 개인적으로 주문한 천을 발랐다든지요."

아무렇게나 대충 갖다 붙인 논리의 취약성은 명백했다. 와타세가 힐끗 노려보았다.

"어쨌거나 그걸 증명하려면 녀석의 트렁크를 열어 봐야하지. 트렁크 안에서 피해자의 모발이든 혈액이든 검출되면 횡재한 셈이지만, 현재 재료하고 추론만 가지고 영장을 받을 수 있겠냐. 아무것도 모르는 문외한이면 또 몰라도 상대방은 변호사야. 확증은 없지만 영장 발부 받았습니다, 트렁크 열어 봤더니 아무것도 안 나왔습니다, 했다간 자칫하면 관리관 목이 달아날지도 모른다고."

관리관 목 한두 개 날아가는 것쯤이야 알 바 아니지만, 와타세의 말은 일리가 있었다. 미코시바의 벤츠를 열어 보려면 판사에게 영장을 발부하게 할 물적 증거가 필요하다.

"더 생각해 봐."

와타세는 그렇게 말하고 도로 눈을 감았다.

말투는 퉁명스럽지만 완전히 부정하는 것은 아니다. 재료를 보강하라는 제안이다.

찌무룩한 얼굴과 거친 말투는 여전하지만 사건을 하나 거칠 때마다 말이 점점 깊은 데까지 닿는다. 이게 소위 신뢰관계라는 건지, 아니면 사람의 마음을 사로잡는 와타세 특유의 비결인지는 분명하지 않았지만, 적어도 형사로서의 기술을 향상시키는 데는 유용할 것 같다.

좋다, 열심히 생각해 주마. 고테가와는 운전대를 잡으며 머릿속으로 미코시바의 뒷모습을 추적하기 시작했다.

와타세의 가슴 언저리에서 벨소리가 들린 것은 사야마 서까지 몇 킬로미터를 남겨 놓았을 때였다.

"네, 와타세. ……호오, 찾았어? 뭐, 가와구치? 아아……. 그 나이면 그렇겠지. 그래서 누가 가나? ……그래, 알았어."

전화를 끊은 와타세는 "계획 변경이다"라고 말했다. "본부로 돌아가지 말고 바로 가와구치 시로 가자."

"가와구치 시요? 대체 어딜 가는 건데요?"

"소노베 신이치로를 아는 증인을 드디어 찾아냈다. 26년

178

전 간토 의료 소년원에서 그 친구를 담당했던 전 교관. 계속 찾고 있었거든."

"가족의 행방을 수소문했던 게 아닙니까?"

"어머니하고 여동생은 소식을 알 수 없어. 소년원에 있을 때도 그렇고 나온 뒤로도 소노베 신이치로하고 연락을 안 한 모양이더군. 어지간히 관계를 끊고 싶었나 보지. 그렇다면 소년원 시절의 담당 교관 쪽이 더 자세한 사정을 알 거야."

"부모 같은 존재이려나요."

"소노베 신이치로는 소년원에 수용된 시점에서 부모를 잃었으니까. 그러니 교관이 부모 같은 존재가 될 수밖에 없지."

"부모를 잃었다고요?"

"야반도주하듯 행방을 감춘 어머니는 말할 것도 없고, 사건이 발각되고 나서 목을 맨 아버지도 유서에 아들이 저지른 짓에 대한 책임 운운했다더군. 웃기는 일이야."

와타세의 말에서 뭔가 걸리는 게 느껴졌다.

"책임지고 자살한 게 웃기는 일입니까?"

"그야 가해자 소년의 가족이 자살하면 피해자 유족이나 세상 사람들은 조금은 속이 시원하겠지. 하지만 결국 아버지는 도망친 거라고. 이제부터 끝없이 계속될 피해자 유족과 세상 사람들의 가차 없는 비난, 민사 소송에 의한 배상금

지불, 자책과 자학에 시달리는 나날, 뭣보다 잘못 기른 자식하고 처음부터 새로 시작하는 것 등등에서……. 괴물로 자랐으면 그걸 인간으로 돌려놓는 게 부모의 역할 아니냐. 그 아버지는 그런 온갖 책임으로부터 도망친 거야. 그런 성가신 짐을 지고 살아가느니 자살하는 게 훨씬 편하니까. 소노베 신이치로가 부모를 잃었다는 건 그런 의미다."

고테가와는 입을 다물었다.

자식 양육을 포기한 부모. 그건 고테가와의 부모에게도 해당되는 이야기다. 미코시바와 자신이 자란 환경은 비슷했다. 부모로부터 소외되어 내부의 폭력 충동을 외부로 돌리고, 이윽고 성장해서 한쪽은 경찰관이, 또 한쪽은 법률가가 된 경위도 똑같다.

갑자기 미코시바가 전보다 훨씬 가깝게 느껴졌다.

와타세가 가르쳐 준 주소를 내비게이션에 입력하고 얼마 동안 차를 달리자 이윽고 가와구치 시내를 지나 교외로 나왔다. 고층 건물이 줄어들더니 전원 풍경이 펼쳐지기 시작했다. "목적지에 도착했습니다"라고 합성 음성이 가르쳐 준 장소는 뽕밭에 둘러싸인 단층 건물이었다.

고테가와는 정문에 붙은 문패를 보았다.

"백락원伯樂院?"

"소위 노인 요양원이다. 자, 가자."

노인 요양원. 이름은 들어 본 적이 있었지만 실제로 보는 것은 처음이었다.

지은 지 20년은 넘었을까, 하얀 외벽은 이끼가 끼었고 창유리는 여기저기 부옜다. 안에 들어가자 마른풀 냄새가 확 풍겼다. 고테가와는 그게 노인 특유의 냄새라는 것을 깨달았다. 신발을 꼭 벗고 들어오라고 써 붙인 종이 밑에서 슬리퍼로 갈아 신었다. 현관 앞에 전시된 입소자들의 종이 접기며 수채화 작품이 묘하게 서글퍼 보였다.

와타세가 안내 창구에서 온 목적을 밝히자, 운동복을 입은 직원이 손가락으로 건물 밖을 가리키며 설명했다.

"우리가 찾는 인물은 산책 타임이라는데."

직원의 안내를 받아 뒷마당으로 갔다. 부지 자체는 널찍한 데다 잔디를 깔았고 잔디도 손질이 잘 된 듯했다.

부지 거의 끝, 뽕밭을 등지고 휠체어를 탄 힘없는 노인이 볕을 쬐고 있었다.

나이는 70대 중반이 넘었을까, 얼굴은 깊은 주름과 검버섯으로 뒤덮여 젊은 시절의 모습을 상상하기조차 쉽지 않았지만, 고집 세 보이는 굵은 눈썹이 매우 인상적이었다. 휠체어에 폭 파묻힐 만큼 몸집이 작고, 숱이 얼마 남지 않은 짧은 흰머리가 바람에 살랑였다.

"이나미 다케오 씨죠?"

와타세가 말을 걸자 노인은 감고 있던 눈을 힘겹게 떴다.

"아까 전화를 받으셨을 텐데, 사이타마 현경의 와타세라고 합니다. 이쪽은 고테가와고요."

이나미 노인은 두 사람의 얼굴을 천천히 둘러본 뒤 다시 눈을 감았다.

"사이타마 현경에서 나오신 분이 이 늙은이한테 무슨 볼일이시려나."

입술에서 흘러나온 목소리는 갈라져서 귀를 가까이 갖다 대지 않으면 잘 알아들을 수 없었다.

"어느 사건을 수사하면서 과거를 조사하는 중입니다. 이나미 씨나 저나 죄인을 상대해 온 사람들인데 협조 부탁드립니다. 이나미 씨가 간토 의료 소년원에서 교관으로 계셨을 때 일입니다만, 소노베 신이치로란 원생을 기억하십니까?"

노인의 눈썹이 꿈틀했다.

"아주 오래전 일이군. 다만 교관 생활이 의외로 길어서 상대했던 원생이…… 글쎄, 천 명은 너끈히 넘지 않을까. 그 중 한 명을 기억하라고 한들."

"상대한 게 천 명 이상이라도 그 소년은 특별하지 않았을

182

까요. 당시 시체 배달부란 이름으로 세상을 떠들썩하게 했던 상본인인데요. 소년원에 수용됐을 때도 텔레비전 카메라하고 리포터들이 정면 현관 앞에 구름처럼 모여 들었죠."

"카메라는 시설 안까지 못 들어와. 수용돼서 같은 옷을 입으면 다들 똑같네."

"그렇습니까? 당시 그 소년이 남긴 리포트에 이나미 씨 이름이 자주 등장한 모양이던데요."

자, 이 남자의 장기인 막판 몰아붙이기가 시작됐다. 처음부터 조커를 내놓을 때가 있는가 하면 이런 식으로 카드를 한 장씩 뒤집어 가는 경우도 있다. 상대의 기색을 살피며 막다른 골목으로 몰아넣는 수법은 노인 상대로도 변하지 않는 모양이다. 고테가와는 와타세에게 상황을 맡기기로 했다.

"……아닌 게 아니라 날 따르는 원생도 몇 명은 있었지. 하지만 그렇게 까마득한 옛날 일을 조사해서 뭘 하려는 거지? 벌써 20년도 더 지난 일인데."

"호오, 교관 생활이 길었는데도 그 소년 일은 20 몇 년 전 일이라고 기억하시는군요."

그 한마디에 노인이 눈을 부릅떴다.

"퇴소한 원생들 중 다수는 어엿하게 갱생해서 사회 안에 자리를 잡았네. 직업을 갖고 가정을 꾸려서 드디어 평온한 생활을 손에 넣었어. 댁은 그들의 평안에 또 풍파를 일으키려는 건가?"

"하지만 사회에 융합되지 못하고 다시 범죄에 손을 대는 자도 적지 않죠. 제가 지적하지 않아도 그런 건 이미 아실 텐데요. 전직 교관 입장에선 갱생에 성공한 사람보다 그쪽이 더 마음에 걸리실 겁니다. 직무에 충실한 사람은 대개 그러니까요. 성공 사례보다 실패 사례가 가슴에 더 깊이 새겨져 있죠."

"흥."

이나미 노인은 콧방귀를 뀌며 얼굴을 돌렸다. 감정 변화를 들키지 않으려고 하는 게 뻔히 보이는 터라 고테가와는 이 노인에게 다소 동정심을 느꼈다.

"자녀 분이 있으셨다죠? 이름이 다케시 군이었던가요."

"······시끄러워."

"외아들이었죠. 그런데 다케시 군은 이나미 씨가 이혼하실 때 부인이 키우게 됐습니다. 그때 아직 열네 살이었고요. 부인은 규슈에 있는 친정으로 돌아갔기 때문에 소년원 일 때문에 바빴던 이나미 씨는 아드님을 거의 못 만났습니다."

"시끄러워! 시끄럽다고!"

"이나미 씨는 하나뿐인 아드님을 잃고 말았습니다. 하지만 소년원엔 그 또래 원생들이 많이 있어요. 이나미 씨한테 원생은 단순히 갱생시켜야 할 대상이 아니라 아드님 같은 존재 아니었습니까?"

"상상력이 꽤나 빈약하고, 게다가 감상적으로 사물을 보는군. 일과 사생활은 별개야. 원생 한 명 한 명한테 일일이 신경 써 줬다간 몸이 못 배기네. 그런 것도 모르나."

"맞는 말씀입니다. 하지만 아드님을 보내고 몇 달 뒤에 소노베 신이치로 소년이 들어왔고, 게다가 당시 이나미 씨가 담당했던 원생 중 열네 살이 그 소년밖에 없었다면, 빈약한 상상력도 활발해지지 않을 수 없죠."

대체 언제 그런 것을 조사했나. 곁에서 듣고 있던 고테가와는 놀랐지만 이내 납득했다. 고테가와가 걷고 밥 먹고 자고 있을 때조차 사건 자료를 뒤져 비장의 카드를 모으는 것이다. 와타세는 그런 사람이다.

"소노베 신이치로가 뭘 했다는 거지? 그 친구는 지금은 훌륭한 인간이 돼서……."

"소노베 신이치로가 변호사가 됐다는 건 압니다. 하지만 변호사라고 인품이 훌륭한 건 아니죠. 그리고 괜찮은 지위를 손에 넣으면 자기 과거를 아는 사람이 나타났을 때 입을 막으려고 드는 건 오히려 당연한 일 아닙니까."

그 말을 듣고 이나미 노인이 돌아보았다.

"그 친구가…… 또 살인을 했다고? 터무니없는 소리. 그런 일은 있을 수 없네."

"그 사람이 어떤 혐의를 받고 있는지는 말씀드릴 수 없지만…… 왜 혐의를 받는지는 설명할 수 있습니다. 그건 우리가 그 사람을 모르기 때문입니다."

"……하고 싶은 말이 뭔가?"

"형사 생활을 30년 가까이 하다 보면 죄를 짓는 자와 아닌 자의 차이가 흐릿하게나마 보여서 말이죠. 그건 이나미 씨도 마찬가지 아닙니까? 성격이 아닙니다. 자란 환경도 아니에요. 수입이 많고 적은 것도, 머리가 좋고 나쁜 것도 아닙니다. 굳이 말하자면…… 영혼의 형태죠."

"영혼의 형태라. 흥, 생긴 것하고 달리 풋내 나는 소리를 하는군."

"영혼의 형태만 비뚤어지지 않았으면 어떤 환경에 놓여도, 어떤 격정에 사로잡혀도 인간으로 있을 수 있습니다. 결코 짐승이 되지 않죠. 천 명이 넘는 아이들의 내면을 봐 온 이나미 씨라면 그것도 이미 아실 겁니다."

이나미 노인은 이제 눈을 돌리지 않았다. 탁한 눈동자가 와타세를 똑바로 응시하고 있었다. 고테가와는 알고 있었

186

다. 이건 말이 가슴에 닿았을 때의 눈동자다.

"그 사람에 대한 하찮은 의혹을 불식시키고 싶다면 이나미 씨가 아는 소노베 신이치로란 사람을 저한테 가르쳐 주시죠. 그건 아마 이나미 씨만 할 수 있는 일일 겁니다."

"……그 친구에 대해…… 뭘 이야기하라는 건가?"

"이나미 씨가 아시는 전부를."

이나미 노인은 고개를 천천히 떨구고 긴 한숨을 내쉬었다.

그리고 26년 전 일을 이야기하기 시작했다.

3

속죄의 자격

1

"소노베 신이치로, 너를 사하라 미도리 살해 용의로 체포한다."

느닷없이 형사 몇 명이 방으로 들이닥쳤을 때는 묘한 기분이 들었다. 마치 현실 세계에 텔레비전 드라마 속 등장인물이 나타난 것 같은 위화감이 느껴졌다. 그 느낌은 형사들이 방 안을 뒤지고 자신에게 수갑을 채우고 허리를 포승줄로 묶어 경찰서에 연행할 때까지 따라다녔다. 집을 나설 때 어머니와 여동생의 얼굴이 시야 끄트머리에 얼핏 비쳤는데, 둘 다 평소 자신을 보던 눈빛이 아니었다.

사하라 미도리를 죽인 게 들켰다는 것은 실감할 수 있었다. 하지만 어째서 그렇게 빨리 자신의 소행이라는 게 발각됐는지 그것을 도무지 알 수 없었다. 조사 중에 슬며시 떠보니, 그렇게 조심했는데도 범행 현장과 시체를 두었던 장소에 지문이며 머리카락이 남아 있었던 모양이다. 역시 경찰의 수사 능력은 굉장하다.

취조는 담담하게 진행됐다. 소년실이라는 방은 좁고 살풍경한 게 형사 드라마에 나오는 조사실과 똑같았지만, 조사를 담당한 형사가 고함을 친다든지 의자를 걷어차지 않고 의사가 문진하듯 친절하게 질문하는 바람에 되레 맥이 빠졌다. 다만 의자가 딱딱하고 다리 길이가 맞지 않아 엉덩이를 움직일 때마다 흔들거리는 게 불쾌했다.

살해 방법, 시체를 운반한 방법은 실제로 한 일이거니와 순서와 감각이 어제 일처럼 생생하게 기억에 남아 있었기에 막힘없이 대답할 수 있었다. 곤란했던 것은 마지막으로 이렇게 물었을 때였다.

"어째서 미도리를 죽였지?"

처음으로 대답하지 못했다. 감추고 싶어서가 아니라 스스로도 막연했기 때문이다.

딱히 미도리가 미웠거나 원한이 있었던 것은 아니다. 다섯 살 먹은 어린애에게 중학생인 자신이 원한을 품을 상황이 존재할 리 없다.

"미도리를 택한 이유는?"

이것도 대답이 궁했다. 한 동네 살아서 얼굴을 본 적이 있을 뿐 범행 당일까지 말도 변변히 해 본 적 없었다. 미도리가 특별히 예쁘거나 인상적이라서 마음이 간 것도 아니고, 그날 그 시간에 마침 그 아이가 혼자 노는 게 보였을 뿐이었다.

누구라도 상관없었다.

자신의 체력으로 죽일 수만 있다면 상대가 남자애든 여자애든 관계없었다.

왜 죽였느냐고?

어째서 그런 걸 묻는 걸까. 그야 당연히 죽이고 싶어서 아닌가. 죽이고 싶지 않은데 죽이는 것은 비논리적이다. 고양이는 쥐를 포식 외의 목적으로 잡아서 죽인다. 거기에 이유는 없다. 고양이가 쥐를 죽이는 것은 본능이고, 자신이 미도리를 죽인 것도 본능이다. 이유 따위 없다.

그런데 그렇게 설명해도 눈앞의 형사는 진지하게 들으려하지 않고, 미간에 깊은 주름을 잡으며 평소 부모와의 관계나 학교 생활에 관해 물었다.

어째서 자신의 이번 행위가 그런 인간들과 관계가 있다고 상상할 수 있는 걸까. 자신이 그런 인간들에게 영향을 받을 리 없지 않나.

결국 신이치로는 설명하려는 노력을 깨끗이 포기하고 대꾸조차 하지 않게 됐다. 뭘 어떻게 설명하든 어차피 사형이라는 마음도 있었다. 미도리는 그렇게 싱겁게 죽었다. 그 말은 자신도 그렇게 싱겁게 죽는다는 뜻이다. 자신만이 특별한 존재라는 인식은 털끝만큼도 없었다. 미도리도 자신도, 그리고 눈앞의 형사도 목을 조르면 호흡이 멎는 보잘것없는 목숨에 불과하다.

하지만 신이치로가 침묵해도 조사는 끝나지 않았다. 상대가 바뀌고 질문 방법이 바뀔 뿐 형사와 벌이는 눈싸움은 그 뒤로도 이어졌다.

아침 7시 기상. 변호사 접견과 형사에 의한 조사. 세 끼 식사와 가벼운 운동을 거쳐 밤 9시 취침. 그런 나날이 일주일이나 계속됐다. 그중 이틀은 현장 검증을 한다고 살해 현장으로 데려가서 이미 진술한 것을 또 꼬치꼬치 캐묻는 바람에 녹초가 되고 말았다.

"어떻게 대답하면 되는지 가르쳐 주세요. 거기 맞춰서 대답할게요."

무의미한 시간을 끝내려고 친절하게 그렇게 말해 봤지만, 상대방은 "웃기지 마라"라고 일갈할 뿐 또 전날과 똑같은 질문을 되풀이했다. 이런 하루가 대체 얼마나 계속되려나. 초조함에 사로잡히기 시작했을 무렵 신이치로는 마침내 모범 답안을 찾아냈다.

"호러 비디오를 보고 처음으로 사정했어요. 미도리를 죽였을 때도 방에서 그때 광경을 떠올리면서 자위했어요."

그게 바로 형사들이 원했던 대답이었나 보다. 조사를 담당하던 이는 노골적으로 안도하는 표정을 지었다.

어처구니없다고 신이치로는 생각했다. 요는 이유가 필요했던 것이다. 아무리 진부한 것이라도 살인에 이유가 없으면 이 녀석들은 안심할 수 없는 것이다. 이유가 있어서 살아 있는 것도 아닐 텐데.

다음다음 날 신이치로의 신병은 경찰서에서 소년 감별소로 옮겨졌다.

소년 감별소는 법원이 관찰 보호 처치를 결정한 미성년자의 자질을 감별하고, 그 결과를 감별 결과 통지서라는 형태로 정리해 처우를 결정하는 자료로 삼는다. 그런 설명을 듣고 신이치로는 저도 모르게 소리를 지를 뻔했다.

자질을 감별? 무슨 자질인데? 사람을 죽이는 자질? 그런 거 조사 안 해도 알잖아. 새삼스럽게 그런 번거로운 짓 하지 말고 얼른 사형인지 징역형인지 정하라고!

그러나 그런 바람도 헛되이 제1회 심판에서 재판장은 8주간의 정신 감정과 감정 유치를 명했다. 그날부터 시작된 8주간은 신이치로에게 고통일 뿐이었다. 담당하는 것은 정신과 의사 두 명과 보조 두 명, 그리고 소년 감별소 직원 두 명. 합해서 여섯 명의 전문가가 검사와 면접을 반복하는 것이다.

날마다 이어지는 문진, 뇌파 검사, 심리 테스트. 특히 심리 테스트는 지능 검사와 문장 완성 테스트, 태도 테스트, 그림 그리기 테스트 등 다양해서 심리적 고문을 당하는 기분마저 들었다. 자신이 보통 감성과 감정을 갖고 있지 않다는 것은 원래도 알고 있었다. 문답을 거듭할 때마다 자신의 추악함이 폭로되고 무언의 질타를 당하는 기분이었다.

그리고 두 달 뒤 최종 심판에서 신이치로는 의료 소년원으로 송치되게 되었다.

11월에 들어서자 바람이 갑자기 칼날처럼 매서워졌다.

사격 대형으로 늘어선 텔레비전 카메라를 피해 호송 버스에서 내리자 의료 소년원은 의외로 주택가 한복판에 덩그러니 있었다.

집들 사이로 불어 오는지 이따금 바람 소리가 윙윙 귓가를 스쳤다. 꼬리를 길게 잡아끄는 소리다. 신이치로는 문득 그 바람이 자신의 마음속에 휘몰아치는 듯한 착각에 빠졌다. 어쨌거나 정신과 의사 두 명이 보증하는 공허한 마음이다. 바람도 휘몰아칠 맛이 꽤 있을 것이다.

기숙사로 들어가 소년부와 대조해 본인 확인을 마친 뒤, 신이치로는 감색 체육복으로 갈아입었다.

"소노베 신이치로 군, 입소합니다."

입구에 선 교관이 큰 소리로 말하자 눈앞의 철문이 열리고 기다란 복도 저편에서 제복 차림의 남자가 천천히 걸어왔다. 키는 크지 않았다. 신이치로보다 약간 큰 정도니 작은 편이라 해도 될 것이다. 나이는 쉰 살 전후. 특징적인 것은 눈썹이다. 굵은 눈썹이 일직선으로 그어져 우락부락했다. 볼살과 눈꼬리는 처졌는데도 눈썹 때문에 조야하고 난폭한 인상을 주었다.

"네가 소노베냐. 꽤 귀엽게 생겼군. 난 교육 담당인 이나미다."

예상 이상으로 굵고 거친 목소리였다.

"교육 담당이라고요?"

"원생 한 명당 의료 담당하고 교육 담당이 한 명씩 붙거든. 의료 담당은 나중에 소개해 주마. 어이, 인사."

"아…… 자, 잘 부탁드립니다."

"뭐, 앞으로 오래 같이 지내야 할 테니까 처음에 말해 두마.

넌 네가 저지른 짓의 대가를 치러야 하지만, 그 전에 너란 인간을 일단 리셋할 필요가 있어. 죄의 무게도, 죄를 씻겠다는 각오도 제대로 된 인간이 아니면 이해할 수 없기 때문이다. 그러니까 여기서 넌 갓난아기부터 다시 시작하게 될 거다. 다시 말해서 주제넘지만 내가 부모 같은 존재가 된다는 뜻이야."

"네."

"갓 태어난 아기지만 칭얼대는 것도 우는 것도 용납되지 않아. 그리고 뭣보다 내 말에 반항하는 건 절대로 용서하지 않겠다. 대답은?"

"네."

그렇게 대답하면서 속으로 비웃었다.

부모 같은 존재는 무슨. 14년을 같이 산 진짜 부모가 겨우 하루 만에 책임을 포기했다고. 타인인 댁한테 가능할 리 없지. 그래봤자 한 사흘이면 손들걸.

"좋아, 네 방은 4층 6호실이다. 바로 가서······ 아차, 깜박했군. 새 이름을 생각해야지."

"새 이름요?"

"아까도 말했지만 넌 여기서 갓난아기부터 시작하는 거야. 그러니까 이름도 새 이름을 써야지."

나중에 알았는데 입소할 때 모든 원생이 새 이름을 갖는 것은 아니었다. 세상을 떠들썩하게 한 중대 사건일 경우 미성년이라도 범인의 실명이 알려질 때가 있다. 실제로 일부 사진 주간지가 신이치로의 실명과 얼굴 사진을 폭로했다. 그런 정보가 원생들 사이에 퍼지면 당연히 교정 교육에 방해가 되기 때문에, 소년원 측에서 소년의 이름을 감추려고 한다.

하지만 이 시점에서 신이치로가 그런 사정을 알 리는 없었고, 그저 새로운 이름이라는 말에 마음이 끌렸을 뿐이었다. 원래도 소노베 신이치로라는 이름에 별로 애착이 없었다.

"너 좋은 이름을 써도 돼. 원하는 이름 있냐?"

어차피 짓는 거 근사한 이름이 좋은데. 곧바로 떠올랐다.

"미코시바 레이지."

"미코시바 레이지라. 흠, 뭐, 좋다."

이름의 유래를 묻지 않아서 다행이었다. 감별소에 있을 무렵 선택권 없이 억지로 봐야 했던 변신 히어로 드라마의 주인공 이름이 미코시바 레이지였다. 처음에는 비밀 조직의 하수인으로 악행에 가담했던 주인공이 어떤 사건을 계기로 정의에 눈뜬다. 말 그대로 어린애 속임수 같은 빤한 설정이었지만 이름만은 묘하게 멋지게 들렸다.

"그럼 갈까."

얼마 동안 나란히 걸어가다 보니 땀과 철과 낡은 고무가 뒤섞인 냄새가 났다. 앞쪽에서 원생들이 구령을 외치는 소리가, 그리고 발치에서는 묘한 소리가 들렸다.

삭.

삭.

무심코 소리가 나는 쪽을 보자 이나미의 왼발이 복도에 스치는 소리였다. 한쪽 발이 불편한 모양이었다. 그런 몸으로 교관 일을 할 수 있나 의아하게 생각했다.

미코시바가 쓰는 1인실은 크기가 고작 1.5평 정도였다. 좁은 방 안에 작은 옷장과 책상, 접는 의자, 안쪽에는 다다미를 깐 침대, 그리고 변기와 세면대가 있었다. 걸어 다닐 공간조차 없이 생활에 필요한 최소한의 물건을 가능한 한 채워 넣은 것 같다. 입구 옆에 식사를 들이고 내놓는 구멍이 있었다. 그것을 보고 원생이라고 불러도 죄수는 죄수라는 것을 알았다.

이것도 나중에 안 사실인데, 이 소년원에는 정신적으로 문제가 있는 사람과 육체적으로 문제가 있는 사람이 수용되며 층별로 구분되는 모양이었다. 그렇다면 자신이 사는 4층은 정신적으로 문제가 있는 원생들이 모여 있다는 뜻이다.

대략의 설명을 마치자 이나미는 손바닥으로 미코시바를

방 안에 밀어 넣었다.

"차렷, 경례!"

허둥지둥 직립부동 자세를 취했으나 어깨가 흔들렸다. 그 모습을 보고 이나미가 씩 웃었다.

"보아하니 처음부터 훈련을 다시 해야 할 건 정신만이 아닌 것 같군."

그렇게 말하고 문을 닫았다.

문은 잠그지 않았다.

문 너머에서 이나미의 기척이 사라지기를 기다려 문을 주시하자 잠그지 않은 이유를 알 수 있었다. 묵직한 미닫이문은 안쪽에 손잡이가 없어서 안에서는 절대로 열 수 없었다.

이튿날은 아침 7시 기상으로 시작됐다. 점호 뒤 아침식사, 그리고 실과 작업을 시작하는데, 그 시점에서 미코시바는 다른 원생들과 싫어도 얼굴을 마주해야 했다. 남자 기숙사만 치면 아흔네 명 있다고 하니 대다수 원생들은 서로 얼굴을 알 것이다. 새로 들어온 미코시바는 금세 주목을 끌었다.

그러나 원생들 간의 접촉에 제한이 있는지 다들 먼발치에서 보기만 할 뿐 좀처럼 다가오려 하지 않았다. 맨 처음 말을 건 사람은 미코시바와 키가 비슷한 원생이었다. 머리통은 감자 같고 팔뚝은 무 같았다.

"거기 신입이지?"

'거기'가 '너'를 의미한다는 것을 깨닫는 데 조금 시간이 걸렸다.

"뭐 해서 잡혔어?"

대뜸 핵심을 찌른다. 입소할 때 원내에서 금지라고 주의를 주었던 대화다. 대답할 마음이 없어서 잠자코 있자 "얼른 대답해" 하고 재촉한다.

"왜 대답해야 하는데요?"

"이런 데선 상하관계가 중요하거든. 그리고 여기서 상하관계는 밖에서 뭘 했는지로 정해진다고. 뭐, 거물이냐 잔챙이냐 구별하는 거지."

귀에 선 간사이 사투리부터 거부감이 들었다. 게다가 죄의 무거운 정도로 인간의 가치를 재는 유치함에 경멸이 느껴졌다. 그리고 힘 있는 사람에게 붙는다는 처세술을 몰랐다.

어깨를 잡으려는 손을 반사적으로 뿌리쳤다.

"뭐야, 이 자식."

상대방의 말꼬리가 올라가는 것과 동시에 멱살을 잡혔다.

"어이, 거기 둘! 뭐 하는 거냐!"

곧바로 목소리를 들은 교관이 다가왔다.

"뭐야, 단골하고 신참이냐. 둘 다 즉시 반성실로!"

반성실이 뭔지 모르는 미코시바는 어리둥절한 표정을 지었지만 상대방 원생은 들으란 듯이 혀를 쳇 찼다.

그 직후에 갇힌 반성실은 1인실보다 다소 작은 정도고 딱히 별 차이는 없었다. 교관의 말로는 이곳에서 내내 명상을 해야 하며 기한 내에는 몸을 움직이지도, 다른 원생과 접촉하지도 못한다고 했다. 나야 오히려 좋지, 라고 미코시바는 생각했다. 교관은 반성실에 있는 기간만큼 퇴소가 늦어진다고 위협했지만 그 또한 자신에게는 별 의미가 없는 이야기였다.

이틀 뒤 반성실에서 풀려난 미코시바를 이나미의 질책이 기다리고 있었다.

"이 바보 같은 놈아! 입소 이틀째에 반성실이라니 대체 무슨 생각이냐. 여기가 학교하고 다르다는 판단 정도도 못하냐!"

'노기충천하다'는 바로 이런 게 아닐까. 우뚝 버티고 선 이나미는 얼굴을 시뻘겋게 붉히며 화를 내고 있었다. 규칙이 없었으면 틀림없이 주먹이 날아왔을 것이다. 친부모에게조차 그런 식으로 혼난 적이 없건만 어째서 생판 남인 교관이 감정을 폭발시키는지 도무지 이해할 수 없었다.

이해할 수 없었던 것은 또 하나 있었다. 이나미의 훈계가 끝나고 1인실로 돌아오다가 우연히 간사이 사투리와 마주쳤다. 또 시비라도 걸려나 했는데 저쪽은 겸연쩍은 표정으로 흘끗 쳐다보기만 하더니 잠자코 나란히 걸었다.

이윽고 간사이 사투리가 의아한 표정으로 시선을 던졌다.

"혹시 4층 6호실이냐?"

"그런데."

"아아, 역시 그렇구나. 사흘 전부터 인기척이 나더라니. 난 옆방."

"옆방?"

"5호실 우소자키 라이야嘘嵜雷也다. 거짓말에 뫼 산을 쓰는 '사키'에 번개에 어조사 야. 거긴?"

"미코시바 레이지, 열네 살."

"내가 2년 선배군. 그나저나 얼굴 보면 연상이라는 것쯤 충분히 알 수 있잖냐. 좀 더 순한 태도를 보여라. 그딴 식이면 싸움 거는 줄 안다고. 배짱이 두둑한 건지 멍청한 건지, 상판이 이런 나한테 그런 태도를 보인 건 거기가 처음이다."

자기 탓에 반성실에 들어갔다고 사과하는 모양이다.

"그래. 그나저나…… 우소자키라고?"

"프리즌 네임이지만 말이야. 어차피 거기도 그렇잖냐? 마음대로 이름을 지을 수 있으면 이보다 더 딱 맞는 이름은 없지."

"우소자키 라이야가?"

"그래. 난 타고난 거짓말쟁이거든."

자신을 거짓말쟁이라고 하는 거짓말쟁이. 어느 책에서 읽어본 패러독스다. 하지만 라이야가 그것을 알고 하는 말인지는 알 수 없다. 알 수 있는 것은 중학생 수준의 말장난 정도다.

"라이야는 라이어liar?"

"호오, 처음부터 그걸 깨달은 건 거기가 처음인데. 꽤 똑똑하군. 머리 회전 빠른 거 나 싫지 않다."

그렇게 말하며 누그러뜨린 표정이 뜻밖에 매우 붙임성 있었다.

"뭐, 어쨌거나 이웃끼리 잘 지내 보자고. 오래 보고 살아야 하니까."

라이야는 한 손을 팔랑팔랑 흔들고 자기 방으로 사라졌다.

가슴에 위화감이 남았다. 이해할 수 없었던 것은 낯선 사투리를 쓰는데도 라이야의 말이 거부감 없이 귀에 와 닿았다는 사실이었다. 전처럼 이해한 척하면서 흘려듣지 않고 상대방에게 관심을 가졌다.

라이야가 간사이 출신인 것은 틀림없을 것이다. 그런 그가 간토 의료 소년원, 그것도 자신과 같은 4층에 있다면 정신적으로 문제가 있다고 판단됐다는 뜻일까. 그렇다면 동류인 셈이니 그의 말에 거부감을 느끼지 않은 것도 오히려 당연하다 할 수 있다.

동류. 담장 밖에 있을 때는 타인과 접촉할 때마다 자신의 이질성을 실감해야 했는데, 이곳에서는 그런 마음고생도 없을지 모르겠다.

소년원 처우 규칙 중 저도 모르게 쓴웃음을 지은 게 '진급'과 '성적' 항목이었다. 원생들에게는 각자 처우 계획이라는 게 주어지는데, 각 단계의 달성도에 맞춰 진급하는 시스템이다. 가장 높은 1등급에 도달하면 머리를 기르고 외출도 할 수 있다. 요는 퇴소나 다름없는 대우를 누릴 수 있는 것이다. 게다가 등급에 따라 다는 배지 색까지 정해져 있다.

정말 웃긴다고 생각했다. 원래 있던 중학교에서는 기말고사 결과를 점수 순으로 복도에 붙여 놨는데 기본 논리는 같다. 향상심과 열등감을 자극해 목적의식을 조성한다는 것이다.

따라서 진급하고 싶으면 시험 점수를 딸 때와 똑같이 하면 된다. 시험이면 제시된 시험 범위를 그냥 우직하게 복습한다. 소년원에서는 규칙을 지키고 교관의 지시를 고분고분

따르면 된다.

하지만 그런다고 교정할 수 있는지는 별문제다. 앞에서 복종하는 척하고 모범생인 척한다고 속에서 기르고 있는 짐승이 죽는 것은 아니다. 소년원과 교관들이 이런 제도로 가해 소년들을 교정할 수 있다고 믿는다면 다들 어수룩한 바보다.

그래도 원생들 대다수는 내일 퇴소할 것을 꿈꾸며 부지런히 실과 작업을 한다. 교관의 명령에 병사처럼 대답하며 순종을 표시한다.

그중에서 라이야는 이질적인 존재였다. 작업은 척 봐도 대충 한다. 교관들이 혼내도 못 들은 척, 대답조차 변변히 안 한다. 틈만 있으면 다른 사람을 건드려서 작업을 중단시킨다.

처음에는 작업 중 아무도 라이야에게 가까이 가지 않기에 겁내는 줄 알았는데 착각이었다. 다들 말려들기 싫어서 피하는 것뿐이었다. 아마 그게 이유일 것이다. 매달 1일과 16일 돌아오는 진급식에서 배지를 단 블레이저를 입는데, 미코시바보다 훨씬 먼저 입소한 라이야가 같은 3급 배지였다.

겨우 14년 살았을 뿐이지만 그래도 이런 타입의 사람은 처음이었기에 더욱 흥미가 갔다.

"있지, 대답하기 싫으면 꼭 대답 안 해도 되는데."

"뭔데?"

"우소자키가 하는 저항, 너무 비효율적이지 않아?"

"효율? 흐음, 거긴 감정 표현까지 계산해서 하냐?"

"그렇게까진 아니지만 처신이라든지 타산은 있다고, 보통은."

"나보다 연하인 주제에 분별 있는 척한다고 할지 뭐랄지······. 이거 봐, 미코시바. 그럼 나도 효율로 대답하겠는데, 실과 작업이랑 평소 행실로 점수를 아무리 따 봤자 아무 소용없다고. 거긴 담당 교관, 이나미지?"

"응."

"운 좋았네. 그 교관, 엄하긴 하지만 볼 건 확실하게 보니까. 내 쪽은 틀렸어. 가키자토란 아저씨가 담당인데 이 인간이 날 눈엣가시로 여기거든. 다른 교관이 가점 평가해 줘도 최종적으로 그 인간이 전부 감점해 버려. 그러니까 뭘 해도 소용없는 거야."

들으면 들을수록 웃음이 날 것 같았다. 어이구, 그런 것까지 학교와 똑같나. 물론 공공연하게는 아니지만, 교사는 꼭 편애하는 학생이 있고 반대로 미워하는 학생도 있었다. 교사 본인에게 물으면 부정하겠지만, 편애에서 제외되는 자는 그런 분위기에 민감하게 마련이다.

전에 누가 그런 것처럼 학교가 사회의 축소판인 건가, 아니면 사회 자체가 중학교 수준인 건가. 어느 쪽이든 타인의 불행은 꿀맛이다. 미코시바는 방관자로서 그 맛을 즐기기로 했다.

운 좋게도 얼마 안 돼서 라이야와 가키자토의 반목을 목격할 수 있었다.

소년원의 체육 과목은 꽤 가혹하다. 1층에서 5층까지 비상계단을 왕복한 뒤 스쿼트 백 번. 이 코스를 몇 번씩 되풀이한다. 단순한 운동이지만 그런 만큼 특정 근육이 금세 피로해진다. 원생들은 원래부터 체력에 자신 있는 사람이 없는 탓도 있지만 코스 3회째에 대다수가 죽는 소리를 하기 시작한다.

미코시바가 3회째에 접어들었을 때였다.

"어이, 적당히 얼버무리지 마라!"

어딘지 모르게 점액질적인 고함소리에 돌아보자 한 교관이 라이야를 쿡쿡 지르고 있었다. 기름한 얼굴에 흰자위가 많은 눈. 사전에 라이야에게서 들은 인상과 일치하니 가키자토라는 교관이 틀림없다.

"금방 게으름이나 피우고. 다른 녀석들은 속여도 내 눈은 못 속인다."

스쿼트를 대충 한다고 혼내는 모양인데 옆에서 보기에 라이야가 게으름 피우는 것 같지는 않았다. 다른 학생들이 아 아, 또 시작했군 하는 눈빛인 것으로 봐서 일상적으로 일어 나는 일인 듯했다.

"게으름 안 피웠어요."

"그렇게 말대답할 기력이 있다는 건 전력을 다하고 있지 않다는 증거다. 네 녀석 하는 말은 대부분이 거짓말이지만 몸은 거짓말을 안 한다고. 다른 녀석들처럼 근육도 안 뭉쳤 고 숨도 가쁘지 않잖냐."

근육이나 호흡 상태는 개인차의 문제인데 그것만으로 대 충 한다고 판단하는 것은 너무 심하다. 하지만 반박해 봤자 소용없다는 것을 아는 라이야는 어두운 눈으로 쳐다볼 뿐 입을 열려 하지도 않았다. 자기 화에 자기가 흥분하는 타입 인지 가키자토의 목소리는 점점 더 열을 띠었다.

"하여간 대단한 놈이군. 그 나이에 벌써 세 치 혀로 세상 사 는 걸 알아가지고. 그렇지만 말이다, 뭔 거짓말을 해도 네놈이 지은 죄가 없어지는 건 아니라고. 알겠냐, 이 살인자 놈아. 네 놈이 땀범벅이 되는 것도 피를 토하는 것도 전부 속죄다."

그렇게 말하며 라이야의 뺨을 찰싹찰싹 쳤다.

"대답해. 피해자한테 죄송하단 마음이 있냐?"

"……죄송하게 생각합니다."

"그것부터가 벌써 거짓말이군. 네놈 얼굴에 그렇게 쓰여 있어."

냉정하게 들으면 논리가 맞지 않는데 본인은 진지함 그 자체였다. 분명 흥분에 사고가 따라가지 못하는 것이다.

"여기 오는 놈은 정도의 차이만 있을 뿐 죄 거짓말쟁이다만 네놈은 그중에서도 격이 달라. 태어나면서부터, 아니, 엄마 배 속에 있을 때부터 거짓말쟁이지. 네놈 주둥이에서 나오는 말은 어차피 다 거짓말이니까 앞으로 내 앞에서 웬만하면 말하지 마라. 들으면 들을수록 불쾌해진다. 그보다 땀을 보여 봐라. 분투하고 엎드려 기는 모습을 보여 봐. 그게 네놈이 할 수 있는 유일한 속죄다."

그러더니 느닷없이 오른발로 라이야의 복사뼈를 걷어차며 팔을 홱 잡아당겼다. 라이야는 버티지 못하고 무릎을 꿇으며 바닥에 쓰러졌다.

"벌로 왕복 다섯 번 추가다. 자, 가."

검지로 가리키는 가키자토에게 눈도 주지 않고 라이야는 비상계단을 향해 달려갔다. 이유는 뻔히 알 수 있었다. 상대방의 얼굴을 보는 순간, 살의로 폭발할 것 같은 시선을 지적받고 벌이 추가될 것을 알기 때문이다.

미코시바는 어두운 기쁨을 느꼈다.

이렇게 재미있는 쇼는 처음이었다.

저항이 용납되지 않는 자에게 퍼붓는 욕설, 야유, 그리고 도발. 교정 교육의 이름을 빌린 괴롭힘이 틀림없는데, 음험하기가 되레 시원스러울 정도다. 약육강식은 이곳에서도 유효한 것이다. 방관자로 있는 한 속이 후련해지는 구경거리였다.

얼마 동안은 지루하지 않겠다. 미코시바는 내심 만족스레 웃었다.

괴롭힘이 벌어지는 현장을 목격했으면 다음은 동정심의 가면을 쓰고 본인에게서 비분에 찬 푸념을 듣는 게 위선자의 도리다.

원예 실과 작업 중에 교관의 눈을 피해 라이야 옆에 앉았다. "고생 많았어" 하고 말을 걸자, 무슨 이야기인지 바로 알아차린 듯 의젓하게 한 손을 팔랑팔랑 흔들었다.

"뭐, 타인의 불행만큼 구경하기에 재미있는 게 없지."

"난 그런 게……."

"숨길 거 없다, 숨길 거 없어. 거긴 나만큼 거짓말이 능하지 않으니까 표정 보면 다 안다고. 여기서 그런 싸구려 우정 들이대는 건 나도 원하지 않고, 딴 녀석들이 당하는 거 보면 고소하다고 생각하니까. 피차 마찬가지야."

"저런."

"뭐가 저런이냐."

"라이야, 꽤 어른이구나."

"너 바보냐. 어른이고 뭐고 원래 두 살 위잖냐."

"그런 뜻이 아니라."

"이런 데 있다 보면 싫어도 어린애일 수 없게 돼. 거기도 봤잖냐, 가키자토 하는 짓. 어린애여선 대항할 수 없어."

"아무리 그래도 너무 과한 거 아니야? 완전히 교정의 범위를 넘었던데."

"그 인간은 처음부터 우리를 교정하겠단 마음이 없어. 그냥 개인적으로 울분을 푸는 거다."

"그게 뭐야."

"아, 미코시바는 신입이라 아직 모르는군. 가키자토는 말이지, 여기 있는 원생 전원을, 아니 범죄를 저지른 애 녀석들 전부를 미워하거든."

"그렇지만 그런 것치곤 라이야만 집중 공격하던데."

"보니까 다른 교관한테 하나부터 열까지 나랑 안 맞는다고 하는 모양인데 그런 건 모르겠고 그냥 작작 좀 해 주면 좋겠다."

"하지만 그런 교관이 담당이면 앞으로 신통한 일 없을 거 아냐."

"그건 괜찮아."

미코시바는 상대방이 최고로 싫어할 화제를 꺼낸 것이었는데, 예상과는 달리 라이야는 아무렇지도 않게 대답했다.

"이제 좀 있으면 그 녀석 잘릴 거니까."

"저런, 뭐 문제라도 일으켰어?"

"아니, 내가 법무성에 고발문을 보냈거든. 간토 의료 소년원에서 원생 학대가 벌어지고 있다고 말이지."

고발문 이야기는 거짓말이라고 확신했다. 소년원에서도 외부 통신은 제한을 받는다. 원생들끼리 출소 후 연락을 취하지 못하도록 다양하게 규제한다. 그런 상황에서 법무성의 불상사를 폭로하는 내부 고발 문서가 아무 검열도 받지 않고 보내질 리 없다.

"오, 완전히 내 말을 안 믿는 얼굴이군."

"그런 건 아닌데."

"이래 봬도 나 글 좀 쓴다고. 변호사 지망이거든. 고발문이라든지 소장 쓰는 건 식은 죽 먹기다."

"변호사?"

"그래. 사건을 일으키고 나서 여러 가지를 학습했는데 그중에서도 제일은 변호사가 돈 잘 버는 직업이란 사실이다. 게다가 그거 아냐? 변호사는 말이지, 자격을 한 번 따고 나면 패소만 줄줄이 이어지든 범죄를 저지르든 박탈 안 당한다더라. 정년도 없으니까 쭈그렁바가지가 돼도 할 수 있고. 물론 일본에서 가장 어려운 사법고시에 합격해야 하니까 바보는 안 되지만, 내가 절대로 못 된단 법은 없지. 왜 그런지 아냐?"

"글쎄⋯⋯."

"사법고시는 말이지, 인격은 상관없어. 어때, 재미있지 않냐? 곤경에 처한 사람 돕는 일일 텐데 인간성은 고려하지 않는다 이 말이야. 나처럼 세상 사람들한테 악마라느니 인간이 아니라느니 그런 소리를 들어도 시험 성적만 좋으면 변호사 배지를 받을 수 있는 거다. 일본은 참 좋은 나라라니까."

변호사 자격 운운은 그렇다 치고 악마라는 단어에 귀가 민감하게 반응했다.

"라이야, 악마란 말 들었어?"

"⋯⋯그래."

"이것도 대답하기 싫으면 안 해도 되는데 말이지."

"좀 치사한데. 그런 식으로 물으면 어쩐지 대답해도 될 것 같은 기분이 들잖냐."

"라이야는 뭘 해서 잡힌 거야?"

"나? 난 말이다."

라이야는 미코시바의 머리를 잡아 자기 이마에 갖다 댔다.

"반 애들 전부 독살했다."

나이를 생각하면 라이야가 어떤 사건을 일으켰다 해도 지난 2, 3년 사이의 일일 것이다. 반 학생 전원 독살이라면 상당히 센세이셔널한 사건인데 아무리 자신이 시사에 어두워도 기억하지 못할 리 없다. 그러니까 이 이야기도 거짓말이 틀림없었다.

미코시바의 관찰 대상에 자연히 가키자토가 포함됐다. 그 결과 가키자토도 제법 흥미로운 인간이라는 것을 알았다. 라이야의 설명으로는 원생 전원을 미워한다는 가키자토도 먹잇감을 무분별하게 고르는 게 아니었다. 그의 먹잇감이 된 원생은 두 명이었다. 한 명은 라이야, 그리고 또 한 명은 아무리 괴롭혀도 절대로 불평할 수 없는 사람이었다.

이 소년원에는 정신적으로 문제가 있는 자와 육체적으로 문제가 있는 자가 수용되는데, 각각 층별로 나뉘는 데다 커리큘럼도 다르다. 하지만 뛰어다녀도 지장이 없는 사람은 유일하게 합동으로 하는 체육 시간에 참가해 함께 땀을 흘린다.

나쓰모토 지로는 그중 한 명이었다.

180센티미터가 넘는 키는 좋든 싫든 눈에 띄는데 약간 비

216

만이기까지 했다. 비행기를 타면 항공사에서 운임을 두 사람 몫만큼 청구할 것 같은 덩치다. 순발력은 없지만 지구력은 있다. 구기에는 맞지 않겠지만 격투기를 시키면 원내에서 꽤 상위를 차지하지 않을까.

그러나 지로는 어깨 밑으로 왼팔이 없었고, 게다가 말까지 못 했다. 선천적인 건지 후천적인 건지는 알 길이 없었지만, 아무튼 제대로 발음할 수 있는 단어가 한 개도 없었다. 또 몸집은 그렇게 크면서 성격은 무척 소심했다. 교관이 말을 걸 때마다 어깨를 움찔했다. 그리고 자신이 어떤 실수를 저질렀을까 하는 눈으로 머뭇머뭇 상대방의 안색을 살폈다. 마치 심약한 코끼리 같은 모습이었다.

자기보다 덩치가 큰 상대방을 유린하고 복종시킨다는 것은 악마적인 쾌감을 주는 일이다. 게다가 상대방의 입이 영원히 봉해져 있어서 항의도 원망도 내뱉을 수 없다면 더없이 훌륭한 샌드백이다. 본능을 따른 건지 아닌지 가키자토는 이 말없는 거인을 자기 전용 장난감처럼 취급했다.

"어이, 나쓰모토!"

세 번째 계단을 올라가려던 지로가 전기 충격을 받은 것처럼 멈춰 섰다.

그를 부른 가키자토는 벌써 눈이 심술궂게 웃고 있었다.

217

"뭘 헉헉대고 있냐. 네놈 체력이면 이런 계단 오르내리기나 스쿼트쯤 준비운동도 못 될 텐데. 열심히 땀 흘리는 척하다니 연기 한번 대단하군."

그렇게 말하자면 가키자토도 생트집 한번 대단하다. 체중이 덜 나가는 만큼 체격이 큰 사람보다 작은 사람이 조건은 더 유리하다.

"그러니까 네놈이 남들하고 똑같은 운동을 하는 건 불공평하지. 어이, 바닥에 엎드려."

지로의 얼굴에 불안의 빛이 번졌다.

"팔 굽혀 펴기다."

다른 원생들이 숨을 삼키는 소리가 들렸다. 지로는 조금 부끄러운 표정을 지으며 엎드렸다. 그리고 한 팔만으로 상체를 지탱했다.

"이런 바보 같은 놈이 있나! 무릎을 대면 그게 팔 굽혀 펴기냐. 얼른 무릎 들어!"

한 팔로 하는 팔 굽혀 펴기는 단순히 전 체중이 한쪽 팔에 가해지는 데 그치지 않고 받침점 하나로 균형을 잡아야 하다 보니 굽혔다 폈다 하는 것도 쉽지 않다. 게다가 팔 하나로 받치는 몸은 2인분의 거체다.

한 번. 그리고 두 번. 거기까지가 한계였다. 계단 오르내리기와 스쿼트를 계속했으니 체력도 소모됐을 것이다. 지로는 맥없이 팔꿈치를 굽히고 바닥에 엎어졌다.

그러나 가키자토는 그 잠깐의 안식조차 허락하지 않았다.

"일어나라, 나쓰모토. 누가 누워도 된다고 했냐."

지로는 비슬비슬 고개를 들고 간신히 오른쪽 팔꿈치를 폈다. 그런데 가키자토가 팔이 없는 왼쪽 견갑골을 위에서 누르는 바람에 또 바닥에 엎어졌다.

"뭐 하는 거냐. 이쪽이라고. 이쪽 어깨를 들어야 일어나지. 그쯤은 네놈도 알 텐데. 아니면 뭐냐, 이 상황에 아직도 게으름을 피우겠다는 거냐? 엉?"

지로의 표정은 필사적으로 항변하고 있었다. 하지만 입에서는 말 대신 불명료한 끅끅 소리가 새어나올 뿐이었다.

"표정을 보니까 변명 정도가 아니라 불만이 있는 모양이군. 자기가 왜 이렇게까지 지도를 받아야 하나, 그런 얼굴인데. 좋아, 가르쳐 주지. 내가 특히 네놈 지도에 정성을 들이는 건 말이다, 네놈이 열등감이 있기 때문이다."

긴장감이 그 자리를 무겁게 짓눌렀다. 그곳에 있던 원생들은 아무도 꼼짝하지 못했다.

"건전한 정신은 건전한 육체에 깃든단 말 아냐? 아주 명언이란 말이지. 어렸을 때부터 몸을 단련하면 정신도 같이 단

련되거든. 하지만 방에 틀어박혀서 꾸물대며 시간을 낭비한 미숙한 인간은 마음에 빈틈이 생기지. 그 빈틈을 사악한 마음이 파고드는 거다. 그리고 네놈들 같은 범죄자가 생겨나."

이와 비슷한 이야기를 중학교 체육 교사가 끝도 없이 늘어놨던 게 생각났다. 겨우 열네 살 먹은 아이 귀에도 우스꽝스럽게 들리는 공허한 논리다.

"특히 네놈들 같은 인간한테는 더 강도 높은 단련이 필요하다. 열등감이 있는 만큼 그걸 극복해야 하는 수고가 드니까."

가키자토는 지로의 턱에 발끝을 대고 억지로 얼굴을 들게 했다.

"그러니까 네놈은 제대로 된 인간이 되려면 남보다 두 배, 세 배 육체를 혹사해야 하는 거다."

"그건 좀 아니지 않나."

갑자기 매우 차분한 목소리가 들려왔다. 일제히 목소리가 들린 방향을 돌아보자 이나미가 서 있었다.

"가키자토 선생. 선생 식으로 말하자면 열등감을 가진 사람은 모조리 범죄자 예비군 같네만 나도 그중 한 명인가?"

"아, 아닙니다. 이나미 선생님은 다르죠, 물론."

"달라? 호오, 뭐가 다르지? 나쓰모토의 왼팔하고 내 왼다리. 열등감의 유무로 따지면 같은 조건이네만."

"나쓰모토는 원생이고 선생님은 저 애들을 교정하는 입장의 교관 아닙니까."

"그것도 좀 그렇군. 남을 가르치는 입장에 있는 인간이 파렴치한 사건을 일으키는 건 요즘 같아선 드문 일도 아닌데."

가키자토가 아무 말도 못 하자 이나미는 일부러 보란 듯이 왼발을 끌며 다가와 지로를 부축해 일으켰다.

"자, 가서 계단 오르내리기를 계속해라."

"이나미 선생님! 나쓰모토의 담당 교관은 접니다. 멋대로 행동하시면……."

"교정국 규율에서 벗어난 교련이나 다름없는 지도하고 어느 쪽이 멋대로 행동하는 건지는 의견이 갈릴 것 같군……. 어이, 너희들 뭘 구경하고 있냐. 얼른 계속 못 해?"

원생들이 허둥지둥 움직이기 시작했다.

미코시바도 흐름 속에 끼어들며 두 교관을 슬쩍 훔쳐봤다.

운동하는 원생들을 아무 일 없었던 것처럼 지켜보는 이나미와, 그런 그를 아주 성가시다는 듯 노려보는 가키자토.

이건 이것대로 재미있다고 미코시바는 만족스레 웃었다. 흥미로운 존재인 우소자키뿐 아니라 교관들의 반목까지 볼 수 있을 줄이야. 게다가 나쓰모토 지로라는 절호의 관찰 대상까지 목록에 추가할 수 있었다. 학대하는 자와 학대당하

는 자, 자신의 감정을 발산하는 자와 억누르는 자. 대립 관계
는 많으면 많을수록 좋다. 단조로운 생활 속에서 대단히 귀
중한 이벤트다. 자신에게도 역할이 주어진다면 아마 대립을
지속시키고 부추기는 것이리라.

미코시바는 자연히 치미는 조소를 감추며 계단을 달려 올
라갔다.

2

미코시바가 의료 소년원에 입소한 뒤로 두 번째 가을이
왔다.

방의 격자창 밖으로 보이는 풍경은 언제나 똑같다. 봄여
름가을겨울, 맞은편 건물 벽이 보일 뿐이다.

그래도 미코시바는 상관없었다. 계절이 바뀌건 나무에 꽃
이 피건 별 차이는 없다. 견딜 수 없는 것은 그보다 변화 없
는 일상이었다. 입소하기 전에는 소년원이라는 미지의 장소
에 대해 두려워하는 마음도, 동경하는 마음도 있었지만 익
숙해지고 나니 중학교와 큰 차이 없었다. 수학, 과학 대신 실
습이 있을 뿐이다. 범죄 이력만 없으면 원생은 그냥 소년이
다. 제복만 입지 않으면 교관은 교사나 똑같았다.

마음속 공백에 바람이 휘몰아쳤다. 그 소리가 귀에 거슬려 견딜 수 없었다. 바람이 불지 않게 하려면 만족이 필요했다. 미도리를 죽였을 때는 흥분과 성취감이 가슴을 채워 주었건만 지금은 또다시 공동이 생겨나 있었다.

내심 기대하고 있었던 가키자토와 라이야, 그리고 가키자토와 이나미의 대립도 그 공백을 메워 주지 못했다. 기회를 봐서 라이야나 지로를 부추겨도 둘 다 교관을 때릴 용기까지는 없는 모양이었다. 이나미와 가키자토 둘 중 하나가 상대방을 때려 유혈 소동이라도 벌어지면 조금은 나을지도 모르는데, 반목이 이어질 뿐 전혀 진전이 없었다.

다만 공동 속에 작게나마 자리를 갖게 된 것도 있었다.

가령 이나미의 존재가 그랬다.

이나미는 지금까지 미코시바가 만난 어떤 교사와도 달랐다. 교육 담당인 이나미 외에 의료 담당도 있었는데, 의료 담당 교관이 시종 미코시바의 심리 상태를 살피려 하는 반면 이나미는 미코시바의 내면에 발을 들여놓으려 하지 않았다. 다른 교육 담당 교관들이 저지른 죄의 무게를 계속해서 타일러도 이나미는 후회하는지 아닌지조차 확인한 적이 없었다.

문을 억지로 열려고 하지 않는다. 하지만 결코 거부하는 기색을 보이지 않았다. 말을 걸면 "오, 뭐냐?" 하고 거리낌

없는 태도로 눈을 보며 대답한다. 처음에는 우락부락하게만 보였던 얼굴도 매일 보다 보니 나름대로 애교 있게 생겼다는 것을 알았다.

그리고 이 남자가 뭘 싫어하는지도 알게 됐다. 한번은 "사람을 죽인 걸 후회해요"라고 말한 적이 있었다. 본심이 아니라 어디까지나 모범생을 연기하기 위해 입으로만 한 말이었다.

조금은 좋아하겠지 예상했건만 결과는 정반대였다. 이나미는 벌레 씹은 얼굴로 미코시바를 노려보았다.

"그런 말은 말이다, 내 앞에서 웬만하면 하지 마라."

"네?"

"뻔한 거짓말이란 건 사람을 불쾌하게 할 뿐이야. 점수 따기도 뭣도 안 돼. 오히려 역효과지. 그러니까 관둬라."

"아니, 저, 전 거짓말을……."

"라이야처럼 거짓말이 개성의 일부인 것 같은 녀석은 별개다만, 넌 괜히 모범생 분위기가 있다 보니 거짓말이 더 언짢게 느껴져."

비난하는 게 아니라 나무라는 어조였다.

"아무리 뻔뻔한 녀석이라도 말이다, 나쁜 짓을 하면 대개 첫 말은 사과하는 말이거든. 피해자와 유족에게 못할 짓을 했다, 크게 후회한다, 이 죄를 평생 갚겠다. 뭐, 그게 보통이야. 아마 말할 땐 본인도 실제로 그렇게 생각하고 있을 거다. 하지만 말한 순간 마음이 가벼워진단 말이지. 참회했다는 기분이 드니까. 그리고 금세 속죄를 잊어버려. 실제로 입 밖에 내서 하는 말엔 그만한 효과가 있다."

허를 찔린 미코시바는 입을 다물었다.

"거짓말이란 분명히 자기한테 하는 걸 테지. 그러니까 그런 말을 계속해서 하는 녀석은 자기를 계속 속여서 어느새 갱생할 기회를 잃게 돼. 속죄는 말이 아니라 행동이다. 그러니까 참회를 말로 하지 마라. 행동으로 보여."

부모는 나쁜 짓을 했으면 사과하라고 가르쳤다. 교사는 옳다고 생각하는 일은 말로 표현하라고 명령했다. 그런데 이 남자는 사과하지 말라고 한다. 말로 하지 말라고 한다. 그게 묘하게 참신하게 들렸다.

"행동…… 뭘 하면 되는 거죠? 여자애 부모님한테 편지라도 쓰면 되나요?"

"속죄란 건 말이다, 저지른 죄를 보상한다는 의미야. 후회하는 게 아니고. 골백번 후회하고 사죄 편지를 몇백 통 쓴들 여자애가 살아 돌아오는 건 아니지. 나쁜 일이라고까지는 않겠다만 그런 건 형식적으로 얼버무리는 데 불과하거든."

"그럼 어떻게 해요."

"넌 한 인간을 죽였다." 이나미는 조용하게 말했다. "그걸 보상하고 싶으면 다른 사람을 고통에서 구해 내라. 그게 가장 합당한 대답 같지 않냐?"

갑작스러운 질문에 미코시바는 대답할 말을 갖고 있지 않았다. 그런 생각은 한 번도 해 본 적이 없었기 때문이다.

자리가 주어진 사람은 또 한 명 있었다. 라이야다.

미코시바와 친해진 라이야는 기회만 있으면 말을 걸게 됐다. 다른 원생이 그랬다면 성가실 뿐이었겠지만 허실이 뒤섞인 이야기가 재미있어서 무심코 귀 기울여 듣곤 했다. 이나미의 라이야에 대한 평가를 말해 주자 본인은 몹시 재미있어 했다.

"오, 역시 그 아저씨 꽤 사람 보는 눈이 있다니까. 거짓말이 개성의 일부란 건 맞는 말이지. 암, 그렇고말고."

"자기한테 거짓말을 계속하면 갱생할 기회를 잃게 된다는데."

"그건 거기처럼 의식하고 거짓말하는 녀석이 그런 거지. 나처럼 숨 쉬듯 거짓말을 할 수 있는 사람은 다르다고. 거짓말도 방편이란 말 알지? 나한테 묻는다면 진실이 귀하고 거짓말은 천하단 사고방식은 유치해."

라이야는 어른스러운 어조로 큰소리쳤다.

"유령의 정체, 알고 봤더니 억새풀이더라 하잖냐? 진실이란 건 말이지, 대개 초라하거나 거추장스럽거나 해서 시시해. 그보다 남들이 기뻐하는 거짓말 쪽이 훨씬 유익하다고."

"거짓말만 가지고 세상을 살아 나가겠다고? 역시 저번에 말한 것처럼 변호사가 될 생각이야?"

"당연하지. 남자는 두 말 안 한다."

"적성에 맞는다고 생각해?"

"의뢰인의 이익을 위해서라면 어떤 거짓말도 마다하지 않는다. 그리고 승소를 따내서 보수를 얻는다. 나한테 딱 맞는 직업이지."

"거짓말만 하진 않을 거 아냐."

"무슨 소리야. 미국에선 변호사는 거짓말쟁이의 대명사 같은 거라고. 변호사는 영어로 '로여'잖냐? 거짓말쟁이 '라이어'하고 비슷하잖냐."

미코시바는 변호사에 대한 인상이 그리 좋지 않았다. 자신의 사건으로 변호사 여러 명과 면담했는데, 하나같이 정면에 앉아 있는데도 미코시바가 아니라 그 뒤에 있는 뭔가를 보는 느낌이었다.

"그 점에서 지로는 이나미 아저씨도 흠잡으려야 흠잡을 수 없겠군. 거짓말 정도가 아니라 푸념조차 안 하니까. 안 그러냐?"

라이야가 어깨를 탁 치자 옆에 앉아 있던 지로가 비위를 맞추듯 웃었다. 자신들의 이야기는 이해하고 있으니 라이야에게 악의가 없다는 것을 알고 짓는 표정일 것이다.

라이야와 친해지면서 그 곁에 종종 지로가 있다는 사실을 알아차렸다. 라이야가 지로를 챙겨 주는 건지, 아니면 지로가 라이야를 따르는 건지는 알 수 없었지만, 말주변이 좋은 라이야와 덩치 큰 지로는 꽤 조화가 잘 맞는 콤비로 보였다.

방이 떨어져 있는데도 이렇게 같이 다니는 것은 두 사람뿐인 듯했다.

"이건 그 뭐냐, 공생관계란 거다. 난 두뇌 노동, 지로는 육체 노동."

라이야가 그렇게 말하자 지로는 웃으며 주먹을 불끈 쥐어 쳐들어 보였다.

듣고 보니 과연 공생관계이기는 했다. 라이야가 다른 원생과 일촉즉발 상황일 때면 지로가 위협하듯 그 뒤에 섰다. 반대로 지로가 놀림을 받거나 도발당할 때면 라이야가 달려와 날카로운 말재주로 상대방을 무찌르는 식이다.

"뭐, 두고 봐라. 앞으로 난 일본에서 제일 악독하고 제일 돈 많이 버는 변호사가 될 거니까. 아, 맞다, 지로는 이런저런 녀석을 적으로 돌린 내 보디가드."

"너라면 가능할지도 모르겠네."

물론 실제로는 그렇게 생각하지 않았다. 소년원에서 변호사? 현역 사법고시 수험생이 들으면 코웃음 치겠다. 소수의 성적 상위권자만이 합격한다는 최고로 어려운 시험인데. 게다가 그 말을 한 사람은 라이야다. 라이야 특유의 거짓말이라고 보는 편이 타당할 것이다. 그러나 옆에서 듣고 있던 지로는 진지하게 받아들인 듯 감탄 어린 표정으로 고개를 끄덕였다.

웃긴다고 생각했지만 그렇다고 흥미를 잃지는 않았다. 이 두 사람과 가키자토의 갈등은 아직 심각한 수준이 아니었지만, 거기에 이나미가 얽히면 뭔가 화학반응이 일어날지도 모른다. 급하게 생각할 필요 없다. 시간은 넉넉히 있으니까. 참을성 있게 기다리다 보면 조만간 재미있는 일이 벌어질 것이다.

그러나 관심 대상이 다소 늘어나도 공동은 변함없었다. 미코시바는 그 텅 빈 구멍을 확인할 때마다 불안했다. 구멍을 메우려면 자신을 만족시켜 줄 것이 필요하다. 하지만 원내에서 그런 행위는 완전히 불가능하다. 다른 원생이나 교관이 얌전히 자기 먹잇감이 되어 줄 리 없거니와, 감시 체제도 그런 행위를 허락하지 않을 것이다. 그럼 이 구멍을 방치하면 자신은 대체 어떻게 될까. 구멍에 삼켜져 머리가 이상해지지는 않을까.

미코시바는 모습이 보이지 않는 적을 두려워하듯 몸을 말고 며칠 밤을 보냈다.

그녀를 만난 것은 그 무렵이었다.

소년원에서 남자와 여자는 기숙사도 격리되어 있어 보통 접촉할 기회가 없다. 단 1년에 한 번 열리는 합창 발표회는 예외로, 이때만은 체육관에 남녀 원생이 함께 모인다.

평소 접하는 이성이라곤 의료 교관 몇이 다인 남자 원생에게 합창 발표회는 또래 여자를 만날 수 있는 유일한 기회였다. 계급이 높아서 긴 머리와 다소 자유로운 복장이 허용되는 원생은 이때를 놓칠 세라 열심히 멋을 낸다. 그렇지 못한 사람도 꼼꼼히 면도하고 체육복에 잡힌 주름을 바로잡는다.

"레이지, 나 코 좀 봐 줘라. 코털 안 나왔지? 턱 밑에 수염 덜 깎인 거 없지?"

코끝이 닿을 것처럼 얼굴을 바짝 들이대는 라이야에게 미코시바는 적당히 대답했다.

"코털도 덜 깎은 수염도 없지만, 그런 거 어차피 10미터 밖에선 안 보여."

"눈앞으로 다가갈 기회가 생길지도 모르잖냐."

"글쎄, 그럴까."

함께 모인다지만 남자와 여자가 앉는 위치는 좌우로 나뉘는 데다 4미터 폭의 통로가 그 사이를 가로막는다. 합창 발표회라고 남녀 혼성 그룹이 있는 것도 아니고 댄스 타임도 없으니 친해질 기회는 사실상 전무하다.

미코시바는 또래 이성에게 관심이 없었다. 라이야에게 "그거 정상이 아닌데"라는 말을 들었지만, 그렇게 말하자면 이 소년원에 수용된 인간 전원이 비정상이다. 이성에게 관심이 없는 것쯤은 별것도 아니다. 합창 발표회에도 관심 없었다. 어차피 선곡은 교관이 할 테니까 유행가를 부르지도 않을 것이다. 있지도 않은 희망이며 헛된 노력의 고귀함을 칭송하는 내용의 노래가 줄줄이 이어지겠지만 한 귀로 흘려듣고 끝이다. 그런데도 이 자리에 앉아 있는 것은 계단 오르내리기나 스쿼트로 체력을 소모하기보다는 훨씬 낫기 때문이다.

미코시바의 추측대로 프로그램은 죄 긍정적이고 건설적인 가곡뿐이었다. 게다가 변변히 연습도 하지 않은 아마추어가 목청만 높이고 있으니 멜로디나 하모니는 기대할 수도 없고 그저 불협화음에 불과했다. 역시 소년원 특유의 벌칙 게임이 틀림없다. 세 곡째부터 귀를 틀어막고 싶어졌다.

이 고행을 앞으로 한 시간이나 더 해야 한다는 말인가. 그렇게 생각하며 진저리를 치는데 합창대가 자리로 돌아가고 대신 구석에 놓여 있던 업라이트 피아노가 중앙으로 옮겨졌다. 프로그램을 확인하니 다음 순서는 '피아노 독주 베토벤 피아노 소나타 〈열정〉'이라고 했다. 베토벤은 따따따딴 하고 시작하는 〈운명〉 교향곡밖에 모른다.

원내에 피아노를 칠 줄 아는 사람이 있다는 것을 알고 뜻밖이라고 생각했는데, 이윽고 나타난 연주자를 보고 더 놀랐다.

천천히 걸어 나온 것은 키가 140센티미터 될까 말까 하는 작은 소녀였다. 단발머리라 어린 이목구비가 뚜렷이 보였다. 자칫 잘못하면 초등학생까지로도 보였다. 이런 소녀가 대체 어떤 흉악 사건을 일으켰다는 걸까.

미코시바가 놀라든 말든 소녀는 청중을 완전히 무시하고 의례적인 웃음 하나 짓지 않은 채 피아노 앞에 앉았다.

쳇, 잘난 척하긴, 하고 생각한 다음 순간 조그만 손가락에서 나온 음이 미코시바를 사로잡았다.

결코 찌르는 것 같은 날카로운 음은 아니었다. 오히려 땅바닥을 기는 듯한 저음이다. 그러나 음상은 뚜렷한 실체를 지니고 미코시바의 발목을 붙들었다. 이윽고 시작되는 음울한 멜로디의 반복. 기이한 견인력이 온몸을 서서히 옭아매려 들었다.

미코시바는 놀라고 당황했다. 피아노 소리 따위 드물지 않다. 라이브 연주도 전에 다니던 중학교에서 음악 시간에 지겹도록 들었다. 그러니 피아노 독주에 흥미를 느낄 리도 없다. 그렇건만 이 기대를 머금은 불안은 대체 뭘까.

어두운 선율이 한바탕 이어진 뒤 따따따딴 하는, 미코시바도 들어 본 선율이 나와 음의 기억을 불러일으켰다. 어린애라고 해도 될 만한 여자애의 연주에 어째서 이렇게까지 마음이 술렁이는 걸까. 생각해 보려고 했을 때 타건이 느닷없이 격해졌다.

질주를 시작하는 단조. 흡사 눈에 보일 것 같은 긴장이 체육관 안에 퍼져나갔다. 더욱 격해진 단조는 상향과 하향을 반복하고 선율이 마치 폭풍처럼 휘몰아쳤다. 정동情動의 명과 암이 서로 다투고, 마음속의 빛과 어둠이 피아노와 포르테로 형태를 바꾸어 호응했다.

미코시바는 경악했다. 자신의 내면을 보는 기분이었다. 비록 유아를 살해한 인간이지만 마음속 깊은 곳에는 가학 충동 외의 감정도 있었다. 희열, 분노, 애수, 안락. 잠들어 있던 그런 감정들이 극채색으로 다발을 이루어 서로 얽히며 미코시바의 마음속에서 소용돌이쳤다.

소녀의 피아노는 약음일 때도 한 음 한 음이 뭉개지지 않고 명확했다. 선율이 차츰 내려갈 때도 음표의 진행이 눈에 보이는 것만 같았다. 그리고 피아노에서 피아니시모로 작아져 이대로 사라지나 생각한 순간, 같은 선율(그러고 보면 음악에서는 이것을 주제라고 했다)이 더 큰 정열로 되살아났다.

미코시바의 위치에서 소녀의 손가락이 보였다. 오른손과 왼손은 흡사 별개의 생물 같았다. 선율을 자아내는 오른손은 간격을 두고, 화음을 엮어내는 왼손은 쉴 새 없이 건반 위를 미끄러졌다.

음이 한바탕 고조된다.

선율이 물결친다.

주제는 몇 개의 선율이 되어 몇 번이고 밀려온다.

애달픔과 공포, 유약함과 광기가 포개졌다가 떨어졌다가 다시 포개진다.

첫 음이 울렸을 때부터 미코시바는 꼼짝도 하지 못했다. 소리의 그물이라고 생각했다. 평소 꽉 닫혀 있는 문을 강제로 열고 안을 마음대로 휘젓고 있다. 하지만 이상하게도 불쾌감은 들지 않고 오히려 도취에 가까운 쾌감을 느꼈다.

선율이 또다시 음량을 낮추기 시작했다. 소녀도 어쩐지 허리를 펴고 편한 자세로 돌아온 듯 보였다. 하지만 이 일단락이 더 큰 고양의 전조라는 것은 지금까지의 흐름으로 쉽게 추측할 수 있었다. 미코시바는 저도 모르게 침을 꿀꺽 삼켰다.

오른손과 왼손이 격투를 벌이며 차츰 위를 향해 올라갔다. 미코시바의 심장 박동도 빨라졌다.

한층 큰 타건으로 투쟁이 시작됐다.

그새 귀에 아로새겨진 주제가 이게 마지막 승부라는 양 연주됐다.

가슴속에 감추었던 감정이 모조리 급류가 되어 솟구쳤다.

미코시바는 자꾸만 벌어지려는 입술을 애써 다물었다. 입을 벌리면 기껏 귀로 들어온 게 흘러나갈 것 같았다.

고동이 빨라졌다.

시야가 좁아졌다.

오감이 전부 청각에 집중됐다.

이윽고 피아노는 조용해지더니 정지했다.

마지막 한 음이 여운을 길게 끌었다.

미코시바는 멍하니 소녀를 응시했다. 아무리 봐도 자신보다 어리다. 그렇건만 방금 들은 음악은 자신이 16년간 배운 것, 느낀 것을 능가했다.

얘는 대체 뭐지.

미코시바가 당혹감에 사로잡혀 있을 때 소녀가 또다시 건반 위에 손가락을 올렸다. 미코시바는 황급히 귀를 기울였다.

제2악장은 1악장과는 반대로 완만한 리듬으로 시작됐다. 정신적으로 안녕을 주는 평온한 멜로디가 이어진다. 오른손과 왼손이 담담히 음을 자아냈다. 클래식을 잘 모르는 미코시바도 이 곡이 장조라는 것을 알 수 있었다. 즐겁게 춤추는 듯한 리듬은 고조되나 싶으면 고조되지 않고 일정한 음량을 유지하며 변화해 나갔다.

거기에 화사함이 더해졌다. 난반사하는 물의 반짝임을 닮은 빛이다.

미코시바의 뇌리에 정경이 떠올랐다.

누군가와 손을 잡고 걷고 있다. 장소는…… 공원일까. 아니면 강가일까. 가까이에 물이 있는 것은 분명하다. 물 냄새가 난다. 졸졸거리는 소리가 들린다.

생각에 빠져 있으려니 곡이 조바꿈을 했다. 통통 튀어 오르는 듯한 멜로디. 튀어 오르면서도 흘러가는 곡조는 수면을 팔짝팔짝 뛰어가는 소금쟁이를 연상시킨다.

기이한 감각이었다. 이렇게 무방비한 평온은 입소 이래로 아니, 그보다 훨씬 전부터 느껴 본 적이 없었다. 친구와 놀아도, 가족과 함께 있어도, 그리고 미도리의 시체를 앞에 두었을 때조차 맛본 적이 없었다. 평온함이라는 감정이 자기 안에 있다는 사실이 뜻밖이었다. 마치 어머니 배 속에 있는 것처럼 흔들흔들 떠다니는 느낌이었다. 온몸의 힘이 녹아내려 사방으로 흘러나갔다.

리듬은 짤막짤막하게, 그러면서도 유려하게 나아간다. 그리고 한층 반짝이며 높이높이 올라간다. ……또다시 저음으로 내려와 평온하게 떠다닌다.

미코시바는 자연스레 눈을 감고 있었다. 소녀의 운지에 관심은 있었지만 이제 풍경도, 냄새도, 촉감도 방해가 될 뿐이었다. 지금은 그저 피아노 소리에만 집중하고 싶었다.

귀에 익은 선율이 얼마 동안 반복된 뒤, 갑자기 화음이 약주와 강주로 두 번 이어지더니 곧바로 제3악장이 막을 열었다.

미코시바는 흠칫 놀라 상상에서 깨어났다. 처음부터 강한 타건이 이어졌다. 불안을 일깨우고 가슴을 휘젓는 소리다. 그 소리에 호응해 속에서 뭔가가 용암처럼 솟구쳤다. 닿는 것을 모조리 불살라 버리는 정동이었다. 가슴속에 흘러넘쳐 더더욱 온도를 높여 간다.

애정과 증오, 흥분과 냉정, 해방과 속박. 상반되는 감정이 교차하고 갈등한다. 그리고 슬픔과 노여움이 예리한 창이 되어 영혼의 가장 깊은 곳에 내리꽂혔다.

미코시바는 감정을 가둬 놓고 있던 둑이 터질 것 같은 예감에 전율했다. 그러나 몸이 말을 듣지 않았다. 귀를 틀어막

는 것조차 불가능했다. 귓속에 뛰어드는 격렬한 음과 가슴
에서 분출할 듯한 감정에 몸을 맡기는 수밖에 없었다.

선율이 일단 차분해졌지만 이건 완급을 주기 위해 잠깐 쉬
어가는 것이다. 소녀의 오른손은 여전히 건반을 꿰뚫고, 왼
손이 물 흐르듯 애무했다.

후반에 들어 새로운 리듬의 선율이 나타나 속도를 높이기
시작했다.

어두운 정열이 휘몰아쳤다. 모든 것을 몰아내며 맹렬한 기
세로 질주한다.

이제 아무도 멈출 수 없다.

가속, 가속, 가속.

그러더니 갑자기 완만해졌다. 그러나 미코시바는 되레 긴
장했다. 이 이완은 명백히 마지막 큰 파도의 전조였다.

아니나 다를까 완만하던 리듬이 세 차례 뛰어올랐다.

템포는 더더욱 빨라져 미코시바의 영혼을 이리저리 끌고
다니며 종국을 향해 달려갔다.

소녀는 건반을 끌어안을 것처럼 몸을 앞으로 숙이고, 손
가락은 눈에 보이지도 않을 만큼 빠르게 움직였다.

숨이 막혔다. 어느새 호흡조차 선율에 구속되어 있었다.

이제 더는 못 견디겠어. 그만해.

아니, 계속해 줘.

두 가지 마음이 교차하는 가운데 곡은 최후의 격정을 노래했다. 작은 몸뚱이 어디에서 저런 힘이 나오는 걸까, 소녀는 피아노를 부술 듯한 기세로 건반을 내리쳤다.

정신이 아득해질 것 같은 흥분이 밀려들었다.

화음의 연타, 격정이 용솟음쳐 허공으로 방출되고 곡은 마침내 끝을 고했다.

미코시바는 잊어버리고 있었던 것처럼 숨을 깊이 내쉬었다. 그리고 이 또한 잊어버리고 있었던 것처럼 박수를 쳤다. 칭찬도 감탄도 의식하지 않은 채 그저 자연히 두 손이 움직였다. 분명 금세 우레 같은 박수가 터져 나올 것이라고 확신했다.

그러나 예상과 달리 열광은 없었다. 건성까지는 아니어도 그저 평범한 반응에 그쳤다. 허둥지둥 주위를 둘러봤지만 흥분한 얼굴은 어디에도 없었다. 그 직전까지 아마추어 노래자랑이 이어졌을 때와 마찬가지로 원생들의 표정은 느슨하게 풀어질 대로 풀어져 있었다. 개중에는 하품을 참는 사람까지 있었다.

말도 안 돼. 다들 귀먹은 거 아냐?

자신에게는 영혼을 들쑤시는 듯한 연주였다. 지금까지 잠들어 있었거나 아니면 억누르고 있었던 감정을 송두리째 끌

239

어내는 듯한 체험이었다.

무관심한 반응에 분개하지 않을까 싶어 연주자를 봤지만, 소녀는 조금도 아랑곳하지 않고 등장했을 때와 마찬가지로 인사 하나 하지 않고 사라졌다. 하지만 청중을 철저하게 무시하는 태도도 미코시바에게는 시원스럽게 보였다.

음악의 표현력만이 아니다. 그녀 안에는 더없이 단단한 강철이 들어 있다는 생각이 들었다. 그리고 참으로 이상하게도 그 사실을 아는 사람은 청중 중에 자기 한 사람뿐인 듯했다.

혹시 그녀의 음악 그 근간에 있는 것이 자기에게도 있는 걸까. 그래서 공통점이 서로 공명하는 걸까.

주위의 박수가 그친 뒤에도 미코시바는 계속 손뼉을 쳤다.

합창 발표회가 끝나자마자 이나미를 붙들어 소녀에 관해 물었다.

"아아, 그 피아노 잘 치는 애."

그냥 잘 치는 정도가 아니라 수준이 다르다는 말이 목구멍까지 치밀었다.

"작년에 입소한 애인데, 교정에 음악 교육이 유효하다나 해서 교관인 오마에자키 씨가 프로그램에 넣었어. 매일매일 아침부터 밤까지 피아노만 치고 있지. 이 소년원에선 처음 하는 시도라 여러 모로 주목받는 애란다. 그 애가 왜?"

"부탁이 있어요. 그 애 피아노를 또 듣고 싶어요."

"그 애 피아노를? 아니, 그런 고상한 데 흥미를 갖는 건 좋은 일이다만 그쪽은 여자 기숙사에 살잖냐. 간단히 갈 수 있는 게 아니지. 피아노 곡을 꼭 들어야겠으면 레코드나 테이프는 어떠냐."

무슨 일에나 감흥이 없어 보였던 미코시바의 반응이 뜻밖이었는지, 이나미는 교정 교육의 일환이라는 명목으로 특별히 카세트 플레이어와 피아노 곡이 담긴 테이프를 빌려 주었다.

클래식이 자신을 바꿔줄지도 모른다. 그런 기대에 가슴이 부풀어 재생 버튼을 눌렀으나 결과는 참담했다.

작은 스피커에서 흘러나온 음악은 단순한 음의 집합에 불과했다. 같은 베토벤의 〈열정〉인데도 그저 잡음으로만 들렸다.

역시 그 연주가 아니면 안 된다. 미코시바는 원내 매뉴얼을 이유로 주저하는 이나미를 붙들고 늘어졌다.

꼭 그 연주를 듣고 싶다.

레코드 같은 것으로 대신할 수 없다. 아마 다른 사람의 연주도 마찬가지일 것이다.

그 연주를 들으면 자신은 달라질 수 있다.

몇 번씩 애원했다. 평소 냉소적인 태도나 모범생 같은 반응만 보였던 미코시바가 집요하게 물고 늘어지는 모습은 이나미에게도 뜻밖이었을 것이다. 의료 담당 교관과 상의한 끝에 이나미는 얼마 뒤, 일주일에 한 번 체육관에서 소녀의 연주를 들을 수 있게 해 주었다.

"오마에자키 씨가 말이다, 그냥 피아노를 치는 것보다 청중 앞에서 연주하는 게 더 효과적일 가능성이 있다고 하지 뭐냐. 뭐, 서로 이해가 일치한 거지."

이나미는 별일 아니라는 듯이 그렇게 말했지만, 융통성 없는 원내 매뉴얼에 어긋나는 항목이 한두 개가 아니다. 결정권을 가진 사람에게 얼마나 머리를 숙여 부탁했을지 상상하기란 어렵지 않았다.

"고맙습니다!"

미코시바는 타산도 뭣도 없이 큰 소리로 말했다. 이나미는 눈을 둥그렇게 뜨더니 이윽고 쑥스러움을 감추듯 손을 흔들었다.

이렇게 해서 미코시바는 일주일에 한 번뿐인 행복한 시간을 누리게 됐다. 토요일 오후 1시부터 한 시간 동안 텔레비전 시청 시간을 이용해 체육관에서 소녀의 연주를 들었다. 명목상으로는 텔레비전 시청 시간을 쓰니까 누구나 청중이 될 수 있었는데, 처음 한두 번이 지나고 나니 결국 매번 들으러 오는 사람은 미코시바 한 명뿐이었다.

이 연주의 가치를 모른다는 말인가 하는 분개 반, 흡사 자신만을 위해 연주해 주는 듯한 우월감 반을 가슴에 품고 특등석에 앉는다. 이나미에게서 얻은 정보로는 작년부터 피아노를 치기 시작했다니 다양한 레퍼토리까지 바랄 수는 없었다. 한 시간 동안 소녀가 연주하는 것은 베토벤의 3대 피아노 소나타인 〈열정〉, 〈비창〉, 〈월광〉, 그리고 시간이 흐르면서 쇼팽이 추가된 정도였다. 하지만 미코시바에게는 그것으로 충분했다. 아니, 오히려 그 편이 좋았다.

첫인상이 워낙 강렬했던 탓인지 소녀가 연주하는 〈열정〉은 언제나 가슴속 깊은 곳에 와 닿았고, 몇 번을 들어도 흡인력을 잃지 않았다. 흡인력을 잃기는커녕 한 번 듣고 나면 또 듣고 싶어졌다. 경험은 없지만 마약이 이런 것일지도 모르겠다고 생각했을 정도다. 소녀가 천재적인 피아니스트라고 생각하지는 않았다. 몇 번 반복해서 듣다 보니 템포가 고르지 않거나 명백히 건반을 잘못 누른 부분을 알 수 있게 됐다. 음악을 아는 사람이라면 심지어 유치하다고 평가했을지도 모른다. 하지만 그렇다고 매력이 반감되지는 않았으므로 역시 소녀와 자신 사이에 자석처럼 서로 끌어당기는 게 있다고 생각할 수밖에 없었다.

어느 날 소녀를 감시하는 여자 교관이 급한 볼일로 자리를 떴을 때, 미코시바는 용기를 내어 말을 걸어 보았다.

"아, 저 말이야."

"어?"

두 번째 곡을 시작하려던 소녀는 연주가 중단되어 다소 골이 난 듯했다.

"미안. 언제나 좋은 연주를 들려 줘서 고맙단 말을 하고 싶어서."

"……고마워."

의례적인 웃음을 모르는 얼굴에는 널 위해 치는 게 아니라고 쓰여 있었다.

"내 이름은 미코시바 레이지야. 넌?"

"사유리. 시마즈 사유리."

"본명?"

"아니, 여기 들어와서 지은 이름. 하지만 마음에 드니까 나가서도 쓸 거야."

"이야기 들었어. 피아노 작년에 시작한 거라면서? 굉장한 재능인데."

"고…… 고마워."

칭찬하자 사유리는 고개를 들지 않았다. 칭찬에 별로 익숙하지 않은 것 같다. 미코시바는 그것도 의외였다.

"하루 종일 친다던데."

"응. 오마에자키 선생님이 나한테 그게 제일 좋다고 하셔서."

"교정 교육의 일환?"

교관의 지시라는 말을 들으니 아무래도 빈정거리는 투로 말하게 됐지만 사유리는 개의치 않고 고개를 끄덕였다.

"나도 그렇게 생각해. 피아노를 계속 치다 보면 뭔가 좋은 일이 일어날지도 모른단 생각이 들어."

"뭔가 좋은 일?"

"나 아주 나쁜 짓 했거든."

그야 그럴 것이다. 아니면 소년원에 수용돼서 새 이름을 받을 리 없다.

"정상이 아니었단 걸 이젠 알 수 있어. 지금 이대로는 안 된다는 걸. 하지만 피아노를 쳐서 다른 사람들한테 감동을 줄 수 있을 정도가 되면 바꿀 수 있지 않을까 싶어."

"바꾸다니 뭘?"

"잘 말 못 하겠는데……. 내 전부랑 내 앞날 전부."

불완전한 설명이었지만 하려는 말은 이해할 수 있었다. 그래서 장난으로 물어봤다.

"인간이 그렇게 간단히 달라질까?"

"선생님은 달라질 수 있는 인간이랑 달라질 수 없는 인간이 있다고 하셨어."

"그래? 차이가 뭔데?"

"과거의 자기를 죽일 수 있는 힘이 있느냐 없느냐래. 잘 모르겠지만."

과거의 자신을 죽인다. 그게 무슨 의미인지 물으려는데 훼방꾼이 나타났다.

"거기 너희 둘! 이야기는 그만해! 이 한 시간은 피아노 연주하고 감상만 가능하다고 했지?"

손뼉을 짝짝 치며 두 사람 사이로 들어왔다. 사유리와의 대화는 그것으로 끝나고 피아노 연주가 다시 시작됐다.

미코시바는 여느 때와 같은 피아노 소리에 몸을 내맡겼다.

그러나 사유리가 마지막으로 남긴 말은 언제까지고 귓전에 들러붙어 사라지지 않았다.

피아노 곡 하나가 인간을 바꿔 놓는 게 가능할까.

미코시바에게는 그것을 긍정할 근거도 부정할 근거도 없었지만, 객관적으로 생각하면 대단히 꿈같은 이야기, 망상으로 보였다.

하지만 그 한 곡이 계기가 되어 잠들어 있던 감정이 깨어
난다는 것은 지극히 납득할 수 있었으므로, 미코시바는 그
가설을 받아들이기로 했다.

실제로 사유리의 피아노를 듣게 된 이후 미코시바의 내면
은 확실하게 변했다. 마모돼 있었던 여러 감정이 서서히 되
살아나기 시작했다.

예를 들면 가키자토가 라이야나 지로에게 하는 행동이 무
척 불쾌하게 느껴지기 시작했다. 타인에게 동정도, 공감도
느껴 본 적 없는 자신이 대체 무슨 바람이 불었나 싶지만 어
쨌거나 화가 나니 어쩔 수 없다. 라이야와 이야기할 때는 어
째서 이 사람이 그렇게까지 진실을 감추려고 하는 건지 궁
금했다. 지로를 대할 때는 말 못 하는 입술이 무슨 뜻을 전하
려고 하는지 온 신경을 집중하게 됐다.

또 주위의 평범한 것들에 마음이 움직이게 됐다. 원예 실
습에서 접하는 꽃들, 꽃잎의 색깔과 감촉과 냄새. 감각 기관
을 덮고 있던 두꺼운 베일을 벗은 것처럼 모든 게 청신하게
느껴졌다. 눈이 번쩍 뜨이는 기분이었다. 세상이 이토록 풍
요로운 색채와 냄새로 가득했나. 흘러나오는 피의 색보다
더 선명한 게 있었다. 살냄새보다 향기로운 게 있었다. 그리
고 단말마의 비명보다 심금을 울리는 소리가 있었다.

가슴속에 자리 잡고 있던 공동은 새로 흘러든 것들로 빈 틈없이 메워졌다.

그 이래로 말을 주고받을 기회는 없었지만, 일주일에 한 번 하는 한정 콘서트에는 매번 갔다. 사유리 본인은 여전히 무뚝뚝했지만, 손가락이 자아내는 음악은 들을 때마다 표현이 치밀해지고, 그리고 표현력이 더 풍부해진다는 인상을 받았다. 연주자와 청중의 의식이 공명한다는 느낌까지 들었다.

그리고 자책의 나날이 시작됐다.

대체 왜 사람을 죽일 생각을 한 걸까.

게다가 그렇게 어린, 아무것도 모르는 여자애를. 미도리는 죽기 직전까지 자신을 다정한 오빠라고 믿어 의심치 않았는데. 살아 있었다면 앞으로 즐거운 것, 아름다운 것들을 더 많이 만날 수 있었을 텐데.

생명의 숨결을 뽑아 버리는 쾌감도, 칼로 육체를 찌르는 감미로운 감촉도 이제는 빛을 잃었다. 어째서 그런 일에 푹 빠져 있었을까. 그런 건 야생동물의 본능이다. 자신의 눈과 귀와 코, 그리고 손가락은 더 훌륭한 것을 감상할 수 있건만.

새삼 자신이 얼마나 큰 죄를 지었는지 깨닫고 겁에 질렸다.

돌이킬 수 없는 짓을 하고 말았다.

한 소녀가 인생을 살며 누렸을 기쁨과 다정함, 슬픔과 동정, 애달픔과 사랑스러움. 그 모든 것을 자신이 송두리째 빼앗고 말았다.

미도리는 이제 아무것도 못 먹는다. 자신은 하루 세 끼가 보장되는데.

미도리는 이제 아무것도 못 느낀다. 자신은 매일 벅찰 정도로 감각을 맛보는데.

그리고 아아, 미도리는 이제 음악을 들을 수 없다. 베토벤의 격정도, 쇼팽의 화려함도, 모차르트의 유려함도 결코 알 수 없다.

꿈에 미도리가 나타나기 시작한 것은 그 무렵이었다.

왜 죽었느냐고 미도리가 책했다.

왜 자신이었느냐고 따졌다.

아무런 대답도 못 하고 도망치는데, 아무리 도망쳐도 미도리가 쫓아왔다. 출구는 없다. 이윽고 막다른 골목에 몰려 용서를 빌려고 해도 입에서 말이 나오지 않았다.

몸이 꼼짝도 하지 않았다. 시선을 돌릴 수 없었다. 눈동자가 혼탁해진 미도리의 얼굴이 눈앞으로 닥쳐든다.

밤중에 소리를 지르며 벌떡 일어나곤 했다. 이불을 움켜쥔 손에서 땀이 뚝뚝 떨어졌다. 목은 사막처럼 말라붙고, 심장은 부서질 것처럼 빠르게 뛰었다. 그대로 잠드는 게 무서워

서 창문으로 아침 햇살이 비쳐들 때까지 꼬박 뜬눈으로 지새
우는 나날이 이어졌다.

그 사건은 바로 그런 때 일어났다.

3

사건의 발단은 궁지에 빠진 쥐가 고양이를 문다는 그것이
었다.

연말이 얼마 남지 않은 어느 날 체육 시간이었다. 숨이 차
서 계단참에서 발을 멈춘 라이야에게 여느 때처럼 가키자토
가 치근대기 시작했다.

"아니, 이런 또 네놈 잘하는 '이제 한계입니다' 포즈냐? 그
나저나 네놈은 주둥이 놀리는 것만큼 연기를 잘하진 못하는
군. 이 빌어먹게 추운 날에 땀이 나는 건 체온 조절이 순조
롭다는 증거다. 호흡이 거친 건 심장이 튼튼하다는 증거고."

하나부터 열까지 트집이나 다름없는 말이다. 가키자토는
라이야의 머리를 쿡쿡 지르며 계속해서 빈정거렸다.

"연기, 아니에요."

"그러니까 말이다, 입으로 거짓말해도 몸은 정직하다고
하잖냐. 아무튼 네놈 하는 말은 난 한마디도 안 믿는다. 하

250

여간 고생이라니까, 네놈하고 하는 대화는. 분명히 네놈 엄마도 그랬겠지."

어머니라는 말에 라이야가 움찔했으나 가키자토는 못 알아차린 듯했다.

"입에서 나오는 소리는 죄 거짓말이지, 뭘 명령하면 금세 대충 하려고 들지. 야단을 치면 겉으로는 순종하는데 눈이 음험하게 일그러져 있어. 보나마나 옛날부터 그랬겠지. 하여간 네놈 엄마가 안됐다."

"엄마한테는 거짓말 안 했어요."

"호오? 그건 말이야, 네놈 엄마가 지적을 안 해서 네놈이 거짓말했다는 걸 자각 못 하는 것뿐이다. 엄마도 네놈이 정직하든 거짓말쟁이든 상관없었고."

"아니야."

"아니, 맞아. 네놈 말이 거짓말인 걸 알면서 대충 말을 맞춰 준 거다. 거짓말쟁이 엄마도 거짓말쟁이니까."

갑자기 라이야가 가키자토에게 덤벼들었다.

말릴 겨를도 없었다.

허를 찌른 급습에 가키자토가 바닥에 쓰러지자 라이야가 그 위에 올라탔다.

"취소해."

라이야가 가키자토의 목을 쥐었다.

"방금 한 말 취소해."

몸을 앞으로 숙여 두 손목에 체중을 실었다. 가키자토의 얼굴이 금세 벌게졌다.

이 소동을 방관자로서 즐길 여유는 이미 없었다. 미코시바는 남 일에 끼어들지 말라고 제지하는 자신을 뿌리치고 라이야에게 달려갔다. 등 뒤에서 라이야를 붙든 채 함께 옆으로 쓰러졌다. 아무리 손목에 전 체중을 가하고 있어도 자신과 비슷한 체중이 한 방향으로 움직이면 버티지 못한다.

"이거 봐."

몸부림치는 라이야를 애써 붙들며 주위에 들리지 않을 목소리로 속삭였다.

"저런 녀석 목을 조르면 손만 썩어."

"상관 마!"

"게다가 그런 식으로 졸라 봤자 안 죽어. 엄지를 목울대에 대고 중지로 경동맥을 눌러야지."

순간 라이야가 흠칫해서 저항을 멈추었다.

그사이 가키자토가 간신히 일어섰다. 목에 손을 대고 헛구역질을 하며 어둡게 타오르는 눈으로 라이야를 노려봤다.

이대로 라이야를 붙들고 있으면 가키자토의 생각대로 될 것이다. 그렇다고 놔 주면 아까 같은 일이 되풀이될 뿐이다.

자, 이걸 어쩐다. 진퇴양난의 상황에서 구원의 목소리가 들려왔다.

"뭐 하는 거냐!"

뒤에서 이나미가 달려왔다.

꺼끌꺼끌해서 귀에 거슬리는 이나미의 목소리에 지금은 안도감을 느꼈다.

"가키자토 선생, 이게 대체 무슨 소란이지?"

"저, 저게 갑자기 나한테……."

"갑자기? 그건 이상하군. 계단 오르내리기를 하다 말고 아무 이유도 없이 선생한테 덤벼들었다고? 말다툼도 전혀 없었는데?"

"아니…… 그건."

"그쪽은 어떠냐. 이제 진정했냐?"

"네."

라이야의 입을 막으며 미코시바가 대답했다.

"그래. 아무튼 원내에서 폭력 사태는 금지 사항이니 말이지. 사정은 나중에 쌍방의 말을 듣고 보고서를 작성하마. 자, 다들 뭐 하는 거냐. 어디 구경났냐? 얼른 코스 계속 못 해!"

그 말을 들은 순간 가키자토의 눈에 불안의 빛이 어렸다.

먼저 손을 댄 사람은 라이야가 맞지만 씨를 뿌린 사람은 가키자토다. 교관이라는 입장이니 더더욱 책임을 면할 수 없을 것이다.

미련이 남은 듯한 가키자토를 미는 이나미와 순간 눈이 마주쳤다.

네 편을 든 게 아니다. 그렇게 말하는 듯한 눈빛이었다.

원내에서의 폭력 행위는 장소와 입장을 무시했다는 점과 질서를 어지럽혔다는 점에서 이중으로 처벌되는 사안이다. 당연히 처분에 대한 판단도 일찍 내려져 라이야는 무기한으로 반성실에서 지내게 됐다. 한편 싸움의 원인을 만든 가키자토는 저항하지 않았다는 항변이 주효했는지 경미한 징계만 받고 끝났다.

소년이라도 죄인은 죄인이다. 처벌이 일방적인 것도 당연하다면 당연하지만, 미코시바는 어떻게 할 수 없는 노여움과 부조리함을 느꼈다. 지로는 모습이 보이지 않는 라이야 때문에 몹시 마음 아파하는 표정이었다. 이 거인은 생각이 모조리 얼굴에 드러나는지라 말을 하지 않아도 눈빛과 동작에서 감정을 대체로 읽을 수 있었다.

"그 녀석은 괜찮아. 체육하고 실과 빠져도 되니까 오히려 잘됐지, 정도로 생각할 거야."

그래도 지로는 도리질하듯 계속해서 고개를 흔들었다.

"평소 같으면 그런 도발, 태연하게 넘겼을 텐데. 역시 키워드는…… 어머니였겠지."

"우우."

이건 동의한다는 말이다.

라이야와 어울리다 보니 저절로 지로와 함께 있는 일이 늘었다. 처음에는 의사소통도 쉽지 않았지만, 함께 지내는 사이에 대략적인 의사는 알 수 있게 됐다. 지로의 감정 표현이 단순 명쾌하다는 게 한 가지 이유고, 미코시바가 그것을 읽어 내려고 신경을 집중했다는 게 또 하나의 이유였다. 게다가 필기도구만 있으면 간단한 필담도 가능했다.

익숙해지고 나니 지로와의 대화는 기분 좋았다. 무슨 말을 해도 상대방은 고개를 끄덕이거나 좌우로 흔들거나 할 뿐 반박도 촌평도 하지 않는다. 그저 묵묵히 들어만 준다.

"라이야가 어머니에 대해 무슨 말 한 적 있어?"

지로는 얼마 동안 생각하더니 이내 난처한 표정을 지었다.

"들은 적은 있지만 진짜인지 아닌지 자신 없어?"

지로가 고개를 끄덕거렸다.

"그럼 자신 가져도 돼. 라이야는 너한테만은 거짓말 안 하니까."

지로가 의아한 표정으로 미코시바를 쳐다보았다.

"아니, 확증이 있는 건 아니지만. 어쩐지 그런 생각이 들거든."

결국 라이야의 처분은 2주 만에 풀렸다. 장기간의 독방 생활이 힘들지 않았을 리 없는데, 그것을 겉으로 드러낼 라이야가 아니다. 반성실에서 나오자마자 2주간 쌓인 허풍과 독설이 봇물 터지듯 쏟아져 나왔다.

"아무튼 반성실은 아주 쾌적하단 말이지. 공부도 없지, 노동도 없지. 뭐, 결국 그거다. 소년원이 생각할 수 있는 벌칙 따위는 나한테 의미가 없다 이 말이야. 도대체 여기 인간들은 우리를 억누를 생각밖에 안 하는데 자꾸 억누르면 자랄 것도 못 자란다고."

"그래서 아무것도 안 하는 게 고통이 아니라고?"

"그런 건 평범한 인간이나 그렇지. 나처럼 두뇌가 탁월한 인간한테는 더없이 행복한 시간이다. 뭐랄까, 여기서 나가고 나서 성공하기 위한 장대한 계획을 세우고 있었거든."

"장대한 계획…… 라이야, 변호사 되는 거 아니었어?"

"변호사가 되고 난 다음의 석세스 스토리인 거야. 일단 서민의 친구 같은 건 못써. 그런 건 유행도 아니고 가난뱅이의 입소문으론 가난뱅이만 모이니까. 어디 보자, 나라를 상대로 한 공해 소송 아니면 언론에서 주목하는 중대 사건. 그런 사건으로 예상을 뒤집고 역전 승소. 판결 후 기자 회견 자리에서 난 불우한 의뢰인을 위해서라면 상대가 국가가 됐든 법률이 됐든 싸울 거라고 선언하는 거지……. 어떠냐, 이 계획."

"꽤나 드라마틱한데."

"그래. 그 드라마틱한 게 핵심이야. 인간은 말이다, 잇속만으론 안 돼. 돈 있는 곳에 사람 모인다고 하는데, 돈에 대의명분까지 따라붙으면 더 쉽게 모이거든. 그리고 대의명분은 더 드라마틱할수록 좋다. 인간은 결국 다들 돈이니까. 그거밖에 없어. 하지만 거기에 드라마가 있으면 타인도 자기도 속여 넘길 수 있는 거다."

"훌륭하신 말씀 중에 미안한데."

느닷없이 끼어든 목소리에 흠칫 놀라 돌아보자 가키자토가 서 있었다.

"무, 무슨……."

"너한테 편지 왔다."

새하얀 봉투를 라이야에게 내밀었다.

"어머니다."

그 말을 들은 순간 라이야의 얼굴에서 대담함이 사라졌다. 봉투를 낚아채듯 받아 들고는 미코시바와 지로를 버려 두고 달려가 버렸다.

자신들 앞에서 편지를 뜯어 볼 용기가 없는 것이리라고 미코시바는 짐작했다. 분명 어머니에 관해서는 허세를 부릴 수 없을 것이라고.

징벌에서 막 풀려난 사람에게 꽤나 악질적인 짓을 한다고 생각하며 가키자토를 보자, 그는 웃고 있었다.

자애 어린 웃음은 아니었다.

계략을 즐기는 잔인한 웃음이었다.

미코시바는 흠칫해서 라이야를 쫓아갔지만 그의 모습은 이미 시야에서 사라지고 없었다.

이튿날, 순찰을 돌던 교관이 라이야의 방에서 그의 시체를 발견했다.

처음에 그 말을 들었을 때는 농담이라는 생각밖에 들지 않았다. 빈정거림과 거짓말로 온 세상에 대항했던 라이야가 자살했다고?

자살이나 자해가 쉽지 않은 방에서 라이야가 취한 방법은 혀를 빼문 채 책상 위에서 뛰어내려 낙하의 충격으로 혀를 끊는 것이었다. 그래도 즉사하지 못한 듯 엄청난 양의 피를 토하며 바닥을 뒹군 흔적이 남아 있었다. 자정이 지나 실행한 탓에, 깊이 잠들어 소리를 듣지 못했던 미코시바는 그 이야기를 듣고 웩웩 토했다.

원생의 자살은 역시 소년원 측에도 중대한 스캔들인지 아침부터 교관들이 긴장한 표정으로 여기저기 뛰어다녔다. 그런 소란스러운 분위기 속에서 이나미를 붙들 수 있었던 것은 순전히 우연이었다.

"가르쳐 주세요. 라이야가 왜 자살한 건가요?"

"내가 알겠냐. 자살한 이유는 본인 아니면 몰라. 그보다 넌 네 자리로……."

"편지가 원인 아니에요? 어제 가키자토가 라이야한테 준 어머니 편지!"

이나미가 안색이 달라져서 고함쳤다.

"그 이야기 어디서 들었냐!"

"듣고 뭐고, 가키자토가 우리가 보는 앞에서……."

"'우리'가 너하고 누구야!"

"지로요."

"너 이리 와."

이나미가 억지로 끌고 간 곳은 미코시바의 방이었다. 방에 밀어 넣어지기 직전, 막 주인을 잃은 5호실이 시야를 스쳤다.

"이 시간엔 아무도 이 앞을 안 지나. 한 번 더 물으마. 편지를 건네주는 걸 본 사람이 너하고 지로뿐인 게 사실이냐?"

"네."

"그럼 그 이야기는 어디 가서 절대 하지 마라. 다른 원생은 물론이고 직원한테도 말하지 마. 네 입에서 새어나갔다는 걸 알면 가만 안 둔다."

"조건이 있어요."

"뭐라고?"

"교관님이 아는 걸 전부 가르쳐 주세요. 그럼 저도 입 다물고 있을게요."

"주제에 거래라도 하자는 거냐?"

"옆방에 있던 녀석은 그런 걸 아주 잘하는 녀석이었어요. 남보다 두 배 세 배는 말이 많고 교관님까지도 말로 적당히 따돌렸죠. 그렇지만 이제 두 번 다시 말을 안 해요. 숨도 안 쉬어요. 그 녀석이 죽었을 때 전 옆방에서 박박 코 골면서 자고 있었어요. 그게 대체 어떤 기분인지 교관님은 아세요?"

이나미의 팔뚝을 꽉 잡은 두 손이 점차 감각을 잃었다. 반대로 가슴속에서는 검고 뜨거운 덩어리가 치밀었다.

"안 가르쳐 주면 여기저기 떠벌리고 다닐 거예요."

얼마 동안 미코시바를 내려다보던 이나미는 이윽고 "젠

장" 하고 중얼거리고는 미코시바를 방 안쪽으로 데려갔다.

"알겠냐. 그 녀석하고 제일 친했던 게 너니까 사실만은 가르쳐 주마. 사실만이니까 그게 어떤 식으로 작용해서 그 녀석을 몰아붙였는지는 아무도 설명할 수 없어. 그러니까 누굴 벌할 수도 없고 네가 누굴 규탄할 수도 없는 거다. 그 점을 먼저 확실하게 머리에 박아 놔라."

이나미는 그렇게 못부터 박고 나서 맛없는 것을 먹는 듯한 표정으로 이야기를 시작했다.

어머니 편지는 책상 위에 그대로 놓여 있었기 때문에 본인의 유서로 착각한 교관이 바로 읽어 봤다.

내용은 말하자면 절연장이었다.

라이야가 받은 판결은 소년법으로는 최고형에 해당되는 징역 15년이었다. 죄상은 부친 살해. 15년은 물론 갱생 여하에 따라 대폭 단축될 수 있지만, 담당 교관과 관계가 좋지 못한 라이야에게는 연이 없는 이야기였다.

아버지를 살해한 것은 어머니가 거듭 당하는 폭력을 막기 위해서였다. 어머니를 지키기 위한 행위였지만 사법은 존속 살인에 특히 엄격했다. 하지만 라이야는 어머니가 기다려 줄 것이라고 믿었던 모양이다. 자신은 어머니를 지킨 결과 여기 있는 것이니까.

그런 상황에서 가키자토가 어머니에게 편지를 보냈다. 지난번 폭력 사태가 있은 직후, 그에 대해 보고하면서 라이야의 진급이 점점 더 위태롭다는 말을 덧붙였다.

그 한마디에 어머니는 결심했다. 어머니에게는 전부터 재혼 이야기가 있었는데 거기에 걸림돌이 되는 게 라이야의 존재였다. 지극히 당연한 이야기다. 그렇지 않아도 혹 딸린 재혼인데, 그 혹이 아버지를 살해한 복역수라면 제 아무리 도량이 넓은 남자라도 줄행랑을 칠 것이다.

"징역 15년이면 출소할 때쯤 녀석은 스물아홉 살. 소년원 갔다 왔고 서른이 다 된 남자가 취직하긴 쉽지 않지. 재혼을 원하는 어머니한테는 혹 정도가 아니라 악성종양이야."

"그래서 연을 끊었다고요?"

"옛날 같으면 호적을 팠겠다만 그 녀석 경우는 더 간단해. 본인한테 안 알리고 이사하면 그만이니까. 편지엔 자기들은 자기들끼리 열심히 살아서 행복해지겠다, 그러니까 너도 네 행복은 네 손으로 얻어 내라…… . 그렇게 쓰여 있더라."

"허울 좋은 소리 하고 있네. 방해된다고 잘라 버린 거잖아요."

"그렇게 말하지 마라. 애 둘 데리고 있는 입장에서 다른 방법이 없었던 거야. 어머니는 조기 퇴소를 바랐는데 거기에

262

부응하려 들지 않은 녀석한테도 잘못은 있어."

"자살해야 할 정도로 큰 잘못인가요?"

그렇게 묻자 이나미는 대답하지 못했다.

라이야가 어머니를 얼마나 좋아했는지 본인에게 들은 적은 한 번도 없다. 하지만 그의 죄상이 아버지 살해였다는 사실과 어머니라는 말에 보인 반응을 조합해 보면, 어머니를 그리워하는 마음이 결코 작지 않았으리라는 것은 쉽게 추측할 수 있었다.

"가키자토는⋯⋯."

"가키자토 교관님이다. 말조심해."

"가키자토 교관님은 어떤 책임을 지죠?"

"원생의 생활 태도와 처분을 보호자한테 알리는 건 교정국 직원의 업무 중 하나다. 육친의 편지를 본인에게 전달하는 건 의무고. 그 녀석 자살에 책임져야 할 이유가 없어."

"그래도 타이밍이란 게 있죠! 반성실에 있는 동안 어머니한테 몽땅 폭로해 버리고, 막 나와서 지쳐 있을 때를 노려서 절연장을 전하다니⋯⋯ 살인자는 어느 쪽이죠?"

"말 함부로 하지 마라." 이나미가 눈을 부릅뜨고 노려보았다. "편지를 건넨 장본인도 충격이 크니까. 벌써 사흘째 출근도 못 했다. 교정국의 징계를 안 받는거야 당연하지만 그 이

전에 본인이 자책하고 있어."

그런 걸 어떻게 믿나. 미코시바는 속으로 중얼거렸다. 편지를 줄 때 가키자토는 웃고 있었다. 라이야의 반응을 계산하고 그 뒤의 전개까지 내다본 의기양양한 웃음이었다.

원생의 사망은 교정 관구장에게 보고해야 하는 사안이지만, 자살이 관구를 뒤흔들 정도의 사건은 아니다. 여기 간토 의료 소년원뿐 아니라 전국의 소년원을 합치면 연간 십수 명이 자살한다. 라이야는 그중 한 명에 불과했다.

시신을 거둘 사람이 없는 원생이 사망한 경우 장례는 원내에서 치른다. 이건 소년원 처우 규칙이라는 법령으로 정해져 있는 모양이다.

나흘만 있으면 섣달그믐이었지만 이곳에 연말 특유의 분주함은 없다. 있는 것은 기만적인 정적뿐이다.

하늘은 짙은 잿빛이었다. 바람이 뺨에 날카롭게 꽂히는 게 당장이라도 눈이 날릴 것 같다.

라이야의 장례식에는 원장 이하 교관 대다수와 희망하는 원생들이 참석했다. 가키자토의 모습은 보이지 않았다.

우소자키 라이야의 본명이 이소자키 라이야라는 사실을 그때 처음 알았다.

눈물은 나지 않았다. 슬픔보다 분노가 가슴을 메웠기 때문이다.

그러나 지로는 장례식이 시작되기 전부터 내내 울고 있었다. 주위의 시선에도 아랑곳없이 체면 따위 상관하지 않고 계속 울었다. 몸속의 수분이란 수분이 전부 흘러나오는 게 아닐까 싶을 만큼 울었다. 명확한 발어가 불가능한 입에서 어우어우 짐승이 으르렁대는 듯한 소리가 계속해서 새어나왔다. 담당 교관이 나무랐지만 도저히 그칠 수 있는 게 아니었다.

화장되어 조그만 납골 단지에 들어간 라이야는 가매장이라는 형태로 땅속에 잠들었다. 가매장이라고? 하지만 이나미의 이야기를 듣기로 어머니가 유골을 가슴에 품을 가능성은 전무에 가깝다. 십중팔구 라이야의 유골은 줄곧 연고자 없는 시체로 취급되다가 흙으로 돌아갈 것이다.

늙은 승려의 독경과 지로의 오열을 배경으로 장례식은 별 탈 없이 진행됐다.

지로가 어깨를 친 것은 그다음 날, 텔레비전을 보던 중이었다.

돌아보자 지로는 눈이 여전히 새빨갛게 부어 있었다.

"왜?"

그렇게 묻자, 지로는 절박한 표정으로 미코시바를 눈에 띄지 않는 곳으로 끌고 가려 했다. 교관에게 자리를 이동한 다고 알린 다음 지로를 따라간 곳은 아무도 없는 남자 화장실이었다.

"대체 무슨 일인데? 더 울어야겠으면 차라리 여기서⋯⋯."

그러나 지로는 고개를 흔들고는 손가락으로 자신의 몸을 가리켰다가 이어서 벽을 가리켰다.

"벽?"

답답하다는 듯 또 고개를 흔들고 몇 번씩 벽을 가리켰다. 그것을 보고 비로소 이해했다.

"⋯⋯바깥?"

지로는 고개를 크게 끄덕였다.

"여기서 도망치자고?"

또 끄덕였다.

"갑자기 왜 그러는데?"

목소리를 낮추어 묻자 지로는 고개를 천천히 흔들었다. 전부터 계획했다는 건지 아니면 어쩔 수 없다는 건지 판단이 서지 않았다. 그러나 미코시바의 위팔을 잡은 손아귀의 힘으로 지로가 진심이라는 것만은 알 수 있었다.

탈주는 원생에게 그렇게 비현실적인 이야기는 아니다. 교도소와 규율은 동등해도 교정 시설이라는 대외적 명분 탓에 감시 체제는 비교적 허술하다. 과거에도 전국의 소년원에서 탈주 사건이 빈번히 일어났다. 하지만 간토 의료 소년원은 그중에서도 감시가 가장 엄중하다고 들었다.

"탈주에 성공해도 어차피 금세 붙들려."

소년원 주변은 교통편이 나쁘기 때문에 단시간에 멀리까지 도망칠 수 없다. 그러다 보니 소년의 다리로 낯선 지역을 헤매다가 붙들리고 만다. 기다리는 것은 혹독한 질책과 입소 기간 연장이다.

지로도 앞뒤 가리지 않고 행동할 만큼 바보는 아니다. 믿고 의지했던 라이야가 그런 식으로 죽는 바람에 동요했을 것이라고 생각했다. 그러니 계획이 얼마나 무모한지 설명하면 이윽고 단념할 것이라고 만만히 생각했다.

그러나 지로의 결심은 달라질 기색이 없었다. 여느 때는 엷게 웃음을 짓고 있던 얼굴이 지금은 입을 한일자로 굳게 다문 채 미코시바를 꼼짝 않고 내려다보았다.

오른손 검지가 화장실 벽을 따라 움직이기 시작했다. 필담이다. 미코시바는 손가락의 잔상에서 지로의 말을 읽어 냈다.

—나도 죽을지 몰라.

"왜?"

—여기는 지독한 곳이야. 라이야처럼 강한 녀석도 죽임을 당했어.

"라이야는 강하지 않았어."

—그렇지만 난 약해. 무서워.

"밖에 나가서 어쩌려고? 누가 숨겨 줘? 도와주냐고."

—나도 엄마 보고 싶어.

아아, 그런가. 미코시바는 문득 이해했다. 모든 면에서 정반대였던 라이야와 지로의 공통점은 그것이었나.

미코시바는 라이야와 지로가 약간 부러워졌다. 자신은 처벌하려면 하라는 듯 교관에게 덤벼들거나 보고 싶다는 일념으로 탈주를 생각할 만큼 어머니가 그립지 않았다. 마지막으로 어머니를 만난 것은 감별소에서였는데, 정면에서 얼굴을 봐도 아무런 애정도 느끼지 못했다.

—도와줘.

"내가? 뭘 말이야."

—혼자선 무리야. 레이지가 도와주지 않으면 못 해.

그런 의리는 없다. 그렇게 말하려는데 느닷없이 지로가 부둥켜안았다.

"어우우, 어우우."

힘 조절을 안 하는지 순간 숨을 못 쉴 뻔했다. 힘을 늦추라고 팔을 두어 번 쳐도 떨어지려 하지 않았다.

"알았어, 알았으니까 좀 놔"라고 대답하는 수밖에 없었다. 기꺼이 승낙하는 건지 마지못해 하는 건지는 스스로도 잘 알 수 없었다.

승낙하고 나서 후회했지만, 막상 계획을 세울 단계가 되자 이상하게도 성공할 것 같은 생각이 들었다.

소년원의 콘크리트 담장 높이는 약 3미터. 사다리라도 없으면 손이 닿지 않는다. 하지만 딱 한 곳 빠져나갈 구멍은 있었다. 병동과 체육관을 잇는 연결 통로에서 몇십 미터 더 간 곳에 취사동이 있는데, 그 뒤쪽으로 높이 2.4미터의 철조망 펜스가 있었다. 다시 말해 취사동 지붕을 타고 공터로 내려가면 철조망을 기어올라 손쉽게 밖으로 나갈 수 있는 것이다.

원래는 취사동이 담장 역할을 하기에 뒤쪽을 볼 수 없는데, 직원이 무심코 흘린 한마디를 취사 당번이던 지로가 듣고 알았다. 지로가 말을 못 한다고 직원이 저도 모르게 방심했을 것이다.

그 사실은 지로 말고는 아무도 모른다. 그리고 지로만 안다는 것은 소년원 측도 그에 대처하지 않았다는 뜻이다. 즉 절호의 탈출 루트다.

문제는 타이밍이었다. 체육관에서 이동할 때는 원생 스무 명에 최소한 교관 세 명이 동행한다. 기회를 봐서 도망쳐도 철조망을 기어오르는 사이에 따라잡히고 끝이다. 철조망 너머에 내려서서 직원이 추적하기 어려워질 때까지 시간을 벌어야 한다.

그럼 다들 잠든 심야에? 그것도 아주 안전하다고는 할 수 없다. 밤 9시에 점호를 하면 아침 6시까지 직원이 20분 간격으로 순찰을 돈다. 20분 사이에 취사동으로 가려도 방문은 안에서 열 수 없다.

역시 9시 점호 전에 행동하는 수밖에 없다. 미코시바는 머리를 쥐어짠 끝에 가까스로 작전 비슷한 것을 세웠다.

그날 미코시바는 다른 원생들과 함께 텔레비전 앞에 있었다. 지로는 뒤쪽 구석에 대기하고 있다. 문 입구에는 교관 한 명.

화면에서는 인기 개그맨이 자신의 하나뿐인 개그를 선보이고 있었다. 다른 원생들은 배를 잡고 웃지만 미코시바는 얼굴만 웃는 표정이다. 시선은 텔레비전을 향하고 있지만 신경은 주위를 탐색하고 있다. 미코시바의 위치는 텔레비전 볼 때 인기가 없는 왼쪽 가장자리. 교관의 모습이 바로 보인다.

8시가 넘어가자 교관의 눈꺼풀이 몇 번씩 감겼다가 도로 올라갔다. 어제 이 교관도 순찰을 돌았으니 잠을 별로 못 잤을 것이다. 수면 부족이면 당연히 주의력이 떨어진다. 그 점을 고려해서 오늘을 실행일로 정했다.

8시 반. 마침내 교관이 꾸벅꾸벅 졸기 시작했다.

기회다.

미코시바가 눈짓으로 신호를 보내자 지로가 슥 일어나 교관에게 다가갔다.

"뭐냐, 나쓰모토."

지로는 가랑이를 잡아 화장실에 가고 싶다고 알렸다.

"소변이냐. 좋아, 5분 안에 갔다 와라."

미코시바가 즉각 손을 들었다.

"죄송합니다, 저도 가고 싶은데요."

"너도? 좋아, 같이 갔다 와라."

"전 큰 거라서 5분은 좀……."

"10분! 얼른 가!"

미코시바는 고개를 꾸벅 숙이고 지로와 함께 교관 옆을 지났다.

확보한 시간은 10분. 하지만 저 모습을 보면 5분 연장도 가능할 것이다. 합해서 15분. 그 정도면 취사동 지붕을 타고

271

공터로 내려가 철조망을 기어 올라갈 시간을 빼고도 충분히 여유가 있다. 그리고 지로가 도망친 뒤 혼자 돌아와 '지로가 위협해서 하는 수 없이 망을 봤다'고 주장하면 된다.

다행히 후추 시내에 지로의 친구가 있는 모양이다(어떤 친구인지는 일부러 묻지 않았다). 물론 거기까지 가려면 교통기관을 몇 번 갈아타야 하지만 그 부분은 운에 맡기는 수밖에 없다. 어쨌거나 철조망만 넘으면 광명이 보인다.

두 사람은 오락실에서 통로로 나왔다. 화장실은 20미터 떨어진 곳에 있는데 그쪽에서 오는 사람은 아무도 없었다. 화장실에 도착해 두 사람이 동시에 숨어들었다.

벽 뒤에 숨어 문을 지키는 교관을 엿보았다. 됐다! 교관은 이쪽을 등지고 있었다.

미코시바와 지로는 소리를 죽이고 화장실에서 뛰쳐나와 체육관을 향해 달려갔다.

통로 천장에 달린 형광등은 불빛이 침침했지만 그래도 두 사람의 모습을 똑똑히 비추었다. 섣달그믐인 지금 난방이 안 되는 통로는 기온이 매우 낮을 텐데도 긴장한 탓인지 추위가 느껴지지 않았다.

신발 밑창에서 나는 소리가 통로 전체에 울려 퍼지는 듯한 착각이 들었다.

이 정도로 청각에 신경을 집중한 것은 사유리의 피아노를 들을 때 이래로 처음인데. 그런 생각을 하는데 멀리서 뚜벅뚜벅 발소리가 들려왔다.

원생이 신는 신발 소리가 아니다. 미코시바는 허둥지둥 지로와 함께 튀어나온 기둥 뒤에 숨었다. 미코시바는 그렇다 치고 지로는 밖으로 약간 삐져나왔다.

제발 부탁이니까 이쪽으로 오지 마.

하늘에 빌며 지로와 몸을 붙이고 있으려니 도중에 모퉁이를 돌았는지 발소리가 서서히 멀어졌다.

안도감에 젖어 있는데 옆구리 언저리에 이물감이 느껴졌다. 손으로 만져 보자 지로의 바지가 펜 모양으로 솟아 있었다.

"이게 뭐야?"

미코시바가 묻자 지로는 약간 의기양양한 표정으로 주머니에서 뭔가를 꺼냈다.

미코시바의 눈에도 익은 지급품 칫솔 자루였다. 그런데 끄트머리가 송곳처럼 뾰족했다. 오랜 시간을 들여 날카롭게 간 듯, 플라스틱제인데도 살상 능력이 충분해 보였다. 전부터 갖고 있었나, 아니면 탈주를 대비해 호신용으로 만들었나.

"위험한 걸 갖고 있네. 이리 줘. 내가 갖고 있을 테니까."

지로는 불만스레 고개를 내저었다.

"주머니에 그런 걸 넣고 뛰어내리고 하면 다쳐. 게다가 만에 하나 붙들렸을 때 그게 나오면 더 안 좋은 인상을 준다고. 자, 이리 줘."

지로는 마지못해 칫솔 자루를 내밀었다.

이제 아무 소리도 들리지 않았다. 화장실 간다고 말하고 5분쯤 경과했을까. 이제 더 꾸물거릴 시간이 없다.

두 사람은 다시 달리기 시작했다.

지로는 열심히 뛰었다. 목표 지점 너머에 있는 것은 자유다. 미코시바도 질세라 달렸다. 미코시바는 지로가 억지로 망을 보게 시킨 것으로 말을 맞추었지만 이건 아무리 봐도 공범자다.

마침내 체육관 입구가 보였다. 연결 통로까지 이제 5미터 남았다.

성공이다, 하고 생각한 순간.

"거기 서!"

뒤에서 굵은 목소리가 날아들었다.

이나미였다.

"너희들, 거기서 뭐 하는 거지?"

큰일 났다. 이런 상황에서 변명이 통할 상대가 아닌데.

그때 순간적으로 한 행동을 스스로도 설명할 수 없었다.

"넌 가."

미코시바는 지로의 등을 떠밀고 몸을 돌려 이나미를 향해 돌진했다.

있는 힘껏 허리에 태클을 걸자 한쪽 다리가 불안정한 이나미는 뒤로 나동그라졌다.

"무, 무슨 짓이냐!"

"죄송해요. 도와주지 않으면 때린다고 협박해서요."

"이거 놔라, 너 자기가 뭔 짓을 하고 있는 건지 아는 거냐."

역시 어른의 힘은 달랐다. 허리를 붙들고 늘어져도 자신을 떼어 내려는 힘이 월등히 셌다. 머리카락을 잡히고 팔이 당겨져 이나미를 붙든 손이 벌써 풀리려고 했다.

지로가 딱 한 번 멈춰 서서 돌아보았다.

걱정 어린 표정은 이나미의 눈에 어떻게 비칠까. 계획의 실패를 걱정하는 것으로 보일까, 아니면 공범자를 두고 가는 망설임으로 보일까.

이 바보야, 얼른 가라니까!

뜻이 전해졌는지 지로는 연결 통로에서 취사동으로 향했다.

됐다.

이제 이나미를 얼마만큼 붙들어 놓을 수 있느냐에 따라 달렸다.

그때 얼굴에 주먹이 날아들었다.

콧구멍에 단내가 퍼지고 순간 의식이 멀어졌다. 팔에서 힘이 빠졌다. 이나미는 미코시바의 팔을 풀고 일어서려 했다.

아직은 안 돼.

왼손을 뻗자 이나미의 왼발 발목을 붙들 수 있었다. 불편한 쪽 다리지만 이제 정정당당이고 뭐고 없다. 미코시바는 몸을 굴려 발목을 끌어당겼다.

이나미가 다시 넘어졌다.

"이 자식이!"

이나미가 미코시바의 목덜미를 잡았다.

쓰러뜨릴까, 아니면 내동댕이칠까. 어느 쪽이든 다음번 공격으로 자신의 저항은 박살 날 것이다.

반사적인 행동이었다.

오른손에 들고 있던 물건으로 이나미의 왼쪽 허벅지를 찔렀다.

손으로 쥔 부분만 남기고 자루가 대부분 속으로 들어갔다.

"으아악."

이나미는 털썩 쓰러져 허벅지를 안고 뒹굴었다. 미코시바는 그 위로 몸을 숙였다. 입에서 나온 말은 어째선지 "죄송해요"였다.

위누르기 기술의 변형이라고 할지, 오른손으로 이나미의 입을 막고 또 한 손으로 상대방의 왼손을 눌렀다. 그리고 두 다리로 허리를 끼고 매달렸다. 어떤 처벌을 받게 될까 하는 생각이 머리를 스쳤지만 금세 사라졌다. 지금은 어쨌거나 1초라도 더 오래 이나미를 붙들고 있어야 한다.

이나미는 이제 별로 저항하지 않았다. 그리고 "후회는 없냐"라고 딱 한마디 물었다.

대답을 찾지 못했다.

이윽고 다른 교관들이 달려와 미코시바와 이나미를 떼어놓았다.

두 방쯤 얻어맞았지만 이상하게 기분은 상쾌했다.

4

상쾌한 기분 뒤에 최악의 소식이 기다리고 있었다.

하룻밤이 지나 그 소식을 물고 온 참새는 가키자토였다. 그보다 더 적임자는 아마 없을 것이다. 좋지 않은 내용이라는 것은 빈정거리는 웃음을 보면 한눈에 알 수 있었다.

"제 처분이 정해졌나요?"

"아니, 너보다 더 먼저 정해진 녀석이 있다."

"저보다 먼저라고요?"

"나쓰모토가 죽었거든."

잘못 들었거나 아니면 거짓말이라고 생각했다.

"안 믿는 얼굴이군. 그렇지만 현실이란 말이지. 나쓰모토는 어젯밤 취사동 뒤 철조망을 넘어 담장 밖으로 나가는 데까진 성공했다만 한 시간 뒤에 차에 치였어."

"거짓말."

"거짓말은 무슨. 시야가 안 좋은 교차로에서 승용차하고 접촉 사고가 났는데, 넘어지면서 머리를 세게 부딪치는 바람에 병원으로 실려 갔지만 처치도 하기 전에 죽었다는군."

지로의 죽음을 고할 때조차 가키자토는 엷은 웃음을 짓고 있었다. 그 모습을 보고 확신했다.

"아니, 그런…… 말도 안 돼."

"그 녀석이 위협해서 협조한 거라며? 잘된 일 아니냐." 가키자토는 입꼬리를 올리며 얼굴을 들이댔다. "난 그딴 소리 전혀 안 믿는다만. 어떠냐, 친구를 죽인 기분은?"

"죽였다고?"

"그럼. 나쓰모토는 여기 그냥 있기만 했으면 최소한 죽진 않았다. 네가 거들지 않았으면 녀석도 계획을 실행하진 않았겠지. 하지만 탈주에 성공했기 때문에 차에 치여 죽었다.

네가 죽인 거나 마찬가지야. 넌 녀석이 죽는 걸 거든 거야."

그때까지 가키자토를 무섭다고 생각한 적은 한 번도 없었 건만 그 말을 들었을 때는 저도 모르게 뒷걸음쳤다.

내가 죽였다.

내가 죽였다.

자신이 어떤 표정을 짓고 있는지 알 길은 없었지만 가키 자토는 만족한 얼굴로 가 버렸다.

그래도 가키자토의 목소리가 몇 번씩 머릿속에서 되풀이 됐다. 귀를 틀어막아도 목소리는 사라지지 않았다.

당연히 미코시바는 반성실 처분을 받았다. 지로에게 위협 당했다는 변명은 통했지만, 원생의 도망을 저지하려는 교관 에게 반항한 사실은 뒤엎으려야 뒤엎을 수 없었다. 하지만 미코시바는 그것을 신경 쓸 여유가 없었다. 독방에 갇힌 미 코시바는 머리를 싸안고 바닥에 웅크렸다. 자신의 행동을 이만큼 후회한 것은 두 번째였다. 게다가 두 번 다 결과적으 로 다른 사람을 죽음에 이르게 했다.

첫날과 둘째 날은 밥이 목으로 넘어가지 않았다. 억지로 먹 으면 금세 토했다. 깨어 있을 때는 죄책감에 시달렸다. 잠을 자면 미도리와 지로가 번갈아 나타나 미코시바를 책망했다.

셋째 날 망연히 지내다가 처분에 대한 심의 결과를 들었

279

다. 각오했던 것과는 달리 입소 기간 연장은 없었다. 뜻밖에
도 부상을 당한 이나미가 '둘이 몸싸움을 벌이다가 생긴 우
발적 사고일 뿐 원생에게 상해 의사는 없었다'고 보고했기
때문이었다. 이나미의 진의는 수수께끼였다. 미코시바는 혼
자 끙끙 앓으며 이유를 고민했다.

미코시바가 반성실에서 나온 것과 같은 시기에 이나미가
퇴원했다. 이나미는 원장에게 인사를 하고 나서 바로 미코
시바와 면담하고 싶다고 했다.

일주일 만에 이나미를 본 미코시바는 할 말을 잃었다. 이
나미는 휠체어를 타고 있었다.

"넙다리 네 갈래근 파열이라나."

"……낫는 건가요?"

"의사는 단정하지 않더군."

단정하지 않은 것은 가능성이 낮기 때문이다. 자신이 찌
른 부분에 붕대를 감은 게 바지 너머로도 보였다. 미코시바
는 차마 똑바로 보지 못했다.

"나쓰모토 이야기는 들었지?"

"교관님까지 절 비난하시는 건가요?"

"그래 널 철저하게 비난한다. 과거에 한 사람을 죽이고, 이
번에 또 한 원생을 죽음으로 몰아넣고, 한 교관을 반신불수로

만들어 놓은 거다. 용서받을 수 없는 일이야."

"그, 그렇지만 전 아무 짓도……."

"입 다물어. 너 나쓰모토한테 어머니가 있다는 말은 들었지? 죽었다는 연락을 받고 어머니가 바로 시신을 거두러 왔다. 어머니랑 아들, 단 두 식구뿐이었던 모양이지. 여기에 도착했을 때 벌써 눈물이 마르도록 울었는지 두 눈이 새빨갛게 부어 있었어."

아아, 그러고 보면 지로도 울음을 못 그치고 눈이 퉁퉁 붓도록 울었다. 어머니를 닮은 것이었나.

"어머니는 외아들이 교정 기간을 마치고 퇴소하길 그야말로 일각이 삼추 같은 심정으로 기다렸다. 다시 둘이 함께 살 날을 고대하는 게 살아가는 힘이었어. 그런데 그 소원이 재가 돼 버렸어. 나쓰모토가 죽으면서 어머니의 인생도 같이 끝난 거다. 그건 미코시바, 네 책임이다."

"그만하세요……."

"그게 다가 아니야. 눈앞에 있는 나도 희생자다. 자세히 이야기해 주랴? 넙다리 네 갈래근이란 건 일어서거나 보행할 때 쓰는 근육이다. 운동선수가 종종 근육 파열을 일으키는 부위지. 그 정도면 치료도 재활 요법도 가능하다만, 넌 그 근육을 가로로 죽 찢어 놨어. 의사는 말을 흐리더라만 수술

281

해 봤자 전처럼 걷는 건 불가능하겠지. 원래도 좀 불편했지만 네가 그걸 완전히 못쓰게 해 놓은 거다. 몸이 이 모양이니 이제 너희들 상대도 못 해. 교정국도 그만둬야 하고. 앞으로 난 어떻게 생활하나?"

"그럼 다친 걸 보고할 때 제가 한 짓이라고 하지 그랬어요. 왜 이제 와서……."

"윗사람한테 보고한다고 네가 종신형이 되는 건 아니야. 입소 기간이 다소 길어질 뿐이지. 그런 걸로 네가 나쓰모토하고 나한테 한 짓을 상쇄하겠다는 거냐?"

"그럼 나더러 어쩌란 건데! 댁이 말 안 해도 내가 어떤 짓을 저질렀는지 알아. 지난 2주 동안 그것 때문에 머리랑 가슴이랑 찢어질 것 같았다고. 사형시켜서 속이 시원할 것 같으면 그렇게 해. 어차피 나 같은 거 죽어 봤자 아무도 신경 안 써."

"그렇게 간단히 죽게 둘 것 같냐. 너한테 평온이나 안락은 용납되지 않는다."

"죽을 권리도 없단 말이야!"

"죄를 갚아라."

"……뭐?"

"전에도 말한 적 있지. 후회 따위는 하지 마라. 후회해 봤자 과거는 수복되지 않아. 사죄도 하지 마라. 잘못을 아무리 빌어

282

도 잃어버린 생명이 돌아오는 건 아니다. 대신 저지른 죄의 대가를 치러. 알겠냐. 이유가 뭐든 사람 하나를 죽였으면 그 녀석은 이미 악마다. 법이 용서해도, 세상 사람들이 잊어도, 그 사실은 달라지지 않아. 악마가 도로 사람이 되려면 계속해서 속죄하는 수밖에 없는 거다. 죽은 사람 몫까지 열심히 살아라. 절대로 편한 길을 택하지 마라. 상처투성이가 돼서 진흙탕을 기어 다니면서 고민하고, 방황하고, 괴로워해라. 자기 안에 있는 짐승을 외면하지 말고 끊임없이 싸워라."

말투는 온화하고 느렸지만 말 한 마디 한 마디가 가슴속 깊은 곳까지 내려왔다. 언젠가 맛봤던 감각이다.

그래, 시마즈 사유리의 피아노, 그 격렬하고 예민한 선율이 그랬던 것처럼 이나미의 말이 날카롭게 꽂혔다.

"자기 외의 약한 이들을 위해 싸워라. 나락에서 손을 뻗는 이들을 끌어올려라. 그걸 되풀이하면 그제야 넌 죄를 갚은 게 되는 거다."

"그렇게…… 그게 대체 언제 끝나는데."

"네가 죽었을 때지."

"……어이없네. 그럼 자기 인생이 전혀 아니잖아."

"그래, 맞아. 하지만 잊지 마라. 넌 이미 타인의 인생을 빼앗았어. 그러니까 타인을 위해 살아야 보상이 되는 거다."

"타인을 위한 인생이라고?"

"하지만 그렇게 살면 보상할 수 있지. 착각하지 마라. 죄를 갚는 건 의무가 아니야. 죄인한테 주어진 자격이고 권리다."

"권리?"

"제대로 된 인간으로 돌아올 권리다. 개중엔 그 권리를 포기하는 녀석도 있다만 가엾은 일이지. 자기가 판 구멍에서 평생 못 빠져나오고, 죽기 직전에 후회해도 남은 건 어둠밖에 없어. 하지만 죄를 갚은 인간한테는 안도와 광명이 있다."

"쳇, 그런 게 뭐가 재미있다고."

갑자기 이나미가 팔을 뻗었다. 앗 했을 때는 손이 목덜미를 잡고 확 끌어당긴 뒤였다.

이상하게도 따스한 손바닥이었다.

"인생에 재미 그런 건 없다. 있는 건 열심히 살았느냐 아니냐 하는 것뿐이야."

"……뭔 소리인지 모르겠어."

"지금은 그렇겠지. 하지만 분명히 언젠가 알 날이 온다. 그날까지 난 계속 널 용서하지 않을 거야. 네가 어디에 있든 간에 같은 하늘 아래서 널 감시하고 있을 거다."

"자기가 무슨 초능력자라고."

"널 감시하는 건 간단한 일이야. 자." 이나미는 미코시바의 가슴을 질렀다. "난 언제나 여기 있다."

똑바로 쳐다보는 눈동자는 깊었다.

"바, 바보 아냐?"

"똑똑이보다 바보가 더 사랑받는 법이다. 그럼."

그런 말을 남기고 이나미는 휠체어를 돌려 가 버렸다.

그리고 미코시바 앞에 두 번 다시 나타나지 않았다.

얼마 동안 아무것도 할 마음이 나지 않았다. 그래도 정해
진 일과에 따라 묵묵히 몸을 움직이면 아무 생각도 할 필요
없었다.

하지만 아무것도 안 하고 그냥 있으면 곧바로 이나미의 말
이 되살아났다.

자기 외의 약한 이들을 위해 싸워라.

나락에서 손을 뻗는 이들을 끌어올려라.

무리예요, 교관님. 나한테 그런 게 가능할 리 없잖아요.

4월에 들어와 통신 교육 안내 책자를 받았다. 정상적인 고
등학교 교육을 받지 못하는 원생들을 위해 전부터 있던 제도
인데 수강하는 사람은 몇 없었다. 미코시바 자신도 지금까지
책자를 펴 본 적조차 없었다.

무심코 차례를 봤다가 여러 개 있는 강좌명 중에서 '사법

고시 강좌'라는 글자를 발견했다.

'사법고시는 말이지, 인격은 상관없어. 시험 성적만 좋으면 변호사 배지를 받을 수 있는 거다.'

라이야의 목소리가 되살아났다.

인격을 안 따지면 내가 시험 본다고 안 될 거 없는 거지?

수강 신청서를 제출하자 접수 직원은 기이한 것을 보는 시선으로 쳐다보았다.

"사법고시라고? 장난도 정도껏 쳐라."

"제가 법률 공부를 하면 안 되나요?"

정색하고 묻자 직원은 입을 다물었다.

얼마 뒤 도착한 두꺼운 참고서는 신문기사보다 더 작은 글자가 빼곡하게 들어차 있었다. 처음에는 한 페이지 읽는 것도 고역이었지만 다행히 시간만은 무진장하게 많았다. 유일한 낙이었던 사유리의 피아노도 여전히 금지가 풀리지 않았다. 게다가 주위에서 모습을 감춘 이들을 생각하느니 참고서의 난해한 문장을 해독하는 편이 나았다. 그리고 원래 머리는 그렇게 나쁘지 않았다.

사법고시는 4단계 2차 방식이다.

1차 시험은 출제 범위가 넓은 교양 시험으로 단답식과 논술식으로 구성된다. 전문대 이외의 대학에 2년 이상 재적하면 면제되는데 미코시바는 이 단계부터 도전해야 한다.

2차 시험부터는 법률 지식을 평가하며, 일반적으로 말하는 사법고시는 이 2차 시험부터를 가리킨다. 단답식 필기시험과 논술식 필기시험, 그리고 구술시험 이렇게 3단계로 나뉘며, 단답식 필기시험은 헌법, 민법, 형법에서 출제한 60문항을 오지선다로 OMR 카드에 답한다. 논술식 필기시험은 육법(헌법, 민법, 상법, 형법, 민사소송법, 형사소송법) 각 과목당 두 문제씩 서술식으로 답한다.

논술식 필기시험에 합격하면 헌법과 민사계, 형사계 등 세 과목에 관해 사흘에 걸쳐 두 시간 가까이 면접을 본다. 조문과 정의定意에 관한 기초 지식부터 구체적 사례의 해석에 이르기까지 광범위하게 법적 사고를 평가한다.

어쨌거나 높은 수준과 낮은 합격률을 생각할 때 국내에서 가장 어려운 시험이라 해도 과언이 아니다. 그런 시험에 실질적으로 중학교 중퇴인 인간이 도전하겠다는 것이다. 직원이 기이한 눈으로 쳐다본 것도 당연할 것이다.

참고서만으로는 부족할 것이 뻔하기에 육법전서와 과거 기출 문제집 구입을 신청했다. 직원은 이번에는 재미있어 하는 표정으로 신청을 수리했다.

몇 번째 여름이 돌아왔다.

가을이 지나고, 겨울을 났다.

미코시바가 열아홉 살을 맞이한 봄, 가퇴소가 결정됐다. '가'가 붙기는 했지만 일정 기간 내에 새로 문제를 일으키지 않으면 그대로 퇴소하게 되는 터라 실질적인 퇴소라 할 수 있었다. 입소해서 5년이라는 수용 기간은 비교적 장기였지만, 일으킨 사건의 중대성을 생각하면 타당한 기간이라는 생각도 들었다.

가퇴소 예정일을 2주 앞둔 날, 미코시바는 면접실로 불려 갔다. 방에는 원장을 위시해서 의료 담당과 교육 담당 교관이 늘어앉아 있었다. 이를테면 최종 심판일까.

원장은 첫마디에 "지금까지 애 많이 썼다"라 하고는 5년간의 노력이 거둔 결실을 칭찬했다. 다른 원생이 가퇴소할 때도 똑같은 말을 할 게 분명하다 싶을 만큼 말에 막힘이 없었다.

의료 및 교육 담당 교관도 이어서 한마디씩 했지만, 이 자리에 이나미가 없는 이상 미코시바는 관심이 없었다. 새 교관은 미코시바의 행동밖에 보지 않았다. 그런 교관의 말이 가슴에 닿을 리 없으니 말은 귀를 그냥 통과할 뿐이었다.

이건 그저 의식이라는 생각이 들었다. 겨우 몇 분간의 질의응답으로 정신과 행동 원리가 교정됐는지 아닌지 판단할 수 있을 리 없다.

"끝으로" 원장이 물었다. "앞으로 어떤 식으로 살아야겠다 생각합니까?"

이것도 분명 정형화된 질문일 것이다.

정형화된 질문에는 정형화된 대답이 합당하다.

미코시바는 머릿속에 금세 떠오르는 무난한 말을 하려고 했다. 그런데 방해를 받았다.

이나미와 라이야와 지로, 그리고 사유리까지 자신의 입술을 주시하고 있었다.

"전⋯⋯."

다들 이 자리에서 거짓말하는 것은 용납하지 않겠다는 눈빛이었다. 아무렇게나 말해도 비난받지 않는 의식이니까 더더욱 가슴속 생각을 있는 그대로 토로하라고 재촉했다.

"전⋯⋯."

*

미코시바는 잠에서 깨어났다.

허둥지둥 주위를 둘러보니 사무실이었다. 연일 밤을 새운 탓에 꼬박 잠이 든 모양이다.

왜 이제 와서 그런 꿈을 꾸었을까. 잠깐 생각해 봤지만 답은 나오지 않았다.

그날 심문회에서 마지막으로 한 말을 잊은 적은 한 번도 없다. 다름 아닌 그 말이 지금의 자신을 인도하는 나침반이 되었다.

오후 4시. 이제 곧 요코가 법원에서 돌아올 시간이다. 미코시바는 눈앞의 싸늘하게 식은 커피를 단숨에 마시고 도조 사건의 조서를 다시 훑어보기 시작했다.

그리고 어떤 것을 깨달았다.

4————————

심판받는 자

1

사건과 관련해서 꽤나 다양한 곳에 가 봤지만 의료 기기 제조사를 찾아간 것은 처음이었다. 막연히 일반적인 공장을 상상했는데, 건물 안은 천장도 낮은 데다 각 구역이 칸막이로 막혀 있는 게 흡사 연구실 같다.

안내에서 3분쯤 기다리자 만나러 온 남자가 나타났다. 반갑습니다, 하며 내민 명함에는 갤런드 의료 기기 제조 개발부 주임 몬젠 다카히로라고 쓰여 있었다. 흰 가운을 입었어도 근육질임을 알 수 있는 격투기 선수 같은 체격이다.

"저희 회사 제품에 관해 질문이 있으시다죠? 이쪽으로 오시죠."

몬젠을 따라 황록색으로 통일된 통로를 걸었다. 칸막이벽 뒤에서 들려오는 소리는 말소리와 전자음 정도인 게 역시 공장이라는 이미지와 거리가 멀다.

"이런 장소가 신기하십니까?"

몬젠은 미코시바의 당혹을 즐기는 투로 물었다.

"의료와 관련된 재판을 몇 번 경험했지만 제조업체까지 쳐들어온 건 처음이라서 말이죠."

"그렇습니까. 실은 저희도 변호사 선생님을 맞이하는 건 처음이랍니다. 요새 의료 과실 문제로 떠들썩합니다만 이런 현장까지 찾는 법조 관계자 분은 많지 않은 것 같더군요."

"육법만 보던 눈에 회로도는 거부감이 느껴지겠죠."

이윽고 몬젠은 미코시바를 어느 방으로 들여보냈다. 이 역시 천장이 낮은 방은 다섯 평쯤 되는 공간에 의료 기기가 빽빽이 놓여 있었다.

"전시실이라기보단 역대 인공호흡기를 모아 놓은 곳이랄까요. 저희는 800 시리즈라고 부릅니다만."

세어 보니 열 대 있다. 번호 순으로 늘어놨는지 아닌 게 아니라 왼쪽으로 갈수록 기기 자체가 스마트해지는 인상이었다.

"문의하신 820형은 이겁니다."

몬젠이 오른쪽에서 두 번째 기기를 가리켰다. 높이는 미코시바의 어깨 정도. 상부에 디스플레이가 두 줄로 있고 그 아래 각종 스위치가 가로로 배치되어 있었다. 그게 한 유닛을 이루고, 그 아래 배터리와 가습기, 그리고 전원 스위치가 있는 다른 유닛에서 호기와 흡기 튜브가 뻗어 나와 있었다.

"사야마 시립 종합 메디컬센터에 납품한 건 이 기기입니다. 틀림없어요."

"이렇게 늘어놓은 걸 보니까 의외로 구식이었군요."

"네. 벌써 12년도 더 전에 제조됐죠. 최신식은 900번대니까요."

"그렇게 모델이 계속 바뀝니까?"

"아뇨, 기본 동작은 초대 때부터 바뀌지 않았으니까 약간씩 변경되는 것뿐입니다. 그래도 최신형에 비하면 완전히 시대에 뒤떨어졌다고 할 수 있죠."

"하지만 현장에선 여전히 가동 중이잖습니까?"

"그건 순전히 예산 때문일 겁니다. 잘나가는 사립 병원에 비해 국공립 병원의 살림은 상당히 빠듯할 테니까요."

그건 미코시바도 수긍이 가는 이야기였다. 의료보험 재원이 점차 줄어드는 한편 고령자 인구는 증가하고 있다. 국가나 지방 공공단체의 예산으로 운영하는 병원이 최신형 의료 기기를 그렇게 자꾸자꾸 도입할 수 있을 리도 없다.

"어느 부분이 구식인 거죠?"

"소형 경량화 면에서도 문제가 있지만, 820형의 가장 큰 문제는 EMC에 완전히 적합하지 못하다는 점입니다."

"EMC?"

"Electromagnetic Compatibility. 국제 규격이에요. 전자파 적합성이라고 해서, 기기가 전자파의 영향을 덜 받게 하는 방어적 대책하고 기기 자체에서 발생하는 전자파 레벨을 낮게 유지하는 원인적 대책, 이 두 가지 조건을 모두 만족시키느냐 아니냐가 요점이죠."

"국제 규격에 적합하지 않으면 사용이 불가능합니까?"

"사용하는 쪽이 아니라 판매자 쪽 문제군요. 실제로 2007년 4월부터는 EMC 규격에 적합하지 않은 제품은 판매를 못 하게 됐어요. 작은 변경을 반복한 것도 그에 대한 대책의 의미가 있거든요. 의료 사고가 보고될 때마다 저희 제조자들은 대책을 고안해서 개량을 거듭합니다."

그 말은 전에 의료 과실 사건 변호를 맡았을 때도 들은 적이 있었다. '일진월보'라고 하면 그럴싸하게 들리지만, 결국 매일같이 드러나는 문제점을 하나하나 극복해 나가는 끝없는 마라톤이다.

"뭐, 그렇다고 결함 있는 물건이란 건 결코 아니고, 어디까지나 현재의 엄격한 기준에서 보면 자신 있게 권할 수 없다는 뉘앙스입니다만. 다만 현장 쪽에선 취급이 까다롭다는 지적이 많았군요."

"취급이 까다롭습니까?"

"일반적으로 인공호흡기는 의료 기기로 인지됩니다만 사실 병을 치료하는 건 아닙니다. 오히려 인체에 부담을 줄 가능성도 있거든요."

미코시바는 저도 모르게 귀를 의심하며 몬젠을 빤히 쳐다보았다. 자사 제품의 존재 가치를 근본부터 뒤흔드는 말을 아무렇지도 않게 하는 것은, 월급쟁이 회사원이기 이전에 연구자라는 자부가 있기 때문일까.

"그렇게 말하면 기이하게 들리겠습니다만, 자발호흡은 흉곽을 확대해 공기를 들이거든요. 이때 흉강 안은 흡기 시에 1기압 이하, 호기 시에 1기압 이상이 되기 때문에 허파 안과 기도 안의 압력은 변하지 않습니다. 그런데 인공호흡은 공기를 강제로 허파 내에 밀어 넣으니까 흉곽을 억지로 팽창시키는 셈이거든요. 게다가 허파의 혈관이 압박을 받으면 온몸의 순환이 잘 안 돼서 혈압이 저하됩니다. 그런데 순환되는 혈액이 부족하면 인체는 수분을 저장하려고 하니까 빈뇨도 발생해요. 또 기관 삽관 때문에 구강이 계속 열려 있는 상태니까 침이나 토사물이 기관에 들어가기 쉽습니다."

어이없다. 장점보다 단점이 더 많지 않나.

"따라서 일반적인 치료 기기보다 취급할 때 더 세심한 주의가 필요한 겁니다. 820이 현장에서 구체적으로 지적을 받은 건 튜브 접속이 번잡하다는 점하고 작동 상황 표시가 불명료하다는 점이었습니다. 물론 지적 받은 문제점은 830에서 전부 해소했죠."

결국 그 말이 하고 싶었던 건가.

미코시바는 이해했다. 이곳을 찾기 전에 의료 과실 문제가 아니라고 자기 딴에는 신경 써서 강조했는데, 상대방은 그렇게 받아들이지 않은 모양이다.

하지만 덕분에 마음이 편해졌다. 개발자로서의 자존심에 상처를 입히지 않는 한 지금부터 할 질문에 몬젠은 적확한 답을 줄 것이다.

"실은 한 가지 확인하고 싶은 게 있습니다만."

적잖은 수확을 얻고 공장에서 나온 미코시바는 주차장에서 불쾌한 광경을 보았다.

와타세와 고테가와가 벤츠 앞에서 기다리고 있었다. 고테가와는 트렁크를 흘끔거리고 있지만, 와타세는 공장 전체를 둘러보듯 얼굴을 들고 있었다. 그 모습이 어쩐지 볕을 즐기는 것 같아서 화가 치밀었다.

"해바라기라도 하나?" 하고 비꼬아 봤지만 와타세는 재미없다는 듯 콧방귀를 뀔 뿐이었다.

가까이 다가가자 고테가와도 트렁크에서 시선을 뗐지만 미련을 감추지 못했다. 그 모습에서 트렁크를 뒤지지는 않았음을 알 수 있었다. 아직 영장을 받을 만큼 물적 증거도 상황 증거도 갖추지 못했을 테니 강제로 트렁크를 여는 일은 없을 것이다. 하지만 안에 가가야의 머리카락이나 핏자국이 남아 있기라도 하면 일이 성가셔진다. 온몸을 비닐 시트로 쌌기 때문에 안심했는데, 집에 가면 트렁크 대청소를 해야겠다.

"날 쫓아다니는 건 자유지만 이 공장은 도조 미쓰코 사건과 관련된 곳인데. 다소 핀트가 안 맞는 것 아닌가?"

"별로 댁을 쫓아다니는 게 아닌데."

"그래? 그런 것치곤 가는 데마다 그 찌무룩한 얼굴을 보는군. 저번에도 도조 가에 갔었다지? 댁이 담당한 건 가가야 사건인 줄 알았네만."

"댁을 쫓는 게 아니야. 댁의 생각을 쫓는 거지."

"뭐라고?"

"얼마 전에 이나미 전 교관을 만나고 왔어."

미코시바는 저도 모르게 멈춰 섰다.

"벌써 여든 살 다 됐는데도 꽤 오래전 일을 자세히 기억하더군. 백락원이란 그 노인 요양원은 건물은 오래된 데 비해 설비는 잘 갖춰서 돈이 상당히 많이 드는 모양이던데. 그런데 이나미 노인은 가족이 없단 말이지. 입소 비용은 어디의 누가 대는 거지?"

"여든 살 다 된 노인네야. 무슨 말을 했는진 모르지만 알츠하이머 직전의 망발이고 허언이겠지."

"아니, 그게 그렇지도 않아. 알츠하이머란 건 최근 일은 또 몰라도 옛날 일은 선명하게 기억하는 거라 말이야. 뭐, 노인들은 원래 다 그렇지만."

설마 이나미 교관을 찾아낼 줄이야. 미코시바는 느닷없이 불안에 휩싸였다. 와타세라는 이 사내는 첫인상 이상으로 냄새를 잘 맡는 사냥개일지도 모르겠다. 그럼 이 사냥개는 대체 자신의 무엇을 뒤쫓는다는 말인가.

"과거를 조사해서 뭐가 나온단 거지? 세월 앞에 변하지 않는 건 별로 없어. 그건 인간도 마찬가지고. 싸구려 드라마도 아닌데, 그런 걸 보고 들어서 현재의 뭘 안다는 건가?"

"그렇게 믿고 싶은 사람이 세상에 많지. 과거에 큰 잘못을 저지른 인간이라면 더 그럴 거야. 하지만 말이야, 세 살 버릇

여든 간다고 할지, 과거에 붙들려 있는 인간은 댁이 생각하는 것보다 훨씬 많거든. 싸구려 드라마란 말은 부정할 수 없지만. 그건 대다수 인간이 과거의 사건에서 못 벗어나기 때문이라고. 가령 이런 식으로."

그렇게 말하며 와타세는 주머니에서 봉투를 꺼냈다.

"뭐지?"

"사야마 서에 들어온 투서야. 도조 사건에서 피고인의 변호를 맡은 미코시바란 인물에 대한 고발 문서."

"어차피 익명이겠지."

"아니. 보낸 사람은 야스타케 사토미. 주소도 명기했고."

이름을 듣고 진저리를 냈다. 그 여자, 본인에게 직접 악담을 퍼붓고도 만족하지 못한 모양이다.

"읽어 보겠나?"

"아니, 됐어. 대충 짐작 가니까. 물어보나 마나 그 여자하고 내 관계도 조사했겠지."

"왕따 때문에 자살한 소년의 어머니와 가해자 소년의 변호인."

"그 소년은 아직 담장 안에 있어서 손을 못 대니까 나한테 원한을 돌리는 거야. 누굴 변호하면 상대방한테 미움받는 건 어쩔 수 없는 일이지만 번지수가 틀려도 한참 틀렸어."

"직업상 머리가 이상한 녀석은 몇 번 봤지만 이 투서 쓴 사람도 상당히 편집이 심하더군. 편지지 서른다섯 장에 지금까지 댁이 한 악행이란 걸 줄줄이 나열했던데. 과거에 얽매인 인간의 전형이지. 허튼 짓이라고 싸잡아서 판단할 순 없지만, 스스로 족쇄를 차고 앞으로 나가질 못하고 있어. 그러니까 몸부림을 치네. 손에 닿는 걸 파괴해."

"설교는 더 필요 없는데." 미코시바는 한 손을 팔랑팔랑 흔들며 차에 올라탔다. "소년원 시절에 죽도록 들었으니 말이지."

"설교가 아니야. 경고지."

"아니 이런, 이번엔 걱정해 주는 건가?"

"이 이상 쓸데없이 일이 늘어나는 게 싫은 것뿐이야."

"수고가 많군."

미코시바는 차를 출발시켰다. 백미러를 확인하니 멀어져 가는 풍경 속에 고테가와가 와타세에게 대드는 게 보였다. 와타세는 상대도 하지 않고 공장 쪽으로 걸어갔다. 자신이 그곳에서 무엇을 묻고 무엇을 얻었는지 확인하러 가는 게 틀림없다.

두 사람의 모습이 시야에서 사라진 뒤로도 와타세의 말은 귓가에 남았다.

자신을 쫓는 게 아니라 자신의 생각을 쫓고 있다고 그 남자는 말했다. 아닌 게 아니라 와타세는 자신의 발자취를 뒤쫓듯 움직이고 있다. 그곳에서 자신이 한 말, 한 행동을 세세히 반추하는 것 같다.

점이 아니라 선으로 생각한다.

그건 다름 아니라 미코시바 자신의 사고법이기도 했다. 변호사의 일은 증언의 진위를 가늠하는 것부터 시작된다. 의뢰인이나 상대편의 가정환경은 말할 것도 없고 그의 언동, 쓴 글까지 조사하기 때문에 이 수법은 품이 아주 많이 든다. 하지만 틀릴 확률이 낮다.

신속하다고 칭찬받는 것은 피자 가게 배달 정도건만, 요새는 다뤄야 하는 안건이 워낙 많다 보니 변호사와 검사, 심지어 판사까지 결론을 서두르다 못해 겉으로 드러나는 것만 본다. 졸속이라고까지 할 생각은 없지만 성급하게 내린 판결에는 위태로움이 따라다닌다.

상대방의 발을 걸어 넘어뜨릴 입장이 되니 이 사고법이 종종 유효했다. 지금까지 패소 판결이 많지 않았던 것도 상대가 단숨에 건너뛰느라 못 보고 지나친 구멍을 파 왔기 때문이다.

그러나 와타세는 다르다. 와타세를 상대하는 것은 곧 자신의 사고법과 대치하는 것이다.

귀찮게 됐다. 적어도 미도리를 살해한 동기를 호러 비디오의 영향이라 단정하고 안심했던 형사보다는 훨씬 성가시다.

지금은 그저 법정에서 대결하게 될 누카타 검사가 와타세보다 얼간이기를 비는 수밖에 없었다.

2

대법원 변론 당일.

미코시바는 여느 때와 같은 시각에 사무실을 나섰다. 상대방보다 일찍 도착한다고 우위에 설 수 있을 것 같지는 않고, 평소와 다른 일을 해서 리듬을 깨고 싶지 않았다.

미야케자카 고개를 올라가 246번 도로에 들어섰다. 출근 시간이 지나 교통량이 어느 정도 줄었다. 차창을 열자 습기를 약간 머금은 바람이 뺨을 어루만졌다.

이윽고 대법원 건물이 오른쪽에 보였다. 벚나무에 둘러싸인 건물은 마치 나무 블록을 엇갈려 쌓은 듯한 모자이크 형태다. 미코시바의 눈에는 그 일그러진 형태가 마치 법률의 현재 상태를 나타내는 것 같아서 얄궂게만 보였다.

정문에서 벤츠를 세우고 허가증을 제시했다. 시·군 법원이나 지방법원과 달리 대법원은 원칙적으로 사건 당사자 외의 입장을 정문부터 통제한다.

주차장에 차를 세우고 현관을 지나면 느닷없이 눈앞에 커다란 홀이 펼쳐진다. 익숙하지 않은 사람은 높다란 천장과 엄숙한 분위기에 위축될 것이다. 설계자는 십중팔구 보는 이에 미치는 심리적 효과도 고려했을 것이다.

벽 앞 받침대에서 테미스가 노려보고 있다. 그리스 신화에 나오는 법의 여신 테미스를 모티프로 문화 훈장을 받은 엔쓰바 가쓰조가 제작했는데, 오른손에 정사正邪를 판가름하는 칼을, 왼손에는 형평을 나타내는 저울을 들었다.

테미스 상은 원래 평등함을 한층 강조하기 위해 눈가리개를 했다는데, 미코시바는 국내 어느 법원에서도 눈을 가린 테미스 상을 본 적이 없다. 대법원 건물이 일그러진 것과 마찬가지로 일본의 법률이 말처럼 형평성이 없음을 상징하는 걸까.

하지만 그래도 상관없다는 게 미코시바의 생각이다.

만인에게 평등한 심판은 어차피 인간에게 불가능하다. 현실에서 재판관에게 요구되는 재결이란 법체계에 준거해 최대 다수를 납득시키는 것에 불과하다. 인격자로 알려진 판사들 중에는 과연 훌륭한 인격을 갖춘 사람도 있었지만, 그들도 판결문을 쓸 때는 끙끙 신음하며 고뇌하고 번민한다. 진정으로 평등한 심판은 분명 신이나 할 수 있을 것이다.

이제 와서 형평성 따위 바라지 않는다. 하지만 최소한 오늘만은 내 편을 들어줘.

미코시바는 기도하는 심정으로 테미스 상을 올려다보았다.

제3소小법정은 오전 10시 조금 전에 문이 열렸다. 안으로 들어가자 법복을 입은 서기관이 서류를 정리하는 중이었다.

법정은 조용함 그 자체다.

시·군 법원이나 지방법원과 달리 이곳에서는 말소리가 일체 차단된다. 조용한 것만 보면 흡사 예배당 같다. 그러나 이곳에 신은 없다. 자비도 없다. 있는 것은 논리와 전례, 그리고 어리석은 인간들이 벌이는 희비극이다.

미코시바는 아무도 없는 단상을 보았다. 약간 위쪽에 자리한 다섯 개의 공석. 그 자리에 앉는 다섯 재판관이 본 사건의 심리를 맡는다.

다섯 명의 구성은 판사 출신 두 명, 변호사 출신 두 명, 그리고 나머지 한 명은 대학교수 출신이다. 출신을 분배하는 것은 각 직업에 따른 인식의 격차를 해소하기 위해서다.

미코시바보다 조금 늦게 감색 재킷을 걸친 남자가 들어왔다. 이름을 듣지 않아도 옷깃에 붙은 추상열일 배지로 알 수

306

있다. 법정에서 상대하게 될 누카타 준지 검사다. 짧게 친 머리와 무뚝뚝한 표정에서 감정이 읽히지 않았다.

누카타 검사의 평판은 굳이 조사해 보지 않아도 알고 있었다. 이론파인 그는 법정에서 무턱대고 피해자의 비분을 강조하지 않고 범죄가 벌어진 정황을 담담하게 재현하는 타입이다. 시선을 끄는 화려함이 없는 만큼 전개하는 주장이 설득력을 갖는다.

실은 이런 검사가 가장 성가신 상대다. 이쪽의 도발이나 허세에 넘어가지 않고 자신이 그린 청사진대로 진행한다.

법정에서는 원고 측과 피고 측 쌍방의 감정이 교차한다. 하지만 최종적으로 양형을 결정하는 것은 감정이 아니라 논리다. 재판관을 납득시킬 수 있는 유일한 것은 동정이나 피해자 의식이 아니라 법체계에서의 정당성이다. 바꿔 말해서 미코시바가 승리를 거두려면 누카타 검사의 주장을 논리적으로 분쇄해야 한다.

누카타가 쳐다보면 고개라도 숙여 답례할 생각이었지만 그는 단 한 순간도 미코시바에게 주의를 돌리지 않았다.

곧 방청석이 차기 시작했다. 그중에 와타세가 있는 것을 미코시바는 놓치지 않았다.

맙소사, 이런 데까지 나타나다니. 와타세의 집착심에 미코시바는 적잖은 두려움을 느꼈다. 이 남자를 도베르만에 비유한 자신의 판단은 틀리지 않았다. 이 다소 구식 형사는 자신의 코가 가리키는 곳이라면 가시덤불이든 배수로든 가리지 않고 머리를 처박는 진짜 사냥개다.

휠체어를 탄 미키야도 다카시로와 함께 모습을 드러냈다. 방청석에 장애자 편의를 위한 공간이 없는데 어쩌려나 싶어 보고 있으려니, 가장자리에서 지켜볼 생각인 듯했다. 응고된 표정에서는 여전히 감정을 읽을 수 없다.

방청석이 거의 다 찼을 무렵 미쓰코가 나왔다. 허리에 포승줄을 묶고 경찰관의 감시를 받으며 나타난 모습을 몇몇 방청객이 호기심 어린 눈으로 쳐다보았다. 그도 당연할 것이다. 본래 대법원 심리에는 변호사가 출정하는 정도고 상고인이 모습을 드러내는 일은 없다. 이 사안은 그런 의미에서 이례 중의 이례였다.

미쓰코의 머리는 마지막으로 접견했을 때보다 더 윤기가 없었다. 미쓰코는 얼굴을 숙인 채 미코시바도, 미키야도 보려 하지 않았다.

10시가 되자 서기관이 "재판관이 입정합니다"라고 선언했다. 이윽고 중앙의 문으로 다섯 재판관이 나오고, 서기관이 "기립"이라고 큰 소리로 말했다.

"경례."

미코시바와 누카타 검사가 일어나 머리를 숙였다. 같은 사법고시에 합격해 같은 연수원 시절을 보냈어도 판사에게 경외심을 표시하는 의식은 오로지 판결의 엄정함을 재확인시키기 위해서다. 다만 사법고시에서 성적이 상위권이었던 사람이 판사가 되는 경우가 많기 때문에 이 상하관계가 곧 실력 차라고 생각하면 머리를 숙이는 의미도 달라진다.

중앙에 앉은 재판장은 사전에 확인한 인물이었다. 마나베 무쓰오, 대법원장. 머리가 희끗희끗하고 이마에 주름도 깊게 팼지만, 눈은 저 깊은 곳에서부터 확고부동한 빛을 발하고 있다.

본래 대법원장은 대법원장의 업무가 바쁘기 때문에 소법정에서 심리하는 개별 안건에 관여하지 않는 게 통례인데, 마나베는 취임할 때 소법정 심리에 관여하겠다는 뜻을 밝혔다. 역대 대법원장 중에서도 별종이라는 평판을 듣는 실력파다.

미코시바가 승리를 거둘 기회는 바로 그 사실에 있었다. 법원의 심리는 합의제를 표방하지만 대법원장의 판단이 나머지 네 사람과 동등할 리 없다. 즉 이 사람의 심증을 바꾸는 데 성공하면 판결의 역전을 기대할 수 있다.

"그럼 개정하겠습니다."

"그 전에," 단상에서 재판장이 입을 열었다. "변호인, 이번 심리에는 고등법원의 판결에 대해 양형이 심히 부당하다는 전임 구와노 변호인의 의견이 채용됐습니다만, 아직까지 서면이 제출되지 않은 이유는 뭡니까? 이 앞에 세 명의 증인 신청과 두 장의 서면밖에 없습니다만."

"죄송합니다, 재판장님. 오늘까지 명백한 물적 증거와 증언을 찾고 있었습니다."

"'오늘까지'라면 본 법정에서는 제시할 수 있다는 뜻입니까?"

"네. 다만 그건 전임 변호사의 취지에 입각해 검찰의 주장을 하나씩 반증하는 과정에서 밝히고자 합니다."

"좋습니다."

"그럼 최초의 증인으로 쓰카모토 유카리 씨께 증언을 부탁드립니다."

"증인은 증언대로 나와 주세요."

법원 경위의 말에 쓰카모토 유카리가 증언대에 섰다. 설마 대법원 법정에 불려 나올 줄은 몰랐던 듯 긴장과 불안으로 표정이 딱딱했다.

"증인, 이름과 나이, 직업을 말씀해 주세요."

"쓰카모토 유카리, 49세, 건강생명보험 설계사입니다."

"돌아가신 도조 슈이치 씨를 담당하셨죠?"

"네, 맞습니다."

"증인의 진술을 보면 쇼이치 씨가 생명보험에 가입했을 때 그 자리에 동석한 상고인이 세세히 지시를 내렸다고 돼 있습니다만 확실합니까?"

"네. 보통 이런 고액 상품은 역시 가입자 본인이 계약서를 신중하게 훑어보지, 부인이 뒤에서 이것저것 참견하는 일은 잘 없거든요."

"하지만 고액이니까 오히려 집안 살림을 맡는 부인이 계약하는 자리에 같이 있다 하는 경우도 있겠죠."

"그건, 뭐, 그런 일도……."

"이의 있습니다, 재판장님. 변호인은 일반론과 본 사안을 혼동시키려고 합니다."

"인정합니다."

"그럼 질문을 바꾸겠습니다. 조서에 따르면 증인이 보험 설계사 일을 시작했을 때도 도조 씨 부부에게 보험을 권했는데, 그땐 쌀쌀맞게 거절했다죠?"

"네, 그래요."

"그건 쇼이치 씨도 냉랭한 태도를 보였다는 뜻입니까?"

"아뇨. 쇼…… 남편 분은 아주 면목없어 하는 표정으로 미안하다고 하셨어요. 쌀쌀맞았던 건 부인이에요."

"도조 씨 댁과 같은 동네에 사시죠?"

"네."

"얼마나 됐습니까?"

"……49년. 태어났을 때부터예요."

"호오. 실은 쇼이치 씨도 그 동네에서 태어나 살고 있었는데요. 그러고 보니 쇼이치 씨나 증인이나 같은 1961년생이죠? 같은 동네에 동갑내기. 증인과 쇼이치 씨는 어렸을때 친구였던 게 아닙니까?"

"……그래요."

"학교에서도 몇 번은 같은 반 아니었습니까?"

"초등학교랑 고등학교에서 몇 번 같은 반이었어요."

"진술할 때 왜 그 사실을 말하지 않았죠?"

"사건이랑 관계없는 일이라서……."

"두 분은 사이가 좋으셨습니까?"

"한 동네 사는 데다 어렸을 때 친했으니까요."

"친밀한 관계였던 시기도 있었다?"

누카타가 즉각 큰 소리로 말했다.

"재판장님, 변호인의 질문은 무의미합니다. 따라서 심리를 지연시키고 있는 것으로 보입니다."

"아뇨, 그렇지 않습니다. 지금까지 증인과 피해자의 관계는 단순히 보험 설계사와 가입자라고만 알려져 있었습니다. 이건 사건에 새로운 시점을 부여할 증언입니다."

"변호인의 주장을 인정합니다."

"그럼 다시 한 번 질문하겠습니다. 증인은 피해자 도조 쇼이치 씨와 친밀하게 교제했던 시기가 있습니까?"

"그건…… 고등학교 2학년 때 1년만……."

"1년만 어땠죠?"

"그냥 데이트만 한 거지, 그런 식으로 말할 만큼 친밀했던 것은 아, 아니에요. 그, 그리고 3학년 올라가서 완전히 끝났고요."

"그 뒤로는 어땠습니까?"

"아무것도 없어요. 그냥 한 동네 사는 사람이고 길에서 만나면 인사하는 정도였어요."

"하지만 그냥 한 동네 사는 사람이 아니라 전엔 꿈과 희망을 이야기하던 사이였습니다. 그럼 다시 질문하겠습니다. 증인의 눈에 도조 씨 부부는 어떻게 보였습니까? 부부 사이가 원만했습니까, 험악했습니까?"

"재판장님, 그 질문은,"

"원만할 리 있나요!" 쓰카모토 유카리가 내뱉듯 말했다.

"동네에서도 유명했다고요. 그 집 남편은 부인한테 꼼짝 못한다고 말이에요. 한 달에 한 번 하는 자치회 활동도 늘 쇼를 보냈고, 제재소 일도 쇼 혼자서 다 했는걸요."

"재판장님! 이건 유도 신문입니다."

"부인이 주도권을 쥔 사이좋은 부부도 있을 텐데요."

"그 집은 그런 게 아니었어요. 그 집에 왔을 때부터 그 부인은 쇼랑 공장을 등쳐 먹으면서 살았다고요. 생명보험도 부인이 쇼한테 억지로 가입하게 시킨 게 틀림없어요."

쓰카모토 유카리의 목소리와 눈은 열기를 띠고 있었다. 이제 검사가 제지해도 소용없을 것이다. 조금만 더 밀면 된다. 미코시바는 짐짓 무표정한 얼굴을 가까이 들이밀었다.

"구체적인 근거가 있습니까?"

"저 부인이니까요! 다른 이유는 필요 없어요. 계약할 때도 1년 내로 자살하면 보험금이 안 나온다고 한마디 해 줬더니 쩔쩔매긴커녕 되레 같이 노려보면서……."

거기까지 말하다가 그녀는 입을 막았다.

법정 내 공기가 뒤바뀐 것을 그제야 깨달은 듯했다.

조금 전까지 물 뿌린 듯이 조용했던 법정에 커다란 파문이 일고 있었다. 웅성거리는 방청석. 서로 얼굴을 마주 보는 재판관들. 그건 곧 객관적이라고 여겨졌던 증언에 대한 우

314

려이자 고등법원의 판결에 대한 불신이었다.

미코시바는 미쓰코의 표정을 살폈다.

고개를 수그린 얼굴에는 놀라움도 기쁨도 보이지 않았다. 이 정도는 처음부터 알고 있었다는 건가.

뒤늦게 분위기를 파악한 보험 설계사가 황급히 자신이 한 말을 수정하려고 했다.

"그, 그렇지만 계약할 때 부인이 쇼 뒤에서 이것저것 지시한 건 사……."

끝까지 말하게 둘 생각은 없었다.

"증인에 대한 신문을 마칩니다."

증언대를 등지고 돌아섰다. 쓰카모토 유카리는 발언할 기회를 잃었다.

슬쩍 보니 누카타는 매우 언짢은 표정이었다. 그럴 만도 하다. 방금 증언은 자신이 유도한 것이지만, 증인이 스스로 폭주한 탓에 반론할 여지를 잃고 말았다.

미코시바는 속으로 안도의 한숨을 내쉬었다. 증인이 자기 이야기가 나오면 쉽게 동요한다는 것은 사전 조사로 알고 있었지만, 재료를 찾기까지 여간 고생한 게 아니었다. 아버지의 졸업 앨범을 제공해 준 미키야에게 고마움을 표하고 싶어졌다. 쇼이치와 같은 페이지에 있는 쓰카모토 유카리를 발견하고 당시 동급생에게서 두 사람이 사귀었다는 말을 듣지 않았다면 이런 증인 신문은 생각하지 못했을 것이다.

마나베 재판장이 미코시바를 불러 세웠다.

"변호인, 하나 물을까요."

"네."

"방금 전 증인 신문은 목적이 뭐였습니까? 변호인이 주장하는 양형 부당과의 관련성이 명확하지 않은 것 같습니다만."

"지금도, 그리고 이후로도 제 증인 신문의 목적은 전부 하나로 집약됩니다. 그건 살의의 부정입니다."

미코시바는 고개를 들고 마나베 재판장을 똑바로 보았다.

"2심 판결은 상황 증거를 근거로 살의의 존재를 인정합니다. 그리고 그 판단이 양형에 그대로 반영됐습니다. 본 변호인은 그 점에 관해 다툴 생각입니다."

"알겠습니다."

법정 내의 웅성거림이 잦아드는데 누카타가 손을 들었다.

"재판장님, 반대 신문을 허락해 주십시오."

"하시죠."

"증인, 우선 크게 심호흡을 해 보세요."

"네?"

"자."

쓰카모토 유카리는 영문을 모르겠다는 얼굴로 숨을 크게 들이마셨다가 내쉬었다. 그러고 나자 어쩐지 표정에서 열이 식은 것처럼 보였다.

미코시바는 그 모습을 보고 혀를 내둘렀다.

이 남자는 백전노장이다.

평범한 검찰관이라면 여기서 기를 쓰고 방금 증언을 무효화하기 위한 말을 증인에게서 끌어내려 할 것이다. 그리고 증인을 몰아붙이는 꼴이 되어 실패한다. 그러나 누카타는 먼저 증인의 정신 상태를 중립으로 돌려놓으려 했다. 심호흡은 그를 위한 가장 간단하고 가장 유효한 수단이다.

"진정됐습니까?"

"……네."

"여기 있는 갑 1호 증의 보험 계약서는 피해자가 계약한 게 맞습니까?"

"네."

"계약서를 보면 매달 납부하는 돈이 12만 엔, 사망 시 수령하는 금액이 3억 엔이라고 돼 있습니다. 이건 증인이 일하는 보험회사에서 일반적인 내용인가요?"

"아뇨. 한 달 납부금이 10만 엔 넘는 고객 분은 대부분 법인 계약이고 개인 계약은 아주 드물어요. 저도 10년 이상 보험 일을 했지만 그런 계약은 과거에 한두 건뿐이었는걸요."

"드문 이유는 뭡니까?"

"만기 환급금이 전혀 없는 상품이기 때문이에요. 자영업 하시는 분 중엔 비싼 보험료를 내는 분이 그 밖에도 계시지 만 재산 형성이 목적인 저축형이 대부분이고 또 보험료 공제 때문에 세금 대책으로 가입하시는 거예요. 이런 식으로 돌려 받지도 못하는데 매달 십 몇 만 엔씩 그냥 내는 분은 제 고객 분들 중엔 별로 없어요."

"다시 말해 대단히 특수한 계약이었단 뜻이군요."

"이의 있습니다. 피상고인은 증인에게서 개인적인 인상을 끌어내려 하고 있습니다."

"아니, 개인적인 인상이 아니죠. 이 일을 10년 이상 해 온 전문가가 감지하는 보험 이용자의 평균적 이미지와 대비하 는 것뿐입니다. 증인, 답변은요?"

"아주 드문 계약이었습니다."

다소 평정을 되찾은 쓰카모토 유카리는 또렷이 말했다.

"계약할 때 피해자 뒤에서 상고인이 이것저것 지시를 내 렸다는 건 사실이죠?"

"네, 사실이에요."

"기억나는 범위에서 대답해 주셔도 됩니다. 중요 사항 중

318

어느 부분에 대해 지시했는지 말씀해 주세요."

"중요 사항이랄지······. 보통은 제가 계약 내용을 설명드리면 고객 분은 이해했다는 식으로 고개만 끄덕이시는데, 도조 씨 때는 사망 시 상황이 관계하는지 아닌지, 사망이 아니라 고도 장애인 경우엔 어떻게 되는지, 부인이 정말 세세하게 확인하는 거예요. 남편 분은 그저 그걸 옆에서 보고만 계시는 느낌이랄지."

"상고인이 구체적인 지시를 했습니까?"

"네. 계약자엔 당신 이름, 수취인엔 나랑 미키야 이름, 하고 해당되는 부분을 손가락으로 짚었어요."

"일반적으로 자주 볼 수 있는 광경입니까?"

"가령 가입자인 남편 분이 아주 바쁘실 때 부인이 사전에 계약 내용을 읽고 설명하시면 그걸 들으면서 서명하는 경우는 있어요. 다만 그건 보통 상품, 저희 회사 경우엔 수취 금액이 5000만 엔까지일 때 그렇고, 과거 몇 번 있었던 억 단위의 계약은 계약자인 남편 분이 진지한 표정으로······."

"재판장님, 본 사안과 무관한 내용입니다."

"반대 신문을 마칩니다."

자리에 앉은 누카타는 조금 전의 냉정함을 되찾은 얼굴이었다.

괜한 평가는 아니군. 얼마 동안 누카타를 관찰하던 미코시바는 그렇게 생각했다. 폭주하는 증인을 언짢게 지켜보던 얼굴은 이미 간 데 없고 심증을 가늠하듯 재판관들을 응시하고 있었다.

증언의 신빙성을 뒤흔드는 펀치를 먹였나 했더니 즉각 카운터펀치가 날아왔다. 증인의 동요는 확실히 점수를 따는 데 도움이 됐지만, 반대 신문으로 계약의 이질성을 다시금 명확하게 강조해서 진폭을 최소한으로 줄였다.

역시 방심할 수 없는 상대다.

그래도 검찰 및 재판관들에게 준 인상은 결코 작지 않았다. 그건 재판관들이 서로 곤혹 어린 표정으로 마주 본 것에서 짐작할 수 있다.

그렇다면 쉴 틈을 주지 않고 펀치를 날리면 그만이다.

"재판장님, 다음 증인을 소환하겠습니다."

"네."

이어서 증언대에 선 사람은 30대 중반, 깡마른 몸집에 신경질적으로 보이는 남자였다. 재판관들과 미코시바를 연신 번갈아 본다.

"증인, 이름과 나이, 직업을 말씀해 주세요."

"쓰즈키 마사히코, 37세, 사야마 시립 종합 메디컬센터에 근무하는 의사입니다."

증언대에 서자 쓰즈키는 차분하게 대답했다. 사람의 죽음을 여러 차례 봤을 법한 사람조차 증언대에 서면 안절부절못하는 경우가 많기 때문에 그의 침착함이 한층 눈에 띄었다.

"증인은 피해자 도조 쇼이치 씨의 담당 의사였죠?"

"네."

"여기 증인이 작년 6월 5일 사야마 서에서 진술한 조서가 있습니다만 일부를 발췌해 보겠습니다. '저희 분투에도 불구하고 도조 씨의 뇌파는 끝내 회복되지 않아서 오후 2시 13분에 가족에게 임종을 알렸습니다. 아드님은 원래도 표정에서 감정을 읽을 수 없었지만 부인 쪽은 슬퍼한다기보다 몹시 겁에 질린 듯한 태도였습니다.' 증인, 이 내용은 정확합니까?"

"네."

"조서를 작성할 때 오카모토 경찰관에 의한 유도는 없었죠?"

"이의 있습니다. 재판장님, 변호인의 질문이 유도입니다."

"그럼 질문을 수정하겠습니다. 증인, 이때 상고인은 몹시 겁에 질린 듯한 태도였다고 했죠? 그럼 구체적으로 상고인의 어떤 몸짓에서 그런 인상을 받았습니까?"

"몸짓이라고요?"

"네. 인상이란 건 처음에 지각한 오감에서 발생하는 겁니다. 상고인이 겁에 질렸다는 인상을 증인이 받았다면 당연히 그런 몸짓을 감지했을 겁니다. 자, 증인은 상고인의 어떤 몸짓을 목격했죠?"

예상하지 못한 질문이었을 것이다. 쓰즈키는 미간에 주름을 잡은 채 굳었다.

그러나 미코시바의 입장에서는 예상했던 반응이었다.

대답을 못 하면 쉴 틈을 주지 않고 밀어붙인다. 그게 상대방을 궁지에 몰아넣는 방법이다.

"사소한 거라도 상관없습니다. 눈의 움직임, 입술의 떨림, 손가락이 있던 장소. 기억하는 대로 전부 증언해 주세요."

"자세하겐 기억 못 합니다." 노여움을 감추지 못한 목소리였다. "그렇게 세세한 건 기억 못 하죠. 도대체가 인상은 전체적인 거 아닙니까. 인상이 오감의 지각에 기초한다는 의견을 반박할 생각은 없습니다만, 그렇다고 세부적인 걸 기억하는 건 거의 불가능할 것 같습니다."

"세부는 기억하지 못한다는 말씀이죠?"

"네."

"상세히 기억을 못 한다면 그건 불분명한 기억이라고 바꿔 말할 수 있죠."

"이의 있습니다. 재판장님, 변호인은 증인을 유도하고 있습니다."

"아닙니다. 진술 조서에 기재된 문언의 근거가 불확실하다는 걸 확인하는 것뿐입니다."

"알겠습니다. 변호인, 계속하세요."

"다시 한 번 증인에게 묻겠습니다. 상고인이 몹시 겁에 질려 있었다는 건 대단히 모호한 기억이라고 해도 되겠죠?"

"아니…… 저."

"그건 아니죠. 더 분명하게 증언해 주세요. 증언대에 설 때 선서하지 않았습니까."

"아, 네."

"다음, 증인은 인공호흡기를 점검했는데 기기의 어느 부분에서도 이상이 발견되지 않았고 설정 자체에도 변경한 흔적이 없었다. 맞습니까?"

"네."

"'후일 제조업체를 불러다 조사를 의뢰했는데 그때도 역시 이상을 발견했다는 보고는 없었습니다. 따라서 어렴풋이 염려했던 의료 과실 문제는 아닌 것 같다고 가슴을 쓸어내렸습니다.' 이건요?"

"맞습니다. 진술한 대로입니다."

"다소 이해가 안 되는군요. 왜 여기서 갑자기 의료 과실 이야기가 나오는 겁니까? 피해자의 병세가 급변했다는 가장 큰 가능성이 있는데 말이죠. 증인은 의료 과실에 관해 특별히 집착할 무슨 이유라도 있습니까?"

"그, 그건."

쓰즈키의 태도가 갑자기 바뀌었다.

지금이 밀어붙일 기회다.

"증인은 증언대에 서는 게 오늘이 처음 아니죠?"

그렇게 묻자 쓰즈키 본인은 무척 놀랐지만 누카타는 불쾌한 듯 표정이 일그러졌다.

역시 쓰즈키의 과거를 알고 있었던 모양이다.

"어떻습니까, 증인."

"아, 네."

"전에 증언했던 사건이 어떤 내용인지 가르쳐 주시겠습니까?"

"그건 저……."

"재판장님. 본 안건과는 무관한 일입니다."

누카타는 미코시바의 의도를 알아차린 것 같다. 하지만 여기서 공세를 늦출 생각은 털끝만큼도 없다. 미안하지만 이 증인도 흙탕물을 뒤집어써 주어야겠다.

"증인은 가끔씩 기억이 모호해지는 것 같으니까 제가 대신 설명하죠. 지금으로부터 3년 전, 증인은 요코하마 시립 의료센터에 근무하고 있었습니다. 사건이 발생한 건 8월 3일, 센터 중환자실에서 심폐 보조 장치가 정지하면서 의식 불명이었던 남자 환자가 사망했습니다. 원인은 전원 플러그가 콘센트에 꽂혀 있지 않았다는 단순한 것이었습니다만, 이상사異常死인데도 불구하고 센터는 그로부터 이틀 뒤에야 현경에 통보해서 사고를 은폐하려 했다는 의혹을 받았습니다. 담당 의사는 업무상 과실치사 및 의사법 위반으로 조사를 받았지만, 검찰은 장치 정지와 사망의 인과관계를 충분히 입증하지 못했습니다. 결국 1심 판결 직전 센터 측과 유족의 화해로 사건은 종결됐죠. 자, 증인, 그 담당 의사가 그 뒤 어떻게 됐는지 가르쳐 주시겠습니까?"

쓰즈키의 표정에서는 이미 제삼자이기에 보이던 여유를 조금도 찾아볼 수 없었다. 그는 정면에 선 미코시바를 어두운 눈으로 노려보고 있었다.

"재판장님, 다시 말씀드리지만 이건 본 안건과는 아무 관련이 없는 사건이고,"

구조에 나선 누카타의 말을 쓰즈키 본인이 가로막았다.

"왜 지금 와서 그런 걸 이야기해야 합니까? 그건 이미 오래전에 끝난 일인데."

"질문에 답해 주세요."

"……그 사람은 결국 돌팔매를 맞듯이 해서 직장에서 쫓겨났습니다. 어쩌다 운이 나빴던 것뿐입니다. 환자가 심야에 실려 왔을 때 그 사람은 우연히 당직을 서고 있었습니다. 전원 플러그가 빠진 것도 멍청한 간호사가 부주의하게 발이 걸려서 그런 거라고요. 그런데 어째서 그 사람만 책임을 져야 했던 겁니까."

"당시 증인은 순환기과 부부장이었죠? 책임 있는 입장이었으니까 담당 의사의 처분에 대해 뭔가 생각하는 바가 있었던 게 아닙니까?"

"의료 과실 소송이 늘어나면서 현장의 의사는 병 외에 맞서 싸워야 할 적이 하나 더 생겼습니다. 치료하기 편한 과로만 의사가 몰리니까 수급이 심각한 불균형 상태입니다. 만성적인 인원 부족이 실수를 유발하는 요인이 되는 겁니다. 한편으로 환자와 환자 가족은 뭔가 실수만 해 봐라, 바로 고소해 주겠다 하는 식으로 벼르고 있고 말입니다."

"그러니까 자연히 의료 과실에 민감해질 수밖에 없다?"

"당연하잖습니까. 지금 전 그냥 말단 의사입니다. 실수가 있으면 근무의란 입장조차 위태로워질 거라고요."

326

"그렇겠죠. 그래서 증인은 피해자의 병세에 이상이 생겼을 때 의료 과실이 아닌지 그것부터 걱정했습니다. 그리고 전원 스위치가 꺼진 원인이 사고인지 고의인지를 생각하고 바로 상고인을 의심했습니다. 상고인이 슬퍼한다기보다 겁에 질린 것처럼 보였다고 진술한 건 의료 과실 가능성을 억지로라도 배제하고 싶어서 그런 게 아닙니까?"

"재판장님! 그 발언은 질문이 아니라 변호인의 일방적인 견해에 불과합니다."

"인정합니다. 변호인은 자기 의견을 증인에게 강요하지 말도록."

미코시바는 질문을 끝냈지만, 의도했던 대로 쓰즈키는 이미 방청석에 앉은 이들 눈에 신뢰할 수 있는 증인이 아니었다. 자신의 안전을 위해 일부러 상고인이 의혹을 받도록 한 의사. 십중팔구 그렇게 보일 것이다. 재판관석에 계신 분들은 더 말할 것도 없고.

아까와 비슷한 웅성거림이 방청석을 메우고 있었다. 그게 불신과 의혹의 잔물결이라면 제2라운드도 미코시바의 승리다. 변론의 취지는 상고인 도조 미쓰코의 살의 부재를 입증하는 것. 그러려면 진술 조서 이하 그녀의 살의를 증명하는 것, 시사하는 것 전부를 하나씩 하나씩 깨부수는 수밖에 없다.

그제서야 정신이 든 듯한 쓰즈키가 증언대에서 몸을 내밀었다.

"하지만 전 제 안전만 생각한 게 아닙니다. 환자의 소생을 여러 차례 시도한 끝에 사망을 확인했고, 그러고 나서 장치의 이상을 조사했습니다. 이건 센터 매뉴얼에도 정해져 있는 절차고……."

"신문을 마칩니다."

"하지만……."

쓰즈키는 그래도 자기변호를 계속하려고 했으나 마나베 재판장의 목소리가 가로막았다.

"증인, 이제 됐습니다."

쓰즈키는 허를 찔린 표정으로 우두커니 섰다가 보일 듯 말 듯 어깨를 늘어뜨렸다.

"재판장님, 반대 신문을 하겠습니다."

미간의 주름이 더 깊어진 누카타가 일어섰다. 모자란 학생을 대하는 교사 같은 표정이었다.

누카타는 쓰즈키 앞에 서더니 정면에서 얼굴을 응시하며, 그러면서도 엉뚱하게 느껴질 만큼 온화한 어조로 말했다.

"쓰즈키 씨, 쓰즈키 씨는 이 사건에선 단순한 제삼자입니다. 타인의 말에 현혹되지 말고 자신이 본 것, 한 일을 기억

328

하는 범위에서 대답하면 됩니다."

흡사 마법의 주문 같았다.

'증인'이 아니라 '쓰즈키 씨'라고 부른 게 효과적이었다. 이름으로 부르면 사람은 서로 이름을 부르는 일상생활을 연상해 평정을 되찾는다.

쓰즈키의 얼굴에서 마치 씌었던 게 떨어져 나간 것처럼 동요의 빛이 사라졌다.

"되셨죠?"

"네."

처음의 침착한 목소리로 돌아왔다.

"피해자, 아니 환자의 이상을 모니터가 알리고 나서 쓰즈키 씨는 병실로 달려갔습니다. 그리고 환자의 소생을 우선했지만 뇌파는 두 번 다시 회복되지 않았습니다. 그리고 환자의 소생을 우선했기 때문에, 본래 꺼질 리 없는 전원이 어째서 꺼졌는지 자세히 따지거나 장치 바로 옆에 있던 부인에게 전원 스위치를 눌렀느냐고 추궁할 수 없었습니다. 그렇죠?"

"네, 맞습니다."

"환자의 임종을 지킨 뒤 쓰즈키 씨는 인공호흡기에 이상이 없는지 확인했습니다. 그때 순서를 설명해 주시겠습니까?"

"네. 인공호흡기는 대략적으로 말하면 배터리 동력으로

펌프를 작동해서 환자의 폐에 강제로 산소를 넣는 게 전부인 단순한 장치입니다. 그러니까 체크할 부분도 별로 많지 않죠. 먼저 모니터, 그리고 흡기 및 호기 튜브와 본체에 연결하는 커넥터, 그리고 가장 중요한 배터리. 다 살펴봐도 이상이 없었습니다. 혹시나 해서 나중에 제조업체에 점검을 의뢰했는데, 그때도 결과는 이상 없음이었습니다. 진술할 때도 똑같이 설명했습니다."

"증인은 지금까지 같은 유형의 장치를 얼마나 다뤄 보셨죠?"

"순환기 쪽을 담당한 뒤로는 40~50건 정도 될까요."

"그건 동업자 중에선 많은 편입니까?"

"글쎄요, 아마 많은 편일 겁니다."

"그럼 장치를 다루고 점검하는 데 숙련됐다고 봐도 되겠습니까?"

"그렇게 봐도 지장은 없지 않을까 합니다."

"그럼 숙련가로서 증인은 장치의 작동 상황을 확인할 때 먼저 어디를 보셨는지요?"

"그건 물론 모니터입니다. 사용했던 장치는 갤런드 사의 820형이란 의료 기기인데, 이건 작동 상황을 표시하는 창 외에 모니터 디스플레이에도 상세 정보가 표시됩니다."

"저 같은 문외한도 이해할 수 있게 설명해 주시겠습니까?"

"환자가 바뀔 때마다 장치 설정을 새로 하거든요. 폐활량은 이상理想 체중과 관계가 있기 때문에 먼저 환자의 이상 체중을 입력하고 그 뒤 환기와 관련해서 압력, 유속, 유량, 시간을 설정합니다. 경보가 울리는 건 기기가 이상 정지했을 때와 설정이 갑자기 바뀌었을 때라서 전 먼저 설정을 확인했던 겁니다."

"설정에 무슨 변경이 있던가요?"

"아뇨, 전부 원래대로였습니다."

"그걸 확인하고 나서 증인은 원인이 뭐라고 생각하셨습니까?"

"장치 이상이 아닌 한 인위적인 겁니다. 그래서 병실에 내내 있었던 부인에게 전원 스위치를 끄지 않았느냐고 물은 겁니다."

"그 말은 장치가 일단 정지했던 원인은 그것밖에 생각할 수 없었다, 그런 뜻이죠?"

"그렇습니다."

"이상입니다."

누카타는 재판관들 쪽으로 돌아섰다.

"공자 앞에서 문자 쓰는 것 같은 말씀을 드리자면, 범죄를 구성하는 요소는 세 가지입니다. 기회, 방법, 그리고 동기 죠. 방금 쓰즈키 의사의 증언에서 인공호흡기가 인위적으로 정지됐을 가능성이 지극히 농후하다는 걸 알 수 있습니다. 나아가 인공호흡기를 정면에서 비추는 중환자실 CCTV 영상을 과수연에서 디지털 분석한 결과, 상고인의 손가락이 장치의 전원 스위치에 닿아 있다는 게 입증됐습니다. 사건 발생 시의 현장 평면도는 앞서 갑 3호 증으로 제출했습니다. 또 갑 7호 증을 보시면 이날의 간호사 순회 기록이 있는데, 사건이 발생한 오후 2시 3분에서 두 시간 전까지 현장에 들어간 인물은 한 명도 없습니다. 현장엔 상고인과 지체가 부자유한 아들밖에 없었습니다. 바꿔 말해 기회와 방법은 이미 분명해진 셈입니다."

재판관뿐 아니라 법정에 있는 모든 이에게 이야기하듯 낭랑하게 말했다. 시선을 끄는 화려함은 없지만, 배우처럼 또렷한 목소리는 그것만으로 귀를 기울이게 하는 힘을 가지고 있었다.

"그리고 동기에 관해서도, 조금 전 증언으로 드러난 것처럼 피해자 가정의 과다한 부채와 부자연스러우리만큼 납입금이 많은 보험에서 보험금 사기라는 죄상이 저절로 떠오릅니다. 변호인이 아까부터 구사하는 교묘한 법정 전술 탓에 자칫하면 살의의 존재가 희박해진 것처럼 착각할 가능성도 있을지 모릅니다. 하지만 본 사안은 어디까지나 거액의 보험금을 가로채기 위해 아내가 남편을 죽이려 했다는 단순한 구도입니다."

늘 벌어지는 시소게임이라고 미코시바는 생각했다. 이쪽이 기껏 시소를 기울여 놓으면 검찰 측이 기를 쓰고 원래대로 돌려놓으려 한다. 기습을 가하듯 힘으로 밀어붙이면 그와는 대조적으로 논리 정연한 정공법으로 맞선다. 방책으로는 더없이 타당한 이 방법을 성실하게 실행하는 데서 누카타의 성격이 보이는 듯했다.

성실함. 그건 미코시바에게는 없는 것이었다. 지금까지 수없이 변호를 해 왔지만 하나같이 패색이 짙은 안건만 맡은 탓인지 사실 관계를 하나씩 쌓아 올리는 수법은 영 익숙해지지 않는다. 오히려 이미 쌓인 누각을 기초부터 뒤엎는 듯한 난폭한 방법이 더 성격에 맞는다.

하지만 성격에 맞는 수단은 익숙한 수단이기도 하다. 그리고 익숙한 수단은 어떻게 써야 효과적인지 숙지하고 있다.

"재판장님, 세 번째 증인을 소환하겠습니다."

"그러시죠."

"증인, 이쪽으로 나오세요."

방청석에 있던 남자가 증언대로 다가갔다. 격투기 선수를 연상시키는 근육질 체격에 어울리지 않게 양복을 입었다. 증인 명단에 이름이 올라 있을 뿐 그의 존재에 관해서는 미코시바 외에 아무도 모른다. 누카타는 곁눈으로 힐끗 보고 말았지만 수상쩍게 생각하면서도 불안을 느끼는 눈빛이었다.

"증인, 이름과 나이, 직업을 말씀해 주세요."

"몬젠 다카히로, 41세. 의료 기기 제조사 개발부에 있습니다."

"의료 기기 제조사란 말이죠. 회사 이름을 말씀해 주시겠습니까?"

"갤런드 의료 기기 제조 일본 지사입니다."

"갤런드 사는 전 증인이 이야기했던 인공호흡기 제조업체죠?"

"네. 저희 회사에서 인공호흡기 갤런드 820형을 제조했고 전 그 개발 팀 중 한 명입니다."

"개발 팀이라면 이 장치가 개발된 당초부터 참여했다는 말씀인지요?"

"아뇨. 갤런드 사의 인공호흡기는 역사가 오래돼서 과거에 신제품이 여러 차례 나왔습니다. 제가 개발에 관여한 건 13년 전부터고요. 지금 문제가 되는 기종인 800 시리즈 초기형부터입니다."

"그럼 820형은 번호로 짐작할 때 꽤 구식입니까?"

"그렇죠. 판매를 개시한 게 2000년이니까 개발 현장의 입장에서 보면 골동품이나 다름없습니다. 참고로 현재 최신 기종은 번호가 940입니다."

"골동품이라. 그럼 임상 현장에서 곤란하지 않습니까?"

"아뇨. 죄송합니다, 골동품은 어디까지나 개발 현장에서 그렇다는 거고, 임상에선 취급이나 작동 상황에서나 불안은 전혀 없습니다. 다만 의료 기기는 인체 기능의 일부를 대행하는 성격을 가지는 거라 처음부터 완전무결하긴 쉽지 않거든요. 의료 현장의 피드백을 받아서 버전을 높여 가는 것이 통례죠."

이 부분은 지난번 공장에 갔을 때 이미 나왔던 내용이지만, 미코시바는 일부러 이런 식으로 문답을 진행하자고 몬젠과 말을 맞춰 놓았다. 의료 기기의 정밀도는 나날이 향상되고 있으며 현 시점에서의 성능이 반드시 도달점은 아니라는 인상을 심어 주려는 의도에서였다.

"문제가 된 820에서 최신 기종인 940까지 모델 변경이 몇 번 있었습니까?"

"열두 번이군요. 단 대다수는 세부적인 부분이 약간 변경된 것뿐입니다. 모두 의료 현장의 지적과 요망을 채용한 거라

모델 번호가 달라질 때마다 더 쓰기 편해지는 셈이죠."

"그럼 문제의 820형에 대해 가장 많이 받은 지적 사항은 뭐였는지 대답해 주실 수 있습니까?"

클레임을 '지적 사항'이라는 말로 바꾼 것은 협조해 주는 몬젠에 대한 최소한의 배려다.

"그건 상관없지만…… 말로 잘 설명할 수 있을지 불안한데요."

"그야 그러시겠죠. 그럼 실물을 볼까요?"

미코시바의 말에 법정에 있는 모든 이가 순간 어안이 벙벙했다. 하지만 정말로 어이없어 한 것은 다음 말을 들었을 때였다.

"자, 들여오시죠."

그 자리에 있던 모든 이들이 설마 그럴 리가 하는 가운데, 법정 문이 열리고 높이 1.5미터, 너비 60센티미터인 갤런드 사의 인공호흡기 820형이 나타났다.

방청석이 이제 아예 대놓고 술렁거렸다. 개중에는 소리 내서 웃는 사람까지 있었다. 대법원 법정에 이런 물건을 들이다니 십중팔구 전무후무한 사태일 것이다.

여기에는 마나베 재판장도 언짢은 기색을 보였다.

"변호인, 이건 대체 뭘 위한 데먼스트레이션입니까?"

"무슨 말씀이십니까, 재판장님. 결코 데먼스트레이션이 아닙니다. 신청서에도 갤런드 820형이라고 명기돼 있을 텐데요. 메디컬센터에 확인하셔도 됩니다만, 이건 당일 현장에서 사용됐던 인공호흡기의 실물입니다."

"하지만 신청서엔 변 7호 증이라고만 기재돼 있는데요."

"문서 형태의 증거란 말은 어디에도 없죠. 또 제출하는 증거가 문서 형태를 취해야 한다는 규정도 없을 텐데요."

"변론에 꼭 필요한 겁니까?"

"네. 백문이 불여일견. 실제 기기를 보여 드리면서 변론을 전개하면 상고인의 살의 부재가 한층 명확해지리라고 생각합니다."

"잠깐만요, 재판장님." 누카타가 더는 못 참겠다는 듯 일어섰다. "이건 법정에 대한 모독 아닙니까? 변호인은 대법원 법정을 우롱한다고밖에 보이지 않습니다."

"이건 어엿한 증거 물건입니다. 검찰도 필요하면 사건과 관련된 증거 물건의 실물을 법정에서 제시하잖습니까. 검사가 저항감을 느끼는 건 오로지 커서 그런 겁니다. 지문 하나든 의료 기기 한 대든 증거 물건이란 범주 내에선 같은 비중을 차지할 텐데요. 어떻습니까, 재판장님."

"뭐죠?"

"재판장님은 법정 내에서 범행에 사용된 흉기를 보신 적이 있습니까?"

"네."

"이 인공호흡기는 피해자를 죽음에 이르게 했다는 의미에선 분명히 흉기입니다. 그걸 법정에서 제시하는 것엔 상응하는 필요성이 있습니다."

마나베 재판장은 미코시바를 노려봤지만 논리 자체를 거부할 법적 근거는 없다고 판단했는지 마지못해 고개를 끄덕였다.

"알겠습니다. 변호인은 그 취지에 맞춰 변론하세요."

"감사합니다."

이렇게 해서 증언대 바로 곁에 거대한 의료 기기가 놓인 기이한 광경 가운데 신문이 재개되었다.

"그럼 하던 이야기로 돌아갈까요. 이 820형에 대해 여러 번 지적된 사항이 뭐였는지."

"번잡한 튜브 접속과 불명확한 작동 상황 표시. 그리고 이건 당시 개발됐던 저희 회사 의료 기기의 초기 버전에 공통되는 사항입니다만, 스위치가 다소 빡빡하거든요. 현행 제품에선 스위치 자체가 소형화돼서 작은 힘으로도 껐다 켰다 할 수 있는데, 이건 긴급을 요하는 경우 불편하다는 현장의 의견을 반영해서 840형부터 개량했기 때문입니다. 820형은 개발 시점에서 더 확실한 온 오프를 염두에 두고 스위치를 빡빡하게 만들었는데, 현장에선 되레 그게 안 좋게 작용한 셈이죠."

"확실성을 염두에 둔 이유는 뭡니까?"

"그건 물론 오조작 방지를 위해서입니다. 단 이건 의료 관계자의 과실이 아니라 환자나 환자 가족이 실수로 건드렸을 경우를 가정했던 겁니다. 당시 이미 터치 패널이 일반화돼서 회로판도 값이 저렴했는데, 그래도 채용하지 않은 이유가 그거였죠."

"그럼 장치를 가동해 보시겠습니까?"

"변호인." 마나베 재판장이 참견했다. "설마 실제로 여기서 장치를 작동시킬 생각입니까?"

"물론입니다. 환자는 없지만 실물을 가동시켜 그날 무슨 일이 있었던 건지 실증할 생각입니다."

미코시바는 재판장의 대답도 기다리지 않고 몬젠을 재촉해 전원 코드를 콘센트에 꽂게 했다.

"그럼 증인, 가동해 주세요."

"우선 전원이 공급된 단계에서 장치는 대기 상태가 됩니다. 튜브의 피스 부분은 개방해 두겠습니다. 아니면 오류가 나서요. 그리고 전원 스위치는 이겁니다."

위치를 가리키며 설명한다. 하부 패널 중앙에 가로세로 2센티미터 크기의 검은 버튼이 있는데, 몬젠이 누르자 부웅 하는 기동음과 함께 패널에 불이 들어왔다.

"전원을 끄기 전과 동일한 환자에게 사용할 경우엔 설정에 있는 '동 환자'를 입력합니다."

몬젠이 설정을 마치자 장치가 낮은 소리를 내기 시작했다. 배터리에서 조용히 웅웅 소리가 나고 튜브 입구에서 어렴풋이 환기 소리가 새어나왔다.

여기서 미코시바가 설명을 이어받았다.

"1심에서 검찰 측이 제출한 갑 9호 증에는 사건 발생 당시의 설정값, 즉 압력, 유속, 유량, 시간이 기재돼 있습니다. 환자는 없지만 한층 만전을 기하기 위해서 같은 설정값에 맞췄습니다."

"재판장님, 이건 역시 무의미한 쇼일 뿐입니다." 누카타가 설명을 가로막았다. "증인에게 장치를 설명시키고 있을 뿐 상고인의 행동에 대한 언급은 전혀 없습니다. 변호인은 명백히 시간 끌기를 의도하는 것으로 보입니다."

"변호인, 피상고인의 주장에 어떻게 답변하겠습니까. 저도 처음에 변호인이 말한 살의의 부재와 장치 설명 사이에 상관관계를 못 찾겠습니다만."

"재판장님, 제가 지금부터 하려는 건 검찰 측이 제출한 갑 5호 증, 즉 전원 스위치에 부착된 상고인의 지문에 관한 검증입니다."

미코시바는 자리로 돌아와 책상에 놓여 있던 서류를 집었다. 펼쳐져 있던 페이지는 갑 5호 증, 전원 스위치와 그에 부착된 지문의 확대도다.

"1심에서, 그리고 2심에서도 검찰은 여러 각도에서 상고인의 범행을 입증하려고 했지만, 사실 직접적인 증거 물건이라고 할 수 있는 건 이것뿐이죠. 아까 검사가 한 말을 빌리자면 방법과 기회, 양쪽을 명시하는 게 이 증빙입니다. 바꿔 말하면, 만약 이 증빙 자체에 의심이 발생하면 상고인에 대한 단죄 자체에도 의혹이 생긴다는 뜻입니다."

마나베 재판장은 입을 열지 않았다. 미코시바는 침묵을 승낙의 뜻으로 다소 억지로 해석하고 변론을 계속했다.

"아까 더욱 만전을 기하기 위해서 장치는 사건 당시와 동일하게 설정했다고 말씀드렸죠. 그럼 당연히 이 전원 버튼을 누르는 역할도 상고인이 해야 합니다."

방청석이 술렁거렸다.

미쓰코도 놀란 표정으로 미코시바를 보았다.

마나베 재판장 이하 다섯 재판관이 서로 마주 보았다.

누카타가 일어나 말했다.

"이 자리에서 범행을 재연하자는 건가."

"법정에서 의료 과실을 따지는 사안은 지금까지도 무수히 많았죠. 그때마다 재판 관계자를 힘들게 하는 게 의료 분야의 전문성입니다. 우리 법조계 인간도 일반적으로 잘 회자되지 않는 말을 씁니다만, 의료 쪽에서 쓰는 말도 그런 의미에선 막상막하거든요. 문서를 읽어 봐도 잘 상상이 되지 않아요. 하지만 이렇게 눈앞에서 실제로 해 보이면 사건 당시에 무슨 일이 있었던 건지 분명하게 알 수 있습니다. 게다가 상고인이 피험자인 셈이니까 가령 손가락 굵기라든지 힘 같은 요소도 따로 고려할 필요가 없죠."

미코시바는 자신이 마술사 아니면 사기꾼이 된 듯한 착각이 들었다. 둘 다 입으로 관객을 현혹시키는 게 생업인데, 지금 이 순간 미코시바에게 가장 필요한 능력이 그것이었다.

"과학 실험에 불가결한 건 재현성이란 말이 있습니다. 이자리도 당시 상황을 재현하는 게 골자입니다만, 재현성을 높이는 의미에서 스위치에 어떤 한정 조건을 보탰습니다."

미코시바는 갑 5호 증, 미쓰코의 지문 사진을 높이 쳐들었다.

"이 사진은 확대된 겁니다. 지문의 실제 크기는 가로 7, 세

342

로 9밀리미터. 바꿔 말하면 이 면적에 달할 때까지 상고인의 검지가 스위치를 계속 눌러서 전원이 꺼졌다는 뜻입니다."

말하면서 마나베 재판장의 반응을 살폈다. 마나베는 의아스러움과 흥미가 반반씩 섞인 표정으로 미코시바의 설명에 귀를 기울이고 있었다.

"그래서 증인의 협조를 얻어 전원 스위치에 어떤 장치를 했습니다. 센서를 써서 상고인의 지문이 실물에 부착된 면적이 됐을 때 외장 램프에 불이 들어오게 한 거죠. 상세한 회로도는 사전에 제출한 변 8호 증에 기재돼 있습니다."

마나베 재판장 이하 다섯 재판관은 앞에 놓인 변 8호 증을 확인했다.

"그럼 상고인, 앞으로 나와 주세요."

미코시바가 말하자 미쓰코는 당혹한 표정을 보이며 장치 앞으로 걸어 나왔다. 그리고 머뭇머뭇 그 앞에 놓인 의자에 앉았다.

"이 의자도 사건 발생 당시 병실에서 실제로 상고인이 앉아 있었던 걸 센터에서 빌려 왔습니다. 따라서 앉는 위치, 높이도 조건을 동일하게 했습니다. 자, 도조 씨. 전원 스위치를 눌러 보세요."

미쓰코는 흡사 징그러운 것에 손을 갖다 대듯 전원 스위치로 손가락을 뻗었다.

　재판관들도 누카타도, 그리고 방청객들도 기침 소리 하나 내지 않고 그녀의 손가락을 주시했다.

　손가락이 전원 스위치에 닿았다.

　곧바로 외장 램프에 불이 들어왔다.

　그러나 장치 전원은 꺼지지 않았다.

　배터리의 규칙적인 소리가 계속 들려왔다.

　미쓰코의 표정이 갑자기 빛나기 시작했다.

　법정이 또다시 술렁거렸다.

　마나베 재판장이 몸을 약간 내밀었다.

　"변호인, 한 번 더 보여 주겠습니까?"

　"그러죠."

　미쓰코는 또다시 전원 스위치를 눌렀다.

　바로 램프에 불이 들어왔지만 장치는 여전히 가동하고 있었다.

　법정을 메운 웅성거림이 더욱 커졌다.

　"정숙. 변호인, 이게 대체……."

　"보신 바와 같습니다, 재판장님. 그때 상고인이 누른 힘으로는 전원이 꺼지지 않았던 겁니다."

　누카타가 안색이 달라져 일어섰다.

"이의 있습니다, 재판장님! 변호인은 조건이 다른 실험으로 사실을 왜곡하려는 겁니다."

"뜻밖이군요, 검사. 외장 램프를 붙인 정도로는 스위치의 저항력이 달라지지 않게 했습니다. 게다가 광센서를 사용했으니까 기타 불필요한 저항은 일절 가해지지 않습니다. 그건 제출한 회로도를 보면 명백할 텐데요. 뭐하면 현경 과수연에 확인을 의뢰하셔도 됩니다. 그래 봤자 여기 증인처럼 장치를 개발한 사람의 검증보다 나을 게 있나 싶습니다만. 증인, 이 외장 램프 때문에 스위치의 저항력에 조금이라도 변화가 있습니까?"

"일절 없습니다."

몬젠이 가슴을 펴고 대답했다.

"확인을 위해 상고인, 이번엔 램프에 불이 들어와도 상관 말고 스위치를 계속 눌러 보세요. 서두르지 않아도 됩니다."

시키는 대로 미쓰코가 스위치에 갖다 댄 손가락에 힘을 주었다.

바로 램프에 불이 들어왔지만 역시 전원은 꺼지지 않았다.

계속 눌렀다.

그러자 그제야 장치의 디스플레이가 틱 소리를 내며 꺼졌다.

"센서는 스위치에 닿은 지문의 면적과 압력도 검출할 수

있게 만들었습니다. 증인, 갑 5호 증의 사진에 있는 상태와
전원이 꺼진 순간 지문의 크기와 압력에 차이가 어느 정도
있었는지요?"

"방금 전 검증 결과로 보자면, 사진에 찍힌 상황에선 가
로 7, 세로 9밀리미터, 압력은 약 20그램, 그리고 전원이 차
단됐을 땐 가로 15, 세로 25밀리미터, 압력은 약 90그램이
군요."

"이 결과를 어떻게 해석하시겠습니까?"

"어떻게고 뭐고 없어요. 처음에 말씀드린 것처럼 820형
특유의 빡빡한 스위치가 수치로 나타난 것뿐입니다. 사진에
찍힌 정도의 압력으론 장치의 전원이 꺼지지 않습니다."

"재판장님, 지금 들으신 바와 같습니다."

재판관석을 향해 돌아서자 마나베 재판장은 몹시 날카로
운 표정을 짓고 있었다. 예상 밖의 전개에 곤혹스러워 하는
게 누가 봐도 명백했다.

"확실히 상고인은 전원 스위치를 건드렸습니다. 하지만
전원을 차단할 수 있을 정도로 누르진 못했습니다. 끝까지 누
르기 전에 장치가 저절로 꺼진 겁니다. 장치의 전원이 꺼진 건
다른 요인 때문입니다. 상고인이 끈 게 아닙니다."

법정이 소란스러워졌다. 옆 사람과 마주 보는 이, 제각각

뭐라 하는 이, 그리고 누카타 검사를 가리키는 이까지 방청석이 시끌시끌했다.

"정숙!"

검찰 측을 보자 누카타는 못마땅한 얼굴로 인공호흡기와 몬젠을 번갈아서 노려볼 뿐 반박에 나설 기미는 보이지 않았다. 그야 당연할 것이다. 장치를 만든 것도, 제시된 압력으로는 스위치를 끝까지 누를 수 없다는 것을 입증한 것도 개발자 본인이다. 스위치가 예민하게 작동하지 않는 것은 제조업체 입장에서는 마이너스 요인일 뿐인데, 그런 불리한 사실을 당사자가 증언했으니 무슨 말을 어떻게 하든 우위성을 흔들어 놓을 수 없다.

"따라서 상고인이 피해자를 죽음에 이르게 하는 건 불가능했다는 결론에 다다릅니다. 재판장님, 변호인은 다시 한 번 상고인의 무죄를 주장합니다."

웅성거림은 어느새 감탄의 파문으로 변해 조용히 퍼져 나갔다.

마나베 재판장은 헛기침을 한 번 하고 미코시바를 내려다보았다.

"변호인, 그럼 장치의 전원이 차단된 이유는 뭡니까?"

"재판장님, 죄송하지만 본 법정은 그걸 따지는 자리는 아니라고 생각합니다. 게다가 제 변호 내용에도 들어 있지 않고, 저 자신도 원인은 해명하지 못했습니다. 다만 증인 앞에서 이 말을 하는 게 내키진 않습니다만, 이 820형은 현재의 국제 규격에 적합하지 않고 또 판매 뒤 미국 일리노이 주립 병원을 비롯해 몇몇 병원에서 클레임이 있었다고 합니다."

"하지만 그 실물에 관해 제조업체에서 이상 없다는 보고를 받았다고 진술 조서에 있던데요."

"이건 증인에게 들은 말입니다만, 820형은 전파 간섭에 의한 오작동의 경우 흔적이 안 남는 모양입니다. 단 갤런드 사에선 클레임이 있은 뒤 신속하게 모델 변경을 해서 대책을 마련했으니까, 만약 예전 타입의 장치를 사용해서 오작동이 생겨 결과적으로 사망자가 발생했다면 그건 그 장치를 계속해서 사용한 메디컬센터가 책임을 져야 할 일이란 생각도 듭니다."

쓰즈키가 눈을 부릅뜨며 일어섰다. 그럴 만도 하다. 제삼자로서 증언대에 섰는데 어느새 증인에서 피고인의 입장으로 변해 가고 있으니 말이다. 이게 웬 날벼락이냐고 얼굴에 쓰여 있었다.

"피상고인, 무슨 의견이 있습니까?"

법정 내의 시선이 누카타에게 쏠렸다. 미코시바도 곁눈으

348

로 훔쳐봤다. 고법까지 당연하게 이겼던 소송이 대법원에서 뒤집힌다. 담당 검사에게 그보다 더 명예롭지 못한 일은 없다. 마음속에서 분노의 마그마가 용솟음치고 있을 것이다.

그러나 누카타는 억양 없는 목소리로 이렇게 대답했다.

"없습니다."

방청객들 사이에서 호오 하는 소리가 새어나왔다. 그건 안도하는 목소리처럼 들렸지만, 미코시바는 반대로 마음이 불안해졌다.

마나베는 누카타의 대답에 가볍게 고개를 끄덕인 뒤 법정을 둘러보며 말했다.

"그럼 판결은 2주 뒤, 오전 10시에 하겠습니다. 폐정."

그 말을 신호로 보도 관계자인 듯한 몇 명이 법정에서 뛰쳐나갔다.

3

폐정 후 미코시바는 몰려드는 기자들을 피해 대기실에 있었다. 밖으로 나가는 순간 기자들에게 에워싸일 게 뻔하다. 얼마 동안 여기서 기다리는 게 무난할 것이다.

만족감도 승리감도 없이 그저 기분 좋은 피로감만 있었

다. 누카타 검사는 제법 만만치 않은 상대였지만 그래도 마지막 일격은 치명적이었을 게 틀림없다. 비록 한순간이나마 그 철가면이 경악에 허물어지는 모습을 똑똑히 봤다.

다른 사건으로 또 그 남자와 맞붙고 싶지는 않았다. 표면적으로는 깨끗이 포기한 것처럼 굴었지만, 그런 남자는 자신이 받은 수모를 결코 잊지 않는다. '에도에서 당한 원수를 나가사키에서 갚는다'는 식으로 기를 쓰고 덤벼들면 곤란하다. 한동안 얼굴 마주할 일이 없게 하자.

그런데 반대로 얼굴을 마주하고 싶었던 인물이 눈앞에 나타났다.

"여기 계셨군요."

미키야를 따라온 다카시로가 미코시바를 보자마자 손을 덥석 붙들었다.

"선생님! 정말 감사합니다. 훌륭하십니다. 지옥에서 부처님 만난 것 같단 게 딱 이런 거군요."

"고맙습니다."

"선생님은 정말 굉장한 변호사십니다. 이제 부인도 석방되겠군요."

"아니, 그건 판결이 나와 봐야 알죠."

"무슨 말씀을. 그 검사, 그리고 재판장 얼굴 보셨습니까?

전 재판은 아무것도 모르는 까막눈이지만 내기를 해도 좋습니다. 선생님의 대승리예요. 어이쿠, 이럼 안 되지. 하도 기뻐서 공장 친구들한테 알리는 걸 깜박했군요."

다카시로가 휴대폰을 꺼내는 모습을 보고 미코시바는 보란 듯이 눈살을 찌푸렸다.

"다카시로 씨, 여기서 그런 이야기는 안 하는 게 좋습니다. 이 층엔 아직 기자들이 얼씬거리고 있으니까요."

"어이쿠, 이거 실례."

"한 층 내려가면 조용할 겁니다."

"그럼 얼른 가서 보고하죠."

다카시로는 그런 말을 남기고 대기실에서 나갔다.

미코시바와 미키야만 남았다.

다카시로의 뒷모습을 지켜보는데 미키야의 시선이 느껴졌다. 얼굴은 비스듬히 위로 쳐들었지만 눈은 미코시바를 똑바로 보고 있었다.

"왜? 뭐 할 말 있어?"

미키야는 여느 때처럼 휴대폰을 열고 자판을 친 다음 액정 화면을 보여 주었다.

―고맙습니다. 어머니를 도와주셔서.

미코시바는 잠시 미키야의 눈을 똑바로 응시했다.

"정말 그렇게 생각하나?"

ㅡ네. 이 정도면 확실히 이길 거예요.

"그 뜻이 아니야. 내가 묻는 건 재판에 이겨서 정말 기쁘
냐 하는 거야."

ㅡ? 무슨 뜻인지 모르겠는데요.

표정이 달라지지 않은 채 의아하게 묻는 미키야에게 미코
시바는 잡담이라도 하는 듯한 말투로 말했다.

"어째서 가가야 류지와 아버지를 죽였지?"

ㅡ? 무슨 뜻인지 모르겠는데요.

미키야는 똑같은 화면을 또다시 보였다.

"뜻이고 뭐고 말 그대로야. 가가야와 도조 쇼이치를 죽인
건 미키야, 너다."

ㅡ선생님, 갑자기 무슨 말씀이세요.

"갑자기? 그건 아닐 텐데. 아버지는 그렇다 치고 가가야
땐 혹시나 싶은 마음도 있었어. 하지만 네 신체적 특징 때문
에 그 이상 생각하지 않았다."

그리고 미키야의 신체적 특징에서 한 인물이 연상돼서 의
심하기를 자연히 피하게 됐다.

"그때 공장에 쓰러져 있는 가가야를 본 난 자연사라고 생
각하고 말았어."

그날 재판을 모두 마치고 집으로 가려던 미코시바는 미키야에게서 문자 메시지를 받았다.

—선생님, 바로 와 주세요. 큰일 났어요. 사람이 죽었어요.

심상치 않은 내용에 도조 제재소로 서둘러 가 보니 사무실 앞에 남자 시체가 누워 있었다. 그게 가가야였다. 가가야가 이곳에 있는 이유는 바로 짐작이 갔다. 공갈밖에 없다. 자신을 따라다니던 것과 같은 이유로 이곳에 온 것이다. 협박 재료가 무엇인지는 알 수 없지만 미쓰코에게 불리한 일이라는 것은 분명했다. 가령 미쓰코가 아직도 약물에 의존하고 있다는 사실이라든지.

미코시바는 가가야의 시체를 재빨리 훑어봤지만 외상은 어디에도 없었다. 한 손밖에 못 쓰는 미키야에게 살인은 불가능하고, 일단 생각할 수 있는 것은 발작이었다.

경찰에 신고하자. 그런데 금세 다른 목소리가 가로막았다. 가가야가 도조 모자를, 그리고 미코시바까지 협박하려 했다는 사실은 경찰이 조사하면 금세 드러날 것이다. 그건 현재 소송 중인 당사자 도조 모자와 변호인인 미코시바에게 불리한 일이었다.

가가야가 죽은 것 자체는 신경 쓰지 않았다. 협박을 당해 그를 미워하는 사람은 어차피 무수히 많을 텐데 자신들만 의심을 받지는 않을 것이다. 문제는 장소다. 이곳에서 시체가 발견되면 도조 모자와 관계자인 자신에게 경찰이 관심을 보일 것은 분명하다.

방법은 하나뿐. 시체를 멀리 떨어진 곳에 유기하는 것이었다. 사인 따위 알 바 아니고 어쨌거나 가가야의 죽음을 도조 가와 무관하게 만드는 게 급선무였다.

미코시바는 바로 가가야의 옷을 벗기기 시작했다. 비에 젖은 옷에 톱밥이 묻어 있어 그냥 두면 죽은 장소가 밝혀질 것이다.

빗줄기는 더욱 세차져 호우의 양상을 띠기 시작했다. 오히려 잘됐다. 이렇게 비가 쏟아지는데 밖을 나다닐 사람은 많지 않을 것이다.

미코시바는 체액이나 머리카락이 트렁크에 남지 않도록 파란 비닐 시트로 가가야의 시체를 싼 다음 차로 운반해서 이루마 강에 버렸다. 호우에 탁류가 흐르는 이루마 강이 시체를 바다까지 실어 날라 줄 줄 알았건만 설마 다리에 걸릴 줄이야. 발견이 빨랐던 만큼 경찰은 예상보다 일찍 도조 가와 자신을 주목하고 말았다.

"하지만 그건 자연사가 아니라 살인이었어. 네가 죽인 거야."

354

―어떻게요? 전 한 손밖에 못 쓰는 몸인데요.

"아닌 게 아니라 몸싸움을 벌이기엔 부적합한 몸이지. 뇌성마비, 혼자선 일어서지도 못하는 신체. 하지만 그 휠체어처럼 기계의 힘을 이용하면 남들 하는 일은 다 할 수 있어. 그래, 심지어 살인조차도."

―살인에 기계를 쓴다고요?

"구체적으로는 지게차를."

미코시바는 제재소 내부를 떠올렸다. 공장 입구에서 안쪽 사무실로 들어갈수록 천장이 낮아진다. 사무실 앞은 의자에 올라서면 손이 닿는 높이였다. 어두운 바닥에는 리프트용 레일이 종횡으로 깔려 있어 리프트와 리프트 사이로 어른 한 명이 가까스로 지날 수 있는 공간밖에 없었다.

"사무실 앞 형광등은 고정하는 부분이 망가져서 노출돼 있었어. 넌 그걸 이용하기로 했어."

미키야는 대답하지 않았다. 감정을 읽을 수 없는 눈으로 쳐다볼 뿐이었다.

"넌 자동화된 지게차를 손가락 하나로 자유자재로 움직일 수 있어. 그날은 가가야가 널 만나러 오기로 돼 있었기 때문에 넌 미리 덫을 놨어. 먼저 기계를 가운데에 모아 놔서 가가야가 걸어올 길을 제한시켰어. 그리고 사무실 앞 지게차의

355

마스트를 올려서 형광등 노출 부분에 접촉시켜 놨어."

잠시 말을 중단하고 미키야의 반응을 확인했다. 그러나 여전히 변화는 보이지 않았다.

"약속 시간에 가가야가 나타났어. 덫을 쳐 놓은 줄은 까맣게 모르고. 바깥은 폭우가 쏟아져서 어두운 데다 공장 안에도 불빛이 약해서 그자는 기계의 위치를 손으로 확인하며 사무실로 다가왔어. 그리고 형광등과 닿아 있는 지게차에 왼손을 댄 순간 가가야의 몸은 전기회로의 일부가 됐어. 공업용 200볼트 전기가 지게차에서 가가야의 몸을 통과하고 신발 바닥의 징이 접지 역할을 해서 땅에 흡수된 거야. 비를 맞아 흠뻑 젖은 몸도 통전에 더없는 조건이지. 순식간에 죽었을 거다. 왼손에서 흘러든 전기가 심장을 직격해서 가가야는 심장 기능 정지와 호흡근 마비로 즉사했어. 뒤처리는 아주 간단했어. 넌 지게차 마스트를 내리고 모여 있던 기계를 분산시키면 그만이었어. 그리고 나서 날 부른 건 상의하기 위해서가 아니라 시체를 처리시키기 위해서였어. 현장으로 달려온 난 가가야의 시체를 보자마자 도조 가에도 나 자신에게도 불리한 사태라고 판단했는데, 실은 그것조차도 네 계산에 있었어."

다시 말을 중단했다.

침묵이 흘렀다.

시간도 흘렀다.

얼마 동안 노려보자 이윽고 미키야는 평소와 다른 완만한 동작으로 자판을 치더니 천천히 화면을 내밀었다.

─딩동.

저도 모르게 미키야를 쳐다보았다. 그러나 표정에는 아무런 변화도 없었다.

갑자기 휴대폰이 사위스러운 물건으로 보였다.

--선생님, 역시 대단한데. 두 번째 건 보기 좋게 맞혔어.

"왜 죽였지?"

─그건 처음 문제랑 상관있는 일이라서. 단독으로 대답하기 쉽지 않은데.

명백히 이전과 다른 글투였다. 그곳에 나타난 것은 타인의 죽음을 가볍게 취급하고 비웃는 비정함이었다.

사람은 보통 표정으로 감정을 속인다. 그렇다면 원래부터 표정이 없었던 미키야는 글투로 남을 기만해 왔을까.

"그럼 다음으로 아버지를 살해한 이야기를 해 보지. 이건 변호가 아니라 기소에 해당되니까 기회와 방법, 그리고 동기를 언급하면 만족하겠나?"

─그거 꼭 들어 보고 싶군요.

어제도 얼굴을 마주했건만 흡사 정체불명의 누군가와 휴대폰 액정 화면을 통해 대화하는 기분이 들었다.

"지금 다시 보니까 휴대폰이 꽤 낡았군."

—문자만 되면 충분하니까. 내 유일한 의사소통 수단이라 철들었을 때부터 쓰던 거야.

"의사소통 수단인 동시에 네 무기이기도 하지. 아까 법정에서 말한 것처럼 미쓰코 씨 손가락이 스위치를 끝까지 누르기 전에 전원이 꺼졌어. 그건 아마 전파 간섭 탓이 아니겠느냐고 암시했는데 실제로 그랬어. 갤런드 사 인공호흡기 820형은 외부의 전자 간섭으로 오작동을 일으켜서 정지한 거야. 그 장치는 마이크로프로세서를 탑재해서 디지털 방식으로 제어되지. 그게 전파 간섭을 받으면 전자 부품이 장치 내부에 한도를 넘는 노이즈를 발생시켜 0과 1의 수열이 변화하면서 명령 내용이 바뀌는 수법이야."

—그렇게 약해 빠진 기계예요?

"확실한 데이터도 있어. 2001년 미국 메이요 클리닉에서 한 실험 결과다. 실험 팀은 심폐계 의료 기기 열일곱 대를 대상으로 기기 뒤에 있는 통신 포트에 다섯 종류의 휴대폰을 갖다 대서 오작동의 유무를 조사했어. 그 결과 열일곱 대 중 일곱 대에서 이상이 발생했어. 특히 중대했던 건 인공호흡기 한 기종에서 장치의 정지와 재가동이 발생했다는 사실이야."

—용케 그런 걸 조사했네요.

"별거 아니야. 기기 개발자한테 들었으니까. 그것 참 흥미로운 이야기더군. 이상이 발생한 인공호흡기는 갤런드 사 제품 모델 번호 820이었거든."

미코시바는 가방에서 갑 3호 증, 중환자실 평면도를 꺼냈다.

"이 그림을 보면 일목요연하다만 너와 미쓰코 씨는 인공호흡기에서 옆쪽으로 앉아 있었어. 미쓰코 씨가 장치 정면이 보이는 위치, 넌 그 왼쪽으로 장치 바로 옆에서 쇼이치 씨의 얼굴을 내려다보는 모양새야. 아버지가 장치 덕에 가까스로 연명하는 모습을 정면에서 보게 하고 싶지 않다고 미쓰코 씨가 배려한 건데, 넌 이 배치를 영리하게 이용했어."

그러고는 자신의 휴대폰을 열었다.

"휴대폰은 나날이 진화해서 기능은 점점 늘어나는 반면 출력은 점점 낮아지고 있지. 가령 이건 디지털 PDC란 방식이라는데 통상 출력은 0.2와트야. 그런데 어느 회사 제품이나 마찬가지다만 예전 타입일수록 출력이 높거든. 네 구식 휴대폰은 1와트가 넘는다더군."

미키야가 순간적으로 휴대폰을 몸으로 감추려는 듯한 동작을 취했다.

"메디컬센터는 모든 병실에 전파 안전 보호 장치를 도입했어. 이건 휴대폰 전파를 특정 구역에서만 차단하는 장치인데, 원내를 통화 가능 구역과 불가능 구역으로 나눠서 전파 간섭을 방지하기 위한 거다. 물론 쇼이치 씨가 있던 중환자실은 통화 불가능 구역이다만, 여기에 맹점이 있어. 모종의 목적을 가진 인간이 고의로 휴대폰을 사용하는 사례를 간과한 거지. 휴대폰은 통화권에서 이탈했을 때 교신 가능한 기지국을 탐색하려고 최대 출력으로 전자파를 방사하는 특징이 있거든."

이어서 미코시바는 미쓰코의 진술 조서를 꺼냈다.

"우연히도 미쓰코 씨가 진술하면서 이렇게 증언했지. '처음에는 이 말 저 말 시켜 봤지만 반응이 전혀 없었기 때문에, 미키야와 두서없이 이야기를 하는 정도고'라고. 이야기하다. 비장애인한테는 지극히 평범한 행위지만 네 경우엔 휴대폰이란 도구가 필요해. 본래 중환자실에 휴대폰을 갖고 들어가는 건 금지되지만, 너한테는 의사소통 수단이었기 때문에 미쓰코 씨는 그걸 허용했고 또 신경 쓰지도 않았어. 넌 그걸 이용해서 쇼이치 씨 머리맡에 앉아선 미쓰코 씨 모르게 인공호흡기 뒤의 통신 포트에 휴대폰을 밀착시켰어. 날이면 날마다. 전자파의 강도는 거리의 제곱에 반비례한다.

인공호흡기는 매일매일 전자파의 간섭을 최대한으로 받은 끝에 그날 마침내 오작동을 일으켰어."

그러자 지금까지 반응이 없었던 미키야가 휴대폰을 내밀었다.

—재미있는 가설이네요. 하지만 그 실험 결과로 따지면 17분의 7. 41퍼센트, 확률 50퍼센트 이하. 그런 도박이나 다름없는 확률에 기댄 살인 계획이 실제로 있겠어요?

"확률에 기대는 건 서두를 필요가 있는 경우에만이지. 이 경우는 그렇지 않았고."

미코시바는 침착하게 대답했다.

"뇌타박상을 당해 중환자실에 갇힌 몸. 조기 회복의 가능성은 거의 제로. 결과를 서두를 필요가 없어. 넌 매일 꾸준하게 휴대폰을 통신 포트에 대고만 있으면 됐어. 오작동을 일으키면 좋고, 안 돼도 표적은 어차피 꼼짝도 못 하니까 찬찬히 다음 수단을 궁리하면 돼. 하지만 넌 고기가 있을 것 같지 않은 인공 연못에 낚싯줄을 드리우는 낙관주의자가 아니란 말이지. 아버지의 생명줄인 장치가 휴대폰의 전파 간섭으로 정지했다는 사실을 알고 있었기 때문에 시도를 계속한 거다. 장치의 모델 번호를 외워 놨다가 집에 가서 인터넷으로 검색이라도 했나? 그리고 네 의도는 보기 좋게 적중했어.

그날 오후 2시 3분, 장치가 정지해서 패널의 램프가 빨간색으로 깜박이기 시작했어."

그러고는 다시 미쓰코의 진술 조서를 폈다.

"'그런데 램프가 빨간색으로 깜박이고 있었습니다. 미키야도 귀는 잘 들리기 때문에 금세 이변을 깨닫고 제 쪽으로 이동해 오더니 저처럼 패널을 보고 놀랐습니다. 어지간히 당황했는지 평소에는 창피하다고 잘 말을 하지 않으려고 하는 아이가 패널을 가리키며 필사적으로 끙끙댔습니다.' 일 한번 확실하게 하는군. 넌 일부러 허둥대는 척해서 미쓰코 씨를 괜히 더 동요하게 했어. 혼란에 빠진 미쓰코 씨가 전원 스위치를 누르면 이상 정지를 미쓰코 씨 탓으로 돌릴 수 있으니까. 미쓰코 씨는 네 연기에 감쪽같이 속아서 이성을 잃고 여러 차례 스위치를 눌렀어. ……자. 이로써 기회와 방법을 설명했다만, 어때, 과부족은 없지?"

미코시바는 또다시 미키야의 반응을 살폈다. 여느 때처럼 빠른 속도로 자판을 치는 미키야는 조금도 동요하는 기색이 없었다.

—짝짝짝. 진짜 과부족이 없네요. 그럼 이제 동기인가요.

"동기는 단순해. 돈이다."

—! 그렇군요, 단순하네요. 하지만 어차피 언젠가 아버지

362

가 죽으면 보험금 질반은 제가 갖기로 돼 있는데요. 그런데 왜 일부러 자기 손을 더럽혀야 하죠? 아까 선생님 실명하고 모순되는 것 같은데요.

"확실히 조기 회복의 가능성은 거의 제로다. 하지만 바꿔 말하면 그대로 장애를 가진 채 살 가능성도 있단 말이지. 만약 그렇게 되면 보험금은 받아도 도조 가는 수발이 필요한 사람이 둘이나 있게 돼. 빚도 당연히 갚을 수 없고. 공장은 경영 파탄, 운 좋게 국가의 지원을 받더라도 의료비 재원이 대폭 삭감된 지금 생활을 유지할 수 있단 보장은 어디에도 없어. 그러니까 나중이 돼도 좋으니까 아버지는 죽어 줘야 했어. 거기다 어머니가 살인 혐의를 받으면 더 좋고. 어머니가 유죄 판결을 받으면 보험 규정상 어머니가 받을 보험금도 네 차지가 되니까. 공장은 자동화됐으니까 혼자 힘으로 꾸려 나갈 자신도 있었어. 그리고 그렇게 생각하면 가가야를 죽인 것도 이해가 돼. 가가야는 공갈 재료를 찾아서 여러 곳에서 정보를 물색했는데, 그중에 일본 심폐 보조 협회도 있었단 말이지. 그곳 사이트엔 당연히 휴대폰의 전파 간섭에 의한 장치의 이상 발생 정보가 게재돼 있어. 가가야는 십중팔구 그걸 읽고 널 대상으로 찍어서 협박했어. 그래서 넌 가가야도 죽였어."

―납득할 수 있는 동기네요. 돈 때문에, 자기 생활을 보

장하기 위해 아버지를 죽이고 어머니한테 죄를 덮어씌운다. 제가 그 정도로 철저한 냉혈한인 줄은 몰랐는데요.

"이해가 안 되는 부분도 있어."

—뭐죠?

"아버지를 살해한 동기로는 충분하겠지. 하지만 어머니한 테 죄를 덮어씌웠다는 점에서 약간 걸리는군. 보험금의 절 반이면 1억 5000만 엔. 충분한 액수다. 어머니한테 억지로 죄를 씌우는 방법도 있지만, 인공호흡기 고장으로 꾸미는 방법도 없지 않았어. 관점을 달리하면 아버지는 안락사라고 볼 수도 있지만 어머니는 자칫하면 평생 교도소에서 못 나 와. 아무리 봐도 어머니를 미워하는 마음에 비중이 실리는 것 같다만, 대체 왜 어머니를 그렇게까지 미워하지?"

미키야는 얼마 동안 손가락을 움직이려 하지 않았다. 감 정을 읽을 수 없는 눈으로 미코시바를 비스듬히 응시하며 마음속 깊은 곳을 캐려는 듯 보였다.

—모르시겠어요?

"모르겠군."

—이것도 간단한 동기예요. 절 이런 몸으로 만든 게 그 여 자라서예요.

어머니를 그 여자라고 말했을 때 경직된 표정근 밑에서 미키야는 어떤 표정을 짓고 있었을까.

"네 몸? 뇌성마비가 미쓰코 씨 책임이란 말인가?"

—뇌성마비의 원인은 아시죠?

"그래."

—수정에서 생후 4주 사이에 입은 뇌 손상. 제 경우는 태내 발육 과정에서 그 망할 여자한테서 마약의 영향을 받은 탓이겠죠. 이건 억측도 뭐도 아니고 예전 주치의한테서 알아낸 거예요.

액정 화면에 표시되는 글자 수가 확 늘었다. 갑자기 말수가 많아진 것도 아닐 것이다. 남 못지않은, 아니 어쩌면 그 이상의 지능을 가진 미키야의 내면은 받아줄 사람이 없는 말과 논평 받을 일이 없는 사고로 터질 듯한 상태였던 것이다.

—절 낳기 전부터 그 여자는 현역 약쟁이었어요. 그건 선생님도 아시죠? 그 인간은 대마초 관리법 위반으로 체포된 전과가 있으니까. 착각도 작작 좀 해라 싶다니까요. 그런 여자는 결혼하고 애 낳을 자격 같은 거 없는데.

"하지만 미쓰코 씨가 결혼해서 애를 낳지 않았으면 넌 이 세상에 존재하지 않았을 텐데."

—세상에 태어난 걸 감사하라고요? 제대로 울지도 웃지도 못하고 말도 못 하고 정상적으로 걷지조차 못해도 살아 있

는 것만 해도 행복하지 않느냐고요? 선생님, 재미있는 이야기 해 드려요?

본인이 그렇게 말할 때는 절대로 유쾌한 이야기가 아니지만 미코시바는 아무 말도 하지 않았다.

—그 여자는 약쟁이 주제에 출산하고 나서 금단 증상도 없이 건강한 몸으로 돌아간 모양이야. 어처구니없는 이야기 아냐? 애가 엄마의 독소를 전부 흡수했다니. 사리에 맞지 않아. 의학적으로 설명되는 일도 아니고. 하지만 그런 일이 아주 가끔, 몇 천 분의 1 확률로 있다는데 그게 하필이면 나한테 일어난 거라고.

액정 화면에서 분출되는 분노가 미코시바를 붙들고 놓아 주지 않았다.

"그래도 어머니잖나."

—전혀 어머니 아니었어. 철들었을 때부터 날 돌봐 주는 건 다카시로 씨 아니면 도우미 일이었어. 그 여자는 가급적 날 건드리려고 하지도 않았어. 언제나, 언제나 이렇게 소름 끼치는 애는 내 애가 아니란 말만 계속했어.

"그게 진짜 동기인가?"

—아버지가 그렇게 돼서 병원으로 실려 갔을 때 그 여자한테 전부 덮어씌워 주자고 생각했어. 보험금은 전액 내 차

지가 돼. 아버지 수발을 들 걱정도 없어져. 그리고 그 여자한 테 복수할 수 있어. 일석삼조지.

괴물이다. 미코시바는 생각했다.

눈앞에 있는 것은 사람의 탈을 쓴 괴물이다.

26년 전 자신이 그랬던 것처럼.

그럼 이 괴물에게도 인간으로 돌아올 기회가 있을까.

이 괴물에게도 시마즈 사유리나 이나미 교관, 라이야 같 은 사람들을 만날 기회가 있을까.

미코시바는 길게 한숨을 내쉬었다. 속았다는 노여움도, 이 괴물을 위해 뛰어다녔다는 후회도 없었다. 그저 꺼칠꺼칠 한 감촉만 가슴에 남았다.

"긴 고백이었다만 이제 너 자신은 어쩔 생각이지?"

—이제? 아무것도 안 해.

"사건을 의료 과실로 바꿔치기하고 시치미 떼겠다고?"

—그건 선생님 공이잖아. 뭐 어때. 선생님 주가가 또 오를 거야.

"미쓰코 씨가 석방되면 이번에는 둘만의 생활이 시작될 텐데."

—원래대로 돌아가는 것뿐이야. 지금까지도 서로 미워했으 니까. 아버지는 가운데서 쩔쩔매기만 하고 결국 아무 도움도

못 됐으니까 있건 없건 똑같아. 뭐, 보험금이 들어오는 건 환영이지만. 그 여자가 절반을 훔쳐 가지 못하게 조심해야지.

미코시바는 뒤늦게 깨달았다. 쇼이치가 두 사람을 보험금 수령인으로 한 것은 최소한 자기가 죽은 뒤로는 둘이 힘을 합쳐 살기를 바라는 마음에서였을 것이다.

—어차피 말 안 해도 알 테지만 여기서 주고받은 대화 내용은 입증이 불가능해. 녹음도 안 됐고 이미지 파일로 남지도 않아. 선생님이 암만 큰 소리로 주장해도 아무도 날 아버지를 죽인 범인이라고 생각하진 않을 거야. 아니, 생각하고 싶지 않겠지.

"생각하고 싶지 않다?"

—표정도 못 바꾸고, 말도 못 하고, 한 손밖에 못 움직여. 사람들은 그런 인간을 절대로 의심하지 않아. 마음은 다섯 살 어린애처럼 순수하고, 세상 온갖 악에 물들지 않았다고 믿거든. 장애인은 하나같이 순수하고 신에 가장 가까운 존재라고 착각해. 참 바보지. 그것도 일종의 차별이란 걸 못 알아차려. 못 알아차리는 척해.

액정 화면을 보다 보니 속이 메슥거리기 시작했다. 작은 글자를 읽느라 눈이 멀미가 났는지, 아니면 시커먼 악의에 정신적으로 멀미가 났는지.

"참회할 마음은 없는 모양이군."

─왜 그래야 하는데? 난 내 권리를 주장하고 싶었던 것뿐이야.

"똑같은 말을 내 의뢰인도 하겠지. 그리고 잃어버린 존엄을 되찾기 위해서 너하고 대결할지도 몰라."

─아직도 그 여자 편을 들겠단 말이야?

"아직 변호사 해임 안 됐으니까."

─날 피고석에 세우겠다고?

"그것도 의뢰인 마음이군."

─증거는 못 찾아.

"아까 재판도 처음엔 그랬지."

잠시 미키야와 시선이 마주쳤다.

충혈된 안구에 눈동자만 새까맸다.

빨려들 것처럼 까맸다.

생리적인 혐오감에 그 이상 보고 있을 수 없었다.

"그럼."

그렇게 말하며 일어섰을 때 마침 다카시로가 돌아왔다.

"공장 친구들도 아주 기뻐했습니다. 저런, 선생님, 벌써 나가시게요? 괜찮으시면 미리 축하하는 뜻으로 어디 가서 축배라도……."

"미안하지만 새 사건 준비를 해야 해서 이만 실례하겠습니다."

"아이고, 이거 아쉽군요. 그럼 그쪽 사건도 깔끔하게 해결되길 기원하겠습니다."

미코시바는 다카시로의 소박한 웃음을 보고 당황했다. 새 사건이 미키야를 단죄하는 것임을 알면 이 얼굴은 어떤 식으로 일그러질까.

미코시바는 인사도 하는 둥 마는 둥 두 사람에게 등을 돌려 대기실에서 나왔다.

그래도 등에 시선이 들러붙은 듯한 감촉은 한동안 사라지지 않았다.

대법원 지하 주차장은 한산했다. 지상의 열기가 이곳까지 들어와 먼지와 뒤섞여 텁텁한 더위를 자아냈다.

미코시바는 생각에 몰두해 있었다.

미키야의 정체는 드러냈다. 하지만 그건 자신에게만 보인 민낯이다. 그것을 어떻게든 만인 앞에 공개할 방법이 있을까. 아니, 그 이전에 휠체어를 탄 장애인이 아버지를 살해했다는 사실을 납득시키려면 어떤 카드를 어떤 차례로 내놔야 할까. 미키야가 부주의하게 남긴 물적 증거는 없나.

그런 생각을 하면서 자기 벤츠로 다가갔을 때 대각선 뒤쪽에서 누가 돌진해 왔다.

예상치 못한 급습에 몸을 피할 겨를조차 없었다.

쿵 하고 들이받힌 순간 옆구리에 둔탁한 아픔이 느껴졌다.

"뭐, 뭐야."

눈 아래 여자 머리가 있었다. 이런 순간에도 콧구멍은 시큼한 두피 냄새를 맡았다. 양 어깨를 억지로 밀어내자 의외의 얼굴이 나타났다.

"어째서 이런 곳에……."

야스타케 사토미는 떨어지는 순간 팔을 휙 비틀었다.

말도 나오지 않았다.

둔통의 원인은 그 순간 감지할 수 있었다. 칼이 옆구리 깊숙이 꽂혀 그 끝이 횡경막 언저리에서 회전한 것이었다.

사토미가 칼을 든 채 몸을 떼자 옆구리에서 피가 대량으로 쏟아졌다.

콸.

콸.

콸.

고동에 맞춰 생명이 점점 새어나갔다.

미코시바는 바람이 빠진 것처럼 무릎을 꿇었다.

배 속에서 발생한 격통은 잉크가 스미듯 온몸으로 번졌다.

"천벌이야." 머리 위에서 목소리가 들렸다. "그 모자도 먹 잇감으로 삼으려고 했던 거지? 하지만 이젠 안 될걸."

흥분한 목소리도 점점 멀어졌다. 손으로 상처 부위를 눌 러도 피는 점점 더 많이 흐를 뿐이었다.

다른 한 손으로 휴대폰을 꺼냈다. 의식은 몽롱해도 눈앞에 있는 사토미가 구급차를 불러 주지 않으리라는 판단은 할 수 있었다. 그러나 기껏 꺼낸 휴대폰은 사토미가 걷어차 주차 장 바닥을 미끄러져 갔다.

"여기서 죽어 버려."

사토미는 그렇게 말하고 몸을 돌렸다.

바닥에 엎어진 미코시바는 천지가 거꾸로 된 시야에서 사 토미가 사라진 것을 알았다.

의식이 흐려지는데도 격통은 전혀 줄어들지 않았다. 손상 을 입은 장기와 피부가 통각만을 자극했다. 의식을 잃기 직 전인데도 아픔은 점점 명확하게 정신을 침식해 갔다.

아픈데.

고통스러워.

미도리도 이렇게 고통스러웠겠지.

미안하다.

미안해.

"어이, 움직이지 마."

느닷없이 귀에 들어온 목소리가 과거의 기억을 몰아냈다.

거친 탁성. 최근에 들었던 목소리다.

아아, 댁이군.

"방금 구급차 불렀어. 가까이에 구급 병원이 있으니까 정신 똑바로 차리라고. 이런 데서 뒈지면 가만 안 둘 줄 알아."

와타세는 미코시바의 손 위로 상처를 압박하며 지혈하려 하고 있었다. 자신과 같은 타입의 사냥개. 이 순간 만난 것도 분명 무슨 인연일 것이다.

"……할 말이…… 있어."

"나중에 해. 말하지 마."

"범인은…….”

"말하지 말라니까, 이 벽창호가. 휠체어 탄 아들이 범인이란 거지? 다 안다."

그래, 알고 있었나.

어쩐지 그런 생각이 들었었다. 혹시 이 남자라면 자신이 가슴속으로 끊임없이 중얼거려 온 말도 알지 모른다.

사명감을 내려놓자 의식이 혼탁해지기 시작했다.

시야가 좁아지고 와타세의 쉰 목소리가 점점 멀어졌다.

"어이, 선생! 정신 차려. 댁한텐 아직 중요한 할 일이 남아 있다고."

마지막 말은 이미 귀에 닿지 않았다.

*

연립주택으로 도망쳐 돌아온 사토미는 문을 닫고, 누가 쫓아오는 것도 아닌데 서둘러 이중으로 문을 잠갔다.

심장은 아직 빠르게 뛰고 있었다. 미코시바를 찌른 뒤로 벌써 수십 분이 지났을 텐데 정신과 육체는 여전히 흥분 상태였다. 각오한다고 했는데도 사람을 죽인다는 것은 역시 보통 일이 아니었다.

안으로 도망쳐 들어오자마자 불단으로 달려가 아키라의 사진 앞에서 합장부터 했다.

"아키라, 엄마 드디어 했어. 그 인간을 혼내 줬어."

보고하면 금세 아키라가 칭찬해 줄 것이라고 믿었다. 그 칭찬의 말과 증오심만이 사토미를 움직인 원동력이었다.

그러나 사진 속 아키라는 아무 말도 해 주지 않았다.

"왜 그러니, 아키라."

문득 보자 모으고 있던 두 손이 끈적끈적했다.

피다.

정신을 차려 보니 손뿐 아니라 셔츠 앞자락에도 피가 묻었다. 왜 지금까지 몰랐을까.

자신은 이런 모습으로 여기까지 왔다는 말인가. 전철 안에서도, 집까지 오는 길에서도.

그러고 보니 칼은 어떻게 했을까. 미코시바를 찔렀다가 빼고 나서 그 자리에 그냥 두고 온 건가.

머릿속에서는 온갖 생각이 빛의 속도로 교차하는데 몸은 느릿느릿 움직였다. 손을 꼼꼼히 씻고 옷을 갈아입고 나서 다시 불단 앞에 앉았다.

사진 속 아키라는 여전히 침묵할 뿐이었다.

사토미는 혼란에 빠졌다. 이런 일은 지금까지 없었다. 언제나 여기서 합장하면 아키라는 금세 말을 걸어 주었다. 그러나 몇 번을 불러도, 아무리 세게 손을 맞잡아도 아키라의 목소리가 들리지 않았다.

혹시 자신이 잘못한 건가.

사토미는 얼핏 든 생각을 황급히 떨쳐 버렸다.

그럴 리 없다.

그게 정의였다. 미코시바에게 철퇴를 가하는 것은 만인이 인정하는 정당한 행위였을 터다.

그럼 정의를 이룩했을 두 손이 몹시 사위스럽게 보이는 이유는 뭘까.

미코시바를 들이받았을 때의 충격과 손바닥에 느껴진 살의 감촉이 되살아났다. 칼을 비틀었을 때 혈관과 조직이 잘리던 소리도 귓속에서 재생됐다.

이윽고 가슴속에서 시커먼 공포가 치밀었다.

자신이 죽인 것은 악마가 아니다.

사람이다. 자신은 사람을 죽인 것이다. 유족으로서 주범 소년을 살인자라고 불러 놓고 이번에는 자신이 그 입장이 된 것이다.

등골에서 오한이 번졌다.

사토미는 두 팔로 자기 몸을 얼싸안았지만 추위도 떨림도 가라앉는 기색이 없었다.

좁은 방 안에 가늘고 긴 외침 소리가 터져 나왔다.

4

미코시바가 구급차로 실려 가고 이틀 뒤, 와타세와 고테가와는 사이타마 구치지소 면회실에 있었다.

만나러 온 인물은 금세 나타났지만 처음부터 의아한 눈빛으로 두 사람을 관찰하고 있었다.

"도조 미쓰코 씨지? 난 사이타마 현경의 와타세. 여기 젊은 놈은 고테가와라고 하네."

"저…… 미코시바 선생님의 대리라고 들었는데요."

"그래, 대리야. 틀림없이. 그저께 선생이 칼에 찔렸단 건 알고?"

"네. 재판 직후라서 얼마나 놀랐는지……."

"뭐, 그쪽은 당일로 범인이 자진 출두했으니까 경찰이 나설 일은 없었지만."

"저, 선생님은 어떠신지요?"

"여태 생사를 오락가락하는 모양이더군. 면회 사절이야. 난 그 전에 선생한테서 전갈을 부탁받아서 말이지."

"저한테요?"

"그래. 댁의 남편, 그리고 우리가 쫓고 있던 프리랜서 저널리스트 가가야가 살해된 사건. 둘 다 범인은 도조 미키야라고 말이지."

미쓰코가 놀라 소스라쳤다.

"마, 말도 안 돼요."

"남편의 경우는 인공호흡기의 통신 포트에 출력이 큰 휴대폰을 계속 밀착시켜서 오작동을 유발했어. 가가야는 공장

조명등의 노출된 부분에 지게차를 도체로 이용해서 감전시켰고."

"터무니없는 누명이에요. 그 애 몸으로 그런 일이 가능할 리 없잖아요!"

"그게 맹점이었어. 신체장애가 있는 사람이 살인을 할 수 있을 리 없다. 그 친구는 그런 생각을 이용해서 두 사람을 죽였어. 유일하게 움직이는 왼손만을 쓴, 가성비가 아주 훌륭한 살인이지."

"증거는요? 증거는 있나요?"

"오늘 집을 가택 수색했어. 아들이 쓰던 컴퓨터 기록을 조사해 봤더니 꽤 흥미로운 게 나오더군. 먼저 갤런드 사 820형이 전파 간섭으로 정지했다는 메이요 클리닉의 실험 보고서. 그리고 이 역시 미국의 엔지니어링 컨설팅 회사에서 작성한 지게차 감전사 사건 보고서. 또 리프트들을 제어했던 컴퓨터에 남아 있던 전원 차단 기록. 자동화란 건 편리하지만 한편으로는 불편하단 말이지. 언제 어떤 식으로 전원이 꺼졌는지 기록을 남기거든. 낙뢰에 의한 게 아니야. 가가야를 감전시켜서 합선되는 바람에 퓨즈가 나간 거였어."

미쓰코는 말을 잇지 못했다.

"휠체어에 구속된 생활이니 말이야. 바로 그렇기에 떠오른 살인 계획은 모조리 인터넷에서 얻은 실제 사건의 정보를 참고했더군. 하나 더 덧붙이면 아들이 갖고 있던 소육법을 보니까 상속법 부분에 띠지가 붙어 있었어."

"그럼……."

"그래. 동기는 아버지 공장하고 사망 보험금이었어. 그리고 보험금을 나눠 받게 될 댁이 남편 살해로 유죄 판결을 받으면 댁은 자동적으로 수령인 자격을 잃거든. 보험금을 통째로 차지하고 아버지가 진 빚도 담보 채권을 제외하면 주 채무자의 사망으로 소멸. 아들은 젊은 나이에 도조 제재소의 사장 자리를 꿰차게 되는 거지."

"그 애가 그런 끔찍한 일을……."

미쓰코는 면회실 탁자에 엎드려 오열하기 시작했다.

그러더니 얼굴을 약간만 들었다. 자식에 대한 자비를 구하는 어머니의 얼굴이었다.

"미코시바 선생님 후임은요?"

"도쿄 변호사회 다니자키 회장이 맡아 줬어. 변호사회 회장씩이나 되는 사람이 국선 변호인 후임이 된다는 건 이례 중의 이례니까 법조계에서 지금 꽤 화제야."

"아아, 다행이에요. 그럼 미키야의 변호도 그 선생님께 부탁드려도 될까요?"

"다니자키 선생님도 그럴 생각이라고 하시더군."

미쓰코는 눈물을 훔치는 몸짓을 보였다.

"그 애 죄는 아주 무거울까요?"

"수단은 그렇다 치고 살의의 인정에 관해선 미묘하다고 봐야겠지. 언제 죽어도 상관없다는 식인 데다, 의료 기기를 전자파로 고장 냈다든지 피해자가 지게차를 건드려 감전사할 걸 기대했다든지 살해 방법에 관해서도 입증하기가 쉽지 않을 거야. 특수한 환경에서 자랐다는 사정도 참작될 테고. 게다가 뭣보다 주범인지 아닌지도 영 수상쩍으니까 말이야."

"네?"

"안 들렸나? 가가야는 그렇다 치고 아버지를 살해한 건 도조 미키야가 주범인지 아닌지 의견이 갈리거든. 물론 실행범은 아들이지만 주범인지 아닌지는 또 다른 문제지."

"저, 무슨 말씀이신지……."

"미키야는 전부 자기가 계획했다고 생각할지 모르지만 그게 아냐. 그 친구는 어머니 생각대로 움직인 그냥 장기짝이야. 주범은 댁이지?"

미쓰코는 도통 영문을 모르겠다는 듯 입을 딱 벌리고 있었다.

"서툰 연기는 이제 그만두지 않겠나? 나 그런 거 맞춰 주는 데 안 익숙해서 말이야."

"그만둬 달라고 하고 싶은 건 저예요. 제가 어떻게 그 애를 조종할 수 있다는 거죠? 의사소통도 잘 안 되는데."

"소통은 못 해도 뭘 생각하는지쯤이야 알았겠지. 썩어도 준치라고 어쨌거나 엄마니까."

"제 결백은 미코시바 선생님이 증명해 주셨어요!"

"그건 댁이 실행범이 아니란 걸 증명한 것뿐이고. 진술 조서를 꼼꼼히 읽어 보면 모순을 알아차릴 수 있단 말이지. 댁은 인공호흡기가 남편의 생명 유지에 필요하다는 설명을 쓰즈키 의사한테 여러 차례 들었어. 그런데도 아들이 중환자실에 휴대폰을 갖고 들어오는 걸 허락했어. 이렇게 앞뒤가 안 맞는 이야기는 없지. 아들이 왼손을 한껏 뻗어서 장치 뒤 통신 포트에 휴대폰을 갖다 대는데, 바로 옆에 있는 인간이 그걸 모를 리 있나? 댁은 전부 알고 있었고 보고 있었어. 그저 가만있었던 거야. 아들의 계획이 보기 좋게 성공하는 걸 그 좁은 병실 안에서 꼼짝 않고 기다리고 있었어."

미쓰코의 안색이 순식간에 달라졌다. 고테가와는 마른침을 삼키며 지켜봤다. 늘 그렇지만 숨 쉴 겨를도 주지 않고 몰아붙이는 와타세의 방식은 소름이 끼칠 정도다.

"최종 변론 자리에서도 댁의 행동이 모순투성이라는 게 드러났지. 댁은 인공호흡기가 정지하고 나서 미키야가 소란을 피우는 척하는 데 맞춰서 전원 스위치를 세 번 눌렀어. 알겠나, 세 번씩이나 눌렀다고. 보통 처음에 스위치를 눌러서 반응이 없으면 두 번째, 세 번째는 더 세게 누를 테지. 그런데 댁은 똑같이 20그램의 압력만 줬어. 꼭 그 이상 누르면 무슨 일이 벌어질지 아는 것처럼. 참 재미있더군. CCTV로 보면 말이야, 장치에 이상이 생긴 뒤로 댁의 시선은 미키야한테 고정돼 있거든."

"그게 진상이라고 하신다면," 미쓰코는 자세를 바로잡고 와타세를 똑바로 보았다. "네, 좋아요. 그래요, 난 미키야가 날 미워한다는 걸 알고 있었어요. 하지만 지금까지 그런 몸으로 고생한 걸 생각하면 도저히 그 애를 뭐라 할 마음이 나지 않았어요. 그래서 그 애 죄를 대신 질 수만 있다면 그래야겠다고……."

"그것도 아니지. 댁한테 그런 마음은 눈곱만큼도 없었어. 대법원까지 올라가서 마지막 순간에 자기 입으로 진상을 폭로할 생각이었어. 그렇게 안 한 건 전적으로 그 선생이 댁이 예상했던 이상으로 우수했기 때문이고."

"그쪽 말에도 모순이 있는데. 그럼 왜 1심 때부터 그렇게 안 한 건데? 미키야의 죄를 폭로할 거면 처음에 재판할 때 하면 되잖아. 그걸 왜 대법원까지 미룰 필요가 있었다는 거야?"

"헌법 제39조."

와타세가 말하자 미쓰코는 마치 가위 눌린 것처럼 굳었다.

"'어느 누구도 실행 시 적법하였던 행위 또는 이미 무죄가 된 행위에 대하여 형사상의 책임을 지지 아니한다. 또한 동일한 범죄에 대하여 재차 형사상의 책임을 지지 아니한다.' 형사소송법의 대원칙, 소위 일사부재리란 거야. 댁은 이 조문에 주목했어. 댁이 마지막 순간 직전까지 진상을 밝히지 않은 건 최종 판결에서 무죄를 받기 위해서였어. 그럼 두 번 다시 남편 살해에 대한 책임을 추궁당하지 않을 테니까. 댁이 정말로 두려워했던 건 중환자실 쪽이 아니라 남편 머리 위에 목재가 떨어져 뇌타박상을 일으킨 사건이었던 거야. 이건 검찰의 실수인데, 사이타마 지검은 댁을 입건할 때 중환자실 사건을 주축에 뒀어. 그쪽은 상황 증거도 물적 증거도 갖춰져서 공판을 유지하기 쉬웠으니까. 꼭 그래서만은 아니겠지만 목재가 떨어진 사건에 관해선 결국 언급을 안 하고 넘어갔지. 하지만 댁의 아킬레스건은 거기 있었어."

와타세는 가슴 주머니에서 종이 한 장을 꺼냈다. 와이어의 절단면 사진을 확대한 것이었다.

"이제야 과수연에서 답이 왔어. 이 와이어는 금속 피로나 과부하로 절단된 게 아니야. 날붙이로 칼집을 낸 흔적이 분명히 남아 있어. 제재소 입구는 사각이라 트럭이 드나들 때 길을 확인하는 게 쇼이치 씨 일과였지. 서 있는 위치도 늘 똑같았고. 와이어에 칼집을 내 놓으면 적재 한도까지 목재를 쌓은 트럭이 문에서 나가 직각으로 꺾어질 때 부하가 최대로 걸리면서 와이어가 끊어져 목재가 떨어질 가능성도 최대로 커져. 아들의 범죄하고 마찬가지로 이것도 우연에 기댄 범행인데 실효성은 아주 높거든."

"그게 내가 한 짓이라고? 웃기지 마. 잠자코 들어 줬더니 일사부재리가 어쩌고저쩌고. 난 그런 말 처음 들어 봐. 나한테 그런 법률 지식이 있을 리 없잖아."

"법률은 배운 적 없나?"

"공교롭게도 그런 학력은 없어서."

"육법도 읽어 본 적 없고?"

"미안하지만 책 읽는 습관도 없어!"

"호오?" 와타베는 재미있다는 듯 미쓰코의 얼굴을 빤히 응시했다. "아까 아들이 갖고 있던 소육법 이야기는 했지? 띠지에 남은 지문도 분명히 그 친구 거였어. 그런데 말이야, 형사소송법 부분에 귀퉁이를 접은 곳이 있더라고. 펴 봤더니

384

일사부재리를 기술한 부분이더군. 이상하지 않나? 페이지에 띠지를 붙인 책 임자가 거기만 접는다는 건. 게다가 사무실 캐비닛에 띠지가 아직 남아 있던데 말이야. 그래서 그 부분의 지문을 채취해 봤지. 자, 누구 지문이 나왔을 것 같나?"

와타세가 카드를 내놓는 방법은 절묘했다. 새로운 비장의 카드를 낼 때마다 미쓰코의 가면과 허세가 차츰 벗겨졌다.

"거기까지 생각하면 또 하나의 인물이 떠오른단 말이지. 자재를 적재할 때 체크했을 인물. 그래, 공장 주임인 다카시로야."

그 이름이 결정적이었다.

미쓰코에게서 어머니의 얼굴이 벗겨졌다. 그 밑에서 나타난 것은 여자의 얼굴이었다.

"아무리 댁이 와이어에 수를 쓰고 싶어도 다카시로가 발견하면 끝이니 말이지. 남편은 둘이 짜고 살해한 거지? 오늘 아침 임의 동행을 요구했더니 순순히 응하더군. 벌써 2년 된 관계라지. 그 남자는 댁이나 아들하곤 달리 근본은 그렇게 악해 보이지 않던데……. 아, 벌써 시간이 이렇게 됐나. 오래 붙들어서 미안하군."

와타세는 의미심장한 말을 남기고 일어섰다. 미쓰코의 얼굴이 지금까지 본 적 없는 흉포한 표정으로 바뀐 것은 그때였다.

"하지만 재판은 벌써 끝났거든!"

"어이쿠, 이 말을 깜박했군." 와타세는 어깨 너머로 말했다. "후임인 다니자키 변호사하고 마나베 재판장, 그리고 누카타 검사가 앞으로의 일정에 관해 협의 중이라던데."

"앞으로? 아, 아니, 설마."

"마나베란 그 재판장 말이야, 올바른 판결을 위해서라면 선례를 깨는 것쯤 아무렇지도 않은 인물이거든. 그래서 별종 실무가란 소리를 듣지. 누카타 씨도 얼굴은 그렇게 얌전해 보여도 자기가 받은 수모는 배로 갚는 타입이고. 뭐, 살인 미수에 살인 방조, 살인 교사까지 합치면 죄상이 꽤 될 것 같은데."

"……젠장!"

욕설이 면회실에 울려 퍼졌다.

마지막으로 본 추악한 얼굴이 이 여자의 진짜 얼굴일 것이라고, 고테가와는 생각했다.

구치지소에서 나온 뒤, 조수석에 앉은 와타세는 여전히 찌무룩한 표정이었다. 이 남자는 수사 도중에도, 사건이 해결돼도, 다른 표정을 보인 적이 없다.

분명 사건이 해결될 때마다 인간의 불쾌한 면을 보기 때문일 것이다. 고테가와도 최근 들어 비로소 그것을 이해했다.

386

싫은 사건이었다. 결국 가족 둘에 고참 직원까지 가담해서 쇼이치를 죽인 셈이다.

그나저나.

"반장님, 그 미코시바란 녀석은 대체 어떤 인간이었던 겁니까?"

와타세는 말없이 A4 용지를 내밀었다. 소노베 신이치로 명의로 개설된 예금통장 사본이었다.

"은행에서 입수했다. 봐. 매달 15일에 백만 엔씩 같은 계좌로 입금되고 있어."

"받는 사람은…… 사하라 나루미?"

"소노베 신이치로가 살해한 사하라 미도리의 어머니다."

돈을 밝힌다는 평판은 이게 이유였나.

한동안 사본을 바라보던 고테가와는 한숨을 쉬고 나서 차의 시동을 걸었다.

"반장님, 하나 더 여쭤봐도 될까요?"

"음?"

"그 녀석은 돈 안 되는 국선 변호를 맡질 않나, 이번 사건 같은 경우엔 자칫하면 가가야 살해 방조로 체포될 수도 있었습니다. 어째서 그렇게까지 그 모자를 구하고 싶어 했을까요?"

두 사람이 탄 차가 구치지소를 나섰다.

와타세는 앞쪽을 보며 나지막이 중얼거렸다.

"분명 자기가 구원받고 싶었던 거겠지."